AK gewidmet

Matthias Zimmer
Der tote Bundestagsabgeordnete –
Ein Frankfurter Polit-Krimi

ISBN 978-3-96320-066-3

1. Auflage 2022

Titelbild: Caracal F pistol by commons.wikimedia.org

Cover: jessie kopietz, dtp & grafik
Layout: www.burghardt-grafik.de

www.henrich.de

Matthias Zimmer

DER TOTE BUNDESTAGSABGEORDNETE

Holtkottes und Tiburtius' erster Fall

Ein Frankfurter Polit-Krimi

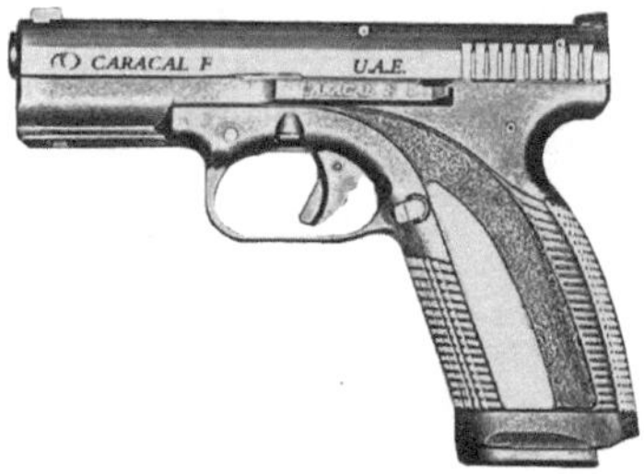

Henrich Editionen

Alle im Buch vorkommenden Personen sind fiktiv. Ähnlichkeiten mit lebenden Personen sind rein zufällig und nicht beabsichtigt.

I

Mit einem Schlag landete die Wasserflasche auf dem Boden. Langsam suppte das Wasser aus der nicht vollständig verschlossenen Öffnung und bildete eine Wasserlache auf dem Boden. Holtkotte fluchte. Beim Versuch, den Wecker auszustellen, der auftragsgemäß um 7 Uhr klingelte, hatte er die neben dem Wecker stehende Flasche mitgerissen. Er sprang aus dem Bett und richtete die Flasche wieder auf, bevor sie sich vollständig auf seinen Boden entleerte. Der Tag fing nicht gut an. Wieder einmal war er mitten in der Nacht aufgewacht und hatte nicht mehr zurück in den Schlaf gefunden. Erst gegen 5 Uhr am Morgen war er wieder eingeschlafen, und nun war es 7 Uhr, die übliche Zeit aufzustehen und sich für den Tag zu rüsten. Es war schon hell, wie es im September um diese Uhrzeit noch üblich ist, aber es war auch ein wenig regnerisch, grau, ein Tag, an dem die Versuchung, noch etwas länger im Bett zu bleiben, besonders ausgeprägt war. Holtkotte brummelte, rieb seine Augen und strich sich durch seine noch immer vollen kurzen, braunen Haare und starrte auf die Wasserlache. Das Malheur würde er beseitigen müssen. Ein Handtuch aus dem Bad tat den notwendigen Dienst. Er wischte nicht gründlich, sondern nur notdürftig auf, warf das Handtuch im Badezimmer über die Badewanne. Er würde sich heute nicht rasieren, so viel stand fest; das machte er unregelmäßig und nach Laune. Heute jedenfalls war ihm nicht danach. Ein schneller Kaffee mit dem ökologisch unsinnigen, aber praktischen Kapselautomaten, duschen, anziehen, dann ging es los. Sein Magen war morgens nur bedingt aufnahmebereit, deswegen gab es Frühstück immer erst etwas später, meist auf der Arbeit. Ein belegtes Brötchen, unterwegs gekauft oder in der Cafeteria. Dann verließ er das Haus und ging die wenigen Minuten zur U-Bahnstation Enkheim, um zum Polizeipräsidium zu kommen. Umsteigen an der Hauptwache, dauerte insgesamt nicht mehr als 25 Minuten, sodass er in aller Regel um 8:30 Uhr dort in seiner Dienststelle ankam.

Kriminalhauptkommissar Holtkotte war seit einigen Jahren der Kriminaldirektion 11 zugeteilt, die sich mit Kapitaldelikten beschäftigte. Dazu gehörte auch Mord. Holtkotte hatte in den letzten Jahren an einigen sehr aufsehenerregenden Fällen gearbeitet und zu ihrer Aufklärung beigetragen. Nicht so spektakulär wie der Serienkiller, der 1990 mehrere Obdachlose umgebracht hatte, aber immerhin, es waren Fälle, die zumindest auch überregional in der Presse erwähnt wurden. Holtkotte sah sich als erfahrenen Ermittler mit einer gewissen Spürnase für menschliche Schwächen und Leidenschaften. Die meisten Morde geschahen als Beziehungstaten oder wegen Geldgier, und schon allein die Frage, wer davon profitierte, engte den Kreis der Verdächtigen schnell und effektiv ein. Mit dieser Grundphilosophie hatte es Holtkotte geschafft, fast alle seine Fälle zu lösen. Fast, einen Ausreißer gab es, der Fall eines tot aufgefundenen Jugendlichen vor vier Jahren war ein Cold Case geworden, ein nicht gelöster Fall, bei dem alle Ermittlungen im Sande verlaufen waren. Sonst aber galt: Jeder hinterlässt Spuren, jedes Motiv führt zum Täter, da war sich Holtkotte ganz sicher. Das und ein wenig Menschenkenntnis und man konnte jeden Täter überführen. Die meisten Täter waren Männer. Das war eine der prägenden Erfahrungen von Holtkotte. In den vergangenen zehn Jahren, in denen er Dienst bei der Mordkommission geleistet hatte, war ihm keine Frau als Täterin untergekommen.

Die augenblickliche Coronasituation schien eine dämpfende Wirkung auf die Verbrechensintensität zu haben. Die Anzahl der Tötungsdelikte war rückläufig. Holtkotte fand das einerseits beruhigend, denn Frankfurt kämpfte schon seit Jahren und Jahrzehnten mit einem zweifelhaften Ruf, was die Verbrechensstatistik anging. Andererseits liebte er es, sich in Fälle zu verbeißen und nicht locker zu lassen, bis ein Fall aufgeklärt war. In solchen Phasen der Ermittlung fühlte er sich in besonderer Weise lebendig, wie in einem tage- oder wochenlang andauernden Adrenalinschub. Dann bekam er einen Tunnelblick, blendete alles aus, was nicht zum Fall gehörte. Das hatte ihn vor vier Jahren auch seine Ehe gekostet und er hatte sich geschworen, dass er jetzt mit etwas mehr Abstand arbeiten würde, dass er versuchen wolle, die Balance zwischen Arbeit und Freizeit besser zu halten. Im Moment aber, das gestand er sich ein, langweilte er sich ein wenig, aber diese Form der Befindlichkeit konnte man vermutlich nicht ernsthaft thematisieren.

Zu seinem Verdruss trug bei, dass sein langjähriger Partner vor Kurzem nach Darmstadt gewechselt war, auf eine höher besoldete Planstelle. Felix Sauer und er hatten viele Fälle gemeinsam aufgeklärt, waren miteinander befreundet und häufig nach Feierabend noch miteinander unterwegs gewesen, vornehmlich in Bornheim, wo Sauer eine kleine Wohnung hatte. Die dortige Kneipenszene bot alles, was das Herz begehrte, von den hippen Kneipen der Schlipsträger bis zu den einfachen Kneipen, die keiner Szene zugeordnet werden können. Von Bornheim war es nicht weit bis zu Holtkottes kleiner Wohnung in Enkheim, die er eher mied, als behaglich in ihr zu wohnen. Es war mehr eine Schlafstätte, die er nach seiner Scheidung bezogen hatte, als ein Platz, über dessen Eingangstür das Motto „Home, sweet home" hätte stehen können. Zu weit weg von Kneipen, vom wirklichen Leben, aber günstig sowohl finanziell als auch von der Verkehrsanbindung her. Die karge Einrichtung deutete nur auf Notwendigkeiten hin und die kreative Unordnung, die er seinem Junggesellenstatus schuldig zu sein schien, reduzierte den Aufenthaltswert der Wohnung weiter. Holtkotte verbrachte viel Zeit in einem nahe gelegenen Fitnessstudio, teils zum Trainieren, teils auch wegen der Leute, die er dort kannte. Es hatte sich eine Art informeller Stammtisch dort gebildet, Leute seines Alters, die dort zwar auch trainierten, aber auch bisweilen nur mal so vorbeikamen. Im Studio konnte man gemütlich ein Bier trinken, ein wenig reden und dabei dem Spinning-Kurs zuschauen. Sauer war ebenfalls häufig dort gewesen und sie hatten sich dann und wann auch verabredet, dort Squash oder Badminton zu spielen. Das war nun vorbei.

Sauer war nicht nur wegen der besseren Planstelle gegangen, sondern auch, weil er vor einem Jahr geheiratet hatte und seine neue Frau südlich von Darmstadt wohnte, auf dem Land, aber in einem großen Haus. Das war nun Sauers Schicksal, um das ihn Holtkotte nicht beneidete. Lebendig begraben im malerischen Zwingenberg an der Bergstraße. Wem es gefiel, dachte sich Holtkotte häufig, sagte sich dann aber auch immer, dass er selbst dafür nicht infrage käme. Seit Sauers Abwanderung vor vier Wochen hatte er mit sich gehadert, denn es war ein Einschnitt, ein Ende einer guten Partnerschaft. Sie hatten sich in die Hand versprochen, den Faden nicht abreißen zu lassen, doch Holtkotte kannte nur zu gut den alten Spruch: Aus den Augen, aus dem Sinn.

Er würde in den nächsten Tagen einen neuen Partner zugeteilt bekommen, vielleicht schon heute. Sein Vorgesetzter, Kriminalrat Koch, war hier mit zusätzlichen Informationen sehr sparsam, sodass er nichts über seinen neuen Kollegen wusste, auch nicht, wann er in der K11 anfangen würde. Aber da die Kriminalitätslage im Augenblick ohnehin entspannt war, konnten ein paar Tage mehr oder weniger keinen Unterschied machen.

Umso überraschter war er, als er wenige Minuten nach seinem Eintreffen im Präsidium zu Koch gerufen wurde. Koch war einige Jahre jünger, Volljurist, ein etwas undurchdringlicher Mann, der seine Mitarbeiter gut behandelte, aber ansonsten ohne großen Ehrgeiz schien, ganz so, als hätte er mit der Position als Polizeirat schon die Endstufe der Beförderungsmöglichkeiten erreicht. Aber vielleicht war das auch unfair und unter der phlegmatischen Erscheinung des Polizeirats verbarg sich mehr, als es sein Vorurteil wahrhaben wollte. Holtkotte hatte instinktiv eine professionelle Distanz zu Koch gewahrt und war damit gut gefahren. In den Ermittlungen hatte Koch jedenfalls häufig ein gutes analytisches Vermögen an den Tag gelegt, das bei der Aufklärung durchaus hilfreich war. Nicht, dass Koch sich selbst an einen Tatort begeben hätte, aber er ließ sich regelmäßig berichten und hatte die schon beinahe unheimliche Fähigkeit, rein nach der Aktenlage und dem mündlichen Vortrag Struktur in einen Fall zu bringen. „Man muss den Wald sehen, nicht nur die Bäume“, sagte er dann häufig. Und da war auch ein Körnchen Wahrheit enthalten, denn allzu häufig steckte Holtkotte tief in den Details eines Falles und hatte Mühe, Distanz zu schaffen, um das größere Bild zu sehen.

Als er das Büro des Polizeirats betrat, sah er dort eine junge Frau, Mitte dreißig, schwarze, kurze Haare, Jeans, Lederjacke, Turnschuhe, ein etwas herbes Gesicht, aber, wie er feststellte, eine ziemlich umwerfende Figur. Ein wenig wie die Tatort-Kommissarin – wie hieß sie gleich – Lena Odenthal in den ersten frühen Folgen Ende der Neunzigerjahre. Nach seiner Scheidung hatte Holtkotte an einsamen Abenden alte Krimis geschaut. Er war kein eingefleischter Fan der Tatort-Serie, vor allem war er kein Fan weiblicher Kommissare, weil es Frauen seiner Meinung nach an analytischem Denken fehlte, das eine Aufklärung eines Kapitalverbrechens erforderte. Aber bei dieser Tatort-Kommissarin hatte er immer eine Ausnahme gemacht. Gleichwohl, im wirklichen Leben konnte er sich das weniger vorstellen. Frauen würden sich in diesem Bereich nie durchsetzen. Zumal ja die meisten Täter auch Männer waren, und wer konnte besser das Denken eines männlichen Täters nachvollziehen als ein anderer Mann?

Politisch völlig aus der Zeit gefallen diese Einstellung, das wusste er, aber er blieb davon überzeugt. Schon in seiner Ehe hatte er seine Frau nicht verstanden und sie ihn offensichtlich auch nicht. Männliches Denken gegen weibliche Intuition, hatte er das für sich benannt. Es passte einfach nicht zusammen, er hatte dazu nie einen Zugang gefunden. Die plötzlichen Zickigkeiten, dieses emotionale Auf und Ab, Beziehungsarbeit; und Karin war immer empört, ja abgestoßen, wenn er die Beziehungsprobleme nüchtern und klar analysierte. „Du bist hier nicht bei der Mordkommission", hatte sie ihm häufig vorgeworfen, und er hatte, offen gesagt, nie verstanden, was sie damit meinte. Wenn einem der Herr oder sonst irgendjemand einen klaren Verstand zur Lösung von Problemen mitgegeben hatte, warum sollte man den nicht nutzen? Egal. Das war seit vier Jahren Geschichte, eine saubere Trennung nach sieben Jahren Ehe, die kleine Nelly war noch zu klein, um das überhaupt erfassen zu können. Einmal im Monat konnte er sie sehen, musste dafür nach Marburg fahren, wo Karin mit der Tochter mittlerweile lebte, in einer neuen Beziehung. Nelly würde im nächsten Sommer eingeschult und Karin hatte ihn ermuntert, die Kleine ruhig auch mal öfter zu sehen, wenn er es wolle. Eine offizielle Regelung gab es nicht, die Scheidung war einvernehmlich und ohne Rosenkrieg abgelaufen, und seither verstand er sich mit Karin besser als in den Jahren seiner Ehe. Das würde ihm eine Warnung sein, hatte er sich häufiger geschworen, aber außer einigen kurzen Affären hatte er keine Beziehung mehr in den letzten Jahren auf die Beine bekommen. Das fand er auch in Ordnung und experimentierte bisweilen mit Dating-Apps, hatte aber den Eindruck: Wenn es eine Frau ernst meinte, war sie nicht auf einer Dating-App. Zumindest war das seine Erfahrung der dadurch zustande gekommenen Dates, die sich häufig nach zwei oder drei Nächten auflösten wie der Frühnebel im Sonnenschein. Holtkotte hatte sich eingestehen müssen, dass diese Form von Affären ihn gleichgültig ließ. Dass er etwas anderes suchte, eine feste Partnerin, eine Beziehung, eine Frau, bei der er sich aufgehoben fühlte. Das Alleinsein, es belastete ihn, gestand er sich ein. Und das entsprach eigentlich nicht seinem Selbstbild als unabhängiger, eigenständiger Mann in den besten Jahren. Bevor er Karin kennengelernt hatte, war dieses Selbstbild noch intakt. Nun aber – vielleicht war es schon das Alter, dass seinen Tribut forderte? Oder hatte ihn nur das Eheleben verändert, trotz allem? Er wusste es nicht und war auch selten genug in der Stimmung, um sich mit dieser Frage auseinandersetzen zu wollen.

Koch kam gleich zur Sache.

„Ich darf Ihnen Frau Tiburtius vorstellen, Ihre neue Kollegin und Partnerin."

Holtkotte schluckte merklich und nickte dann begrüßend der jungen Frau zu, denn noch galten Abstandsgebot und die mögliche Vermeidung körperlicher Kontakte, einschließlich des Handschüttelns.

„Setzen Sie sich beide bitte", fuhr Koch fort. „Frau Tiburtius ist Kriminaloberkommissarin und hat das vergangene Jahr in den Vereinigten Staaten verbracht. Sie hat ihre polizeiliche Ausbildung in Wiesbaden gemacht und war dort zunächst im Bereich Wirtschaftskriminalität eingesetzt. Sie hat im letzten Jahr bei der FBI Academy ein Fortbildungsprogramm absolviert und dann noch einige Monate bei der Criminal Investigative Division hospitiert. Sie ist auf eigenen Wunsch an unsere Kriminaldirektion versetzt worden. Sie sind jetzt für sie zuständig, Holtkotte."

Holtkotte nickte und fixierte Tiburtius. FBI? Was sollte das nun schon wieder? War Tiburtius irgendein verwöhntes Gör, das protegiert wurde? Zumindest sah sie nicht so aus. Holtkotte tadelte sich selbst für diesen Gedanken. Er wusste, das war sein großer Fehler: zu schnell mit Urteilen, gerade, was Frauen anbetraf. Das hatte ihm seine Ex-Frau auch immer vorgeworfen. Gut, er war eher traditionell eingestellt, vielleicht auch ein wenig machohaft veranlagt, aber im Großen und Ganzen fand er das auch nicht falsch. Männer müssen so sein, sagte er sich mitunter, und das war auch die Erfahrung aus seinem Elternhaus. Leider waren die heutigen Frauen meist irgendwie anders, wollten Karriere machen, sich verwirklichen. Lachhaft. Seine Mutter hatte das nie gewollt und war damit glücklich gewesen; sie hatte als Krankenschwester gearbeitet, aber nie Vollzeit. Sie hatte ihn immer unterstützt, war immer für ihn da. Er hatte eine glückliche Kindheit, nicht zuletzt ihretwegen. Sein Vater war der Patriarch im Haus. Manchmal etwas unbeholfen und bisweilen musste seine Mutter auch eingreifen, aber die Rollenverteilung war klar und hatte sich als Erwartungshorizont einer Beziehung bei Holtkotte auch gefestigt. Gut, Karin hatte auch gearbeitet, aber mit festen Zeiten. Sie war keine Karrierefrau. Familie war ihr wichtig. Wohl wichtiger als mir, dachte er bedauernd.

„Freue mich, Frau Tiburtius", hörte er sich mit floskelhafter Höflichkeit sagen, ganz so, als sei es für ihn das Natürlichste, das Selbstverständlichste der Welt.

Das war es aber nicht und er würde Mühe haben, es zu verbergen. Das wusste er und Koch wusste es vermutlich auch. Hatte er nicht eben bei Koch ein verstecktes Grinsen entdeckt? Machte der Polizeirat sich über ihn lustig, war das gar eine Bewährungsprobe für ihn? Holtkotte beschloss, die Rolle weiterzuspielen, aber bei erster Gelegenheit der neuen Kollegin etwas auf den Zahn zu fühlen.

„Herr Kriminalrat, ich will dann die neue Kollegin einmal im Haus rumführen, um ihr alles zu zeigen", sagte er mit souveräner Gelassenheit und nickte Tiburtius zu.

„Wollen wir?"

Tiburtius nickte dankbar und beide verließen Kochs Arbeitszimmer. Erst das Malheur mit der Wasserflasche und nun das. Der Tag fing ja gut an.

„Herr Hauptkommissar, wollen wir vielleicht erst einmal eine Tasse Kaffee trinken?"

Holtkotte nickte.

„Aber den Hauptkommissar lassen wir mal schön weg. Mich nennen sie hier nur Holtkotte. Mein schöner Vorname

Joachim hat sich nie durchgesetzt. Und eines machen wir auch direkt klar: Siezen ist nicht. Nicht bei uns."

Tiburtius nickte dankbar.

„Catalina ist mein Vorname. Hat sich auch nie so richtig durchgesetzt. In den USA hieß ich nur Catta. Daran habe ich mich mittlerweile fast schon gewöhnt."

Tiburtius lächelte einnehmend, aber Holtkotte verhielt sich absichtlich spröde. „Keine gute Zeit zum Flirten", dachte er. Wollen der jungen Frau aber mal ein wenig auf den Zahn fühlen.

„Also, Catta, warum Frankfurt? Und was ist so deine Geschichte?"

Mittlerweile waren sie in der Cafeteria angekommen und hatten sich mit einer Tasse Kaffee an einen der freien Tische gesetzt. Holtkotte fixierte sie erneut, diesmal mit den Augen eines professionellen Ermittlers. Gepflegte Hände, kein Ring an der Hand. Die Lederjacke schien ein Unikat, vermutlich sehr teuer; das T-Shirt darunter trug die Aufschrift Max Mara, ein Label, das Holtkotte nicht kannte. Sie trug keinen Schmuck, keine Ohrringe, kein Armband, keine Kette, die Ohrläppchen verrieten aber, dass sie nicht grundsätzlich Ohrringe ablehnte. Die Fingernägel waren kurz und farblos lackiert; ihr ganzes Auftreten hatte einen Hauch von Männlichkeit. War sie, fragte sich Holtkotte unwillkürlich, lesbisch? Oder mischte sich da die Tatort-Figur Odenthal in seine Einschätzung hinein?

„Also", begann Tiburtius, „ich komme aus Trier. Nach dem Abitur wollte ich zur Polizei, aber nicht in Rheinland-Pfalz. Zu langweilig. Was will man in einem Bundesland, dessen aufregendste Stadt Mainz ist? Nicht für mich. Frankfurt war schon immer mein Ziel. Und wie es dann so läuft: erst Ausbildung, erste Station in Wiesbaden, auch nicht schlecht. Dann bot sich die Chance, in die USA zu gehen, bezahlt, um neue Techniken kennenzulernen, um auch ein wenig die amerikanische Mentalität zu studieren. Und jetzt bin ich hier."

Tiburtius lehnte sich auf dem Cafeteria-Stuhl zurück und ergänzte dann:

„Und nein, ich bin nicht lesbisch. Ich habe deinen Blick jedenfalls so gedeutet, als ob du dich das gefragt hast. Ich stehe ganz normal auf Männer, bin nicht verheiratet, habe im Moment keine Beziehung und bin auch nicht interessiert daran. Schon gar nicht auf der Arbeit. Das wollte ich noch ergänzen, denn ich habe mich im Vorfeld auch ein wenig über dich umgehört. Du hast, was Frauen angeht, keinen guten Ruf."

„Wow, wow", hörte sich Holtkotte sagen. „Das ist ja eine starke Eröffnung. Aber gut, wenn wir offen miteinander sind, das brauchen wir, wenn wir zusammenarbeiten."

Er wischte sich den Mund, packte die beiden Kaffeebecher zusammen und warf sie in einen Abfalleimer. Ein wenig hatte ihn die unerwartete Konfrontation verärgert und er beschloss, sich nicht den Schneid abkaufen zu lassen. Das hatte noch keine Frau geschafft und Tiburtius würde nicht die erste sein, so viel stand fest.

„Zur Kenntnis genommen. Nicht lesbisch, ungebunden. Kein Interesse an Männern. Ist das in etwa so richtig?"

„Nein, ich habe Interesse an Männern. Nur nicht hier und jetzt. Nur nicht auf der Arbeit. Ansonsten ja“, erwiderte Tiburtius lächelnd.

„Kinderwunsch?“

„Nein.“

„Aber du willst sicher irgendwann mal heiraten, dich von einem Mann aushalten lassen und ein stilles, glückliches Leben ohne Arbeit führen, ein wenig den Garten pflegen und dich mit wohligem Grausen an die Zeit erinnern, in der du hier in Frankfurt gearbeitet hast?“

„Nein, eher Karriere machen, deine Vorgesetzte werden und dir dann kräftig in den Hintern treten“, erwiderte Tiburtius mit ernsthaftem Gesichtsausdruck.

Holtkotte war sich unsicher. Meinte sie das wirklich ernst? Er konnte es zumindest nicht ausschließen und beschloss, noch ein wenig mehr Druck zu machen. Er würde Tiburtius provozieren, um zu sehen, was sie draufhatte.

„Darauf kannst du lange warten. Ich habe bisher noch jede Schlampe überlebt“, sagte er, wohl wissend, dass diese Provokation gegen alle Formen des Respekts und der Anerkennung verstieß, aber das waren ohnehin nicht seine Stärken.

Er war ein oder zwei Schritte vor Tiburtius gelaufen auf den langen Fluren des Polizeipräsidiums und reagierte etwas unwirsch, als Tiburtius seinen Namen rief.

„Holtkotte?“

Er drehte sich um und sah noch eine Bewegung aus den Augenwinkeln, dann hatte ihn der Fußtritt erwischt. „Voll in die Eier“, dachte er nur, als er zu Boden ging und vernehmlich röchelte. Scheiße, das tut weh. Ihm wurde für einen Moment schwarz vor Augen, er krümmte sich auf dem Boden; zum Glück war der Flur sonst menschenleer und keiner hatte diesen Zwischenfall beobachtet.

„Tief durchatmen", sagte Tiburtius und beugte sich über Holtkotte. „Tief durchatmen, gleich ist es vorbei. Sei froh, dass es nur die Turnschuhe waren und nicht die Boots. Und damit wir uns richtig verstehen: Nennst du mich noch einmal eine Schlampe, mache ich dich zu Fräulein Holtkotte, verstanden?"

Sie nahm seine Hand und half ihm wieder auf.

„Mach das nie wieder", röchelte er nur und stützte sich für den weiteren Weg auf Tiburtius.

Er war dankbar, dass sie nicht nachfragte, was er denn dagegen tun wolle, denn dieser Tritt in die Hoden hatte ihm eine tiefere Verletzung zugefügt, als er es sich eingestehen wollte: Sein Selbstwertgefühl war verletzt, zum ersten Mal, von einer Frau. Breitbeinig, leicht humpelnd und auf Tiburtius gestützt erreichte er sein Büro.

„Hast du noch alle Gurken im Glas?", fragte Holtkotte etwas lauter, als es sich gehörte.

Er beugte sich stöhnend auf den Schreibtisch und atmete tief durch.

„Und was, wenn ich das jetzt melde?"

„Der große Holtkotte meldet, dass eine zarte Frau ihm in die Nüsse getreten hat? Unwahrscheinlich. Ich will von vorneherein eines klarstellen. Du kannst abfällige Bemerkungen über Frauen machen, wie du willst. Das ist dein Bier und fällt auf dich zurück. Machst du eine solche Bemerkung über mich, hast du ein Problem. Das ist meine einzige sensible Seite."

Holtkotte konnte sich das Lachen nicht verkneifen und es tat höllisch weh.

„Das nennst du deine sensible Seite? Dann will ich deine unsensible Seite nicht kennenlernen."

Er deutete auf den zweiten Stuhl.

„Setz dich." Dann schaute er Tiburtius lange an, schweigend. Schließlich sagte er:

„Wir sind auf dem falschen Fuß gestartet. Oder besser: Ich bin mit dir auf dem falschen Fuß gestartet. Meine Schuld. Also noch mal: Mein Name ist Holtkotte, ich bin 40 Jahre alt, geschieden, mit Leidenschaft Kriminalbeamter, ein Macho. Ich trinke manchmal zu viel, mache dumme Witze über Frauen, bin politisch nicht korrekt, meist ziemlich gerade raus. Ich fahre gerne mit meinem Motorrad durch die Gegend und manchmal habe ich auch seltsame Anwandlungen, was das Kochen angeht. Jetzt du."

Tiburtius strich sich über ihre kurzen Haare, dann schaute sie Holtkotte in die Augen.

„Ich bin Catalina Tiburtius, geboren in Trier vor 35 Jahren. Ich bin nicht verheiratet und nicht auf der Suche, gehe gerne in die Oper, bin seit einer Woche stolze Besitzerin einer Dreizimmerwohnung im Nordend, die meine Eltern mir gekauft haben. Ich liebe gute Weine, spiele Cello zur Entspannung, lese mit Vorliebe französische Krimis im Original und wähle Grün und hätte gerne einen Hund, wie ich zu Hause einen hatte. Geht hier aber nicht. Reicht das aus?"

„Es reicht erst einmal für ein erstes Bild“, grummelte Holtkotte. „Französische Krimis? Und wieso sprichst du so gut die Sprache?“

„Von Trier aus war es nicht weit nach Frankreich. Da bin ich häufig gewesen. Simenon, Leblanc, Lagrange: Das sind so meine Lieblingsautoren. Gefällt mir einfach. Ach ja, und eine Vorliebe für französische Chansons habe ich auch. Macht einfach gute Laune.“

Sie schaute ihn an und pfiff nur leise die Melodie eines Chansons, den Holtkotte sofort erkannte: Je ne regrette rien, ich bedaure nichts. Das war wohl die subtile Seite der neuen Kollegin.

Holtkotte seufzte und lehnte sich zurück. Der Schmerz ließ langsam nach.

„Willkommen im Team, Catta. Jetzt wollen wir dich mal den anderen Kollegen und Kolleginnen hier vorstellen. Komm mit.“

Sie gingen aus dem Büro, Holtkotte trommelte die K11 im Besprechungsraum zusammen. Tiburtius würde sich schnell im Team eingliedern, da war sich Holtkotte sicher. Wenn ihr nur keiner blöd kommen würde. Das war, wie er bezeugen konnte, nicht ohne Risiko. Aber die Frau machte sonst einen guten Eindruck und konnte auf sich aufpassen, das alleine war schon viel wert. Holtkotte verließ das Präsidium am frühen Nachmittag. Überstunden abfeiern. Und vielleicht noch ein wenig im Garten der Pizzeria um die Ecke sitzen, Bier trinken, die Sonne noch ein wenig genießen. Wer konnte schon sagen, wie das mit der Pandemie weitergehen würde und ob nicht irgendwann wieder alle Kneipen schließen würden wie schon im Frühjahr. Morgen würde er mit Tiburtius durch das Präsidium gehen, damit sie andere Kollegen kennenlernte und sich im Haus zurechtfand.

II

Kaum war Holtkotte am nächsten Tag im Präsidium angekommen, wurde er bei Koch einbestellt. Tiburtius war schon dort. Koch kam ohne Umschweife zur Sache.

„Wir haben einen Todesfall in Bergen, der Bundestagsabgeordnete Florian Ronnekämper. Er ist heute früh tot von seinem Mitarbeiter aufgefunden worden, einem gewissen Paul Bärlach. Spurensicherung ist bereits am Ort. Ihr beide habt den Fall. Und eines noch, das geht vor allem an Sie, Holtkotte: Ihr müsst diskret sein. Ronnekämper war nicht irgendwer, sondern ein politisches Schwergewicht. Vielleicht müssen wir auch den Staatsschutz hinzuziehen. Also bitte, geht damit sensibel um. Kein Wort zur Presse, das wird von ganz oben besorgt. Und bitte jeden Tag einen Lagebericht über den Fortgang der Ermittlungen."

Holtkotte und Tiburtius nickten und auf dem Weg zum Wagen merkte Holtkotte, dass Tiburtius schon ein kleines Dossier vorbereitet hatte.

„Ich bring dich während der Fahrt auf meinen Informationsstand", sagte sie nüchtern.

Sie trug wieder die Lederjacke, Jeans, T-Shirt, heute aber Boots mit einer Stahlkappe, und Holtkotte verspürte ein leichtes Ziehen in seinen Hoden.

Holtkotte startete den Wagen, fuhr vom Parkplatz des Präsidiums und in die Escherheimer Landstraße Richtung Heddernheim, um von dort auf die Autobahn zu fahren. Dann würde er die Abfahrt nach Bergen nehmen, die Friedberger Landstraße hoch, um den Stadtverkehr zu umgehen.

„Also“, begann Tiburtius, „das Opfer heißt Florian Ronnekämper, verheiratet, zwei Kinder, 58 Jahre alt. Er wurde erschossen in seinem Haus aufgefunden. Sein Mitarbeiter Bärlach sollte um 7:30 bei ihm sein, klingelte, keiner öffnete. Er ging um das Haus herum und fand die rückwärtige Tür aufgebrochen. Ronnekämper saß in einem Sessel, Schusswunde im Kopf. Bärlach hat sofort die Polizei benachrichtigt und ist dortgeblieben, um das Haus zu sichern.“

„So weit, so gut“, erwiderte Holtkotte. „Ich bin jetzt allerdings nicht so tief in der Politik. Gib mir mal ein wenig Hintergrund.“

„Ronnekämper war seit 1998 Mitglied des Bundestages, ein CDU-Politiker. Er war Jurist, hat nach dem Studium mit zwei Freunden eine eigene Kanzlei gegründet. Die Kanzlei gibt es heute noch mit Sitz in Bornheim, und Ronnekämper hat auch während seiner Zeit im Bundestag immer wieder Mandate angenommen. Genaueres findet man auf der Website des Bundestages, wo die Mandate und der damit erzielte Verdienst aufgeführt werden, jedenfalls in der Theorie.“

„Was meinst du damit?“

„Es werden keine genauen Beträge genannt, sondern nur Korridore. Daraus kann man zumindest ablesen, wie viel er mindestens verdient hat. Pro Jahr mindestens eine halbe Million.“

„Und von wem?“

„Das ist es ja. Mandanten werden keine genannt und dürfen auch nicht genannt werden. Wir wissen also nicht, welche Mandanten er hatte und um was es ging. Übrigens stammten seine Nebeneinkünfte nicht nur aus der Tätigkeit als Anwalt, er hat auch noch eine eigene Beratungsfirma am Start gehabt."

„Und sonst?"

„Ronnekämper war Mitglied im Wirtschaftsausschuss des Deutschen Bundestages und hat den Ausschuss über zwei Legislaturperioden geleitet. Er war Mitglied im Fraktionsvorstand der CDU/CSU und Vorsitzender der Parlamentariergruppe arabischsprachige Staaten des Nahen und Mittleren Ostens. Er galt als Vertreter des rechten Flügels der Union und ist deswegen immer wieder einmal von den Linken angegangen worden. In seiner Partei war er nicht unumstritten, weil er sich für ein entspanntes Verhältnis zur AfD eingesetzt hat; er hatte aus früherer Zeit zu einigen der Spitzenleute der AfD ein freundschaftliches Verhältnis. In der CDU Frankfurt war er wohl wenig präsent, zumindest hat er keine Leitungsfunktion innegehabt."

„Ist mir noch nie untergekommen", murmelte Holtkotte, „aber mit der Politik habe ich es nicht so."

Tiburtius schien das überhört zu haben und fuhrt fort:

„In der CDU Hessen spielte er keine Rolle, war aber im Vorstand des Wirtschaftsrats, einer CDU-nahen Vereinigung, und war auf Bundesebene auch für die Mittelstandsvereinigung der CDU tätig. Und er hatte eine Reihe von Nebenjobs, so beispielsweise im Aufsichtsrat der Gesellschaft für Internationale Zusammenarbeit, im Beirat der Bundesnetzagentur und als Vorstandsmitglied der deutsch-arabischen Kammer für Handel und Industrie. Mehr habe ich auf die Schnelle nicht herausfinden können."

„Ein umtriebiger Mann", kommentierte Holtkotte und pfiff anerkennend durch die Zähne. „Kein Wunder, dass er sich eine solche Bude leisten kann."

Sie fuhren auf eine große Villa zu, vor der bereits Polizeiwagen parkten. Holtkotte stellte das Auto am Straßenrand ab und sah sich das Haus genauer an. Es war wohl keine 10 Jahre alt, nicht wirklich protzig, aber doch repräsentativ mit hochwertiger Ausstattung. In der Garagenauffahrt stand ein Audi A6 mit dem Kennzeichen F-FR 1998. Initialen und Jahr der ersten Wahl in den Bundestag, vermerkte Holtkotte sofort. Ein offenbar sehr von sich selbst eingenommener Mann, eitel. An der Eingangstür stand Müller-Riehm von der Spurensicherung.

„Was hast du für mich?", begrüßte ihn Holtkotte. „Und ja, das ist Tiburtius, meine neue Partnerin."

Tiburtius und Müller-Riehm nickten einander zu und Müller-Riehm gab einen Kurzbericht, während sie das Haus betraten. „Männliche Leiche, Kopfschuss. Die Tatwaffe liegt fein säuberlich auf dem Esszimmertisch, eine Caracal-Pistole aus den Vereinigten Arabischen Emiraten. Abfrage hat ergeben: Pistole gehörte nicht dem Opfer. Der hatte keine Waffenbesitzkarte, Ehefrau auch nicht. Einbruchsspuren hinterer Eingang. Todeszeitpunkt vermutlich gestern gegen 21 Uhr. Keine Zeugen. Gefunden wurde Ronnekämper von seinem Mitarbeiter Bärlach, der da draußen sitzt."

Müller-Riehm wies auf einen schlanken Mann, der in einem Gartenstuhl auf der Veranda saß und eine Zigarette rauchte.

„Zu dem kommen wir später“, sagte Holtkotte. „Der soll sich bereithalten. Ich will erst einmal ein Gefühl für den Tatort bekommen. Bereit, Catta?“

Tiburtius nickte, obwohl sie nicht genau wusste, für was sie bereit sein sollte. Aber Holtkotte hatte über die Jahre eine Angewohnheit entwickelt, sich sehr genau das Umfeld eines Mordes anzuschauen und so etwas über das Opfer zu lernen – und vielleicht auch etwas über den Täter.

„Lass uns ein wenig einmal laut denken“, sagte Holtkotte, „und zieh dir Handschuhe über. Wir beginnen mit dem Opfer und arbeiten uns dann durch das Haus durch. Das sollte uns einige Informationen über das Opfer geben. Dein erster Eindruck?“

„Sehr gediegen bis luxuriös, würde ich sagen. Hier ist viel Geld zu Hause.“

„Woran siehst du das?“, fragte Holtkotte.

„Der Sessel, in dem Ronnekämper sitzt, ist ein Ray-Eames-Lounge-Sessel, nicht die billige Kopie, sondern ein teures Original. Kostet so um die 6.000 Euro. Die Bilder an den Wänden sind keine Reproduktionen. Dieses da“ – Tiburtius zeigte auf das Porträt eines Mannes – „das ist aus dem Umfeld von Max Beckmann.“ Sie ging ein wenig näher an das Bild heran, um die Signatur zu entziffern. „Rudolf Heinisch. Sagt mir jetzt nicht viel, kann ich aber gleich mal googeln.“

„Und die Leiche?“, fragte Holtkotte.

„Sauberer Kopfschuss, war vermutlich sofort tot. Gepflegtes Äußeres, manikürte Fingernägel. Er kam wohl entweder gerade von der Arbeit oder hat noch jemanden erwartet, denn in einem Businesshemd mit Manschetten und einer teuren Windsor-Krawatte macht man sich keinen gemütlichen Abend."

„Ich schlage vor, du schaust mal, was du so alles findest, und ich ebenfalls. Dann nehmen wir uns den Herrn Bärlach vor, einverstanden?"

Tiburtius nickte und Holtkotte ging auf Expedition. Das Haus war penibel sauber. Die Ehefrau und die beiden Kinder waren nicht da. Da Ronnekämper ein viel beschäftigter Mann war, lag die Vermutung nahe, dass er eine Haushaltshilfe hatte. Das musste er erfragen und machte sich eine kurze Notiz. Im oberen Stockwerk interessierte ihn besonders das Schlafzimmer von Ronnekämper mit dem sich anschließenden Badezimmer. Er öffnete die Schränke, bis er gefunden hatte, was er suchte: den Medizinschrank. Nur das Übliche: Aspirin, Ibuprofen, Salben, eine normale Hausapotheke. Da war das Arbeitszimmer von Ronnekämper schon ergiebiger. Das war mit viel Sorgfalt eingerichtet, getäfelt, mit teuren Lampen und in Leder eingebundenen Büchern ausgestattet. Holtkotte nahm einige von ihnen in die Hand, es waren eher repräsentative Exemplare, Sachaustücke; gelesen sahen sie nicht aus. Nun gut. In der Schreibtischschublade fand sich eine Batterie von Medikamenten: vor allem gegen Bluthochdruck, aber auch eine halb volle Packung Cialis, die Holtkotte ein Grinsen ins Gesicht zauberte. Nicht, dass er dieses Mittel selbst schon gebraucht hätte, aber es lag doch etwas Beruhigendes in der Aussicht, mit den Mitteln der modernen Wissenschaft das Sexualleben deutlich zu verlängern. In der Schreibtischschublade fand sich auch ein kleines durchsichtiges Päckchen mit weißem Pulver. Kokain, wie Holtkotte schnell feststellte, etwa 10 Gramm. Holtkotte war überrascht, dass er nicht überrascht war, ganz so, als habe er diesen Fund erwartet. Die Reichen, Schönen, Bedeutenden – die nehmen halt Kokain.

Der Schreibtisch selbst war wenig aufgeräumt, hier zeigte sich vermutlich der wahre Ronnekämper, der eher im Chaos lebte als in der vollkommenen Ordnung des Wohnzimmers. Auf dem Schreibtisch lag auch Ronnekämpers Handy; Holtkotte verpackte es in einer mitgebrachten Plastiktüte und verstaute sie dann in seinem Sakko.

Die Papiere auf dem Schreibtisch zu studieren, hatte er nicht die Zeit, es schien auch völlig vereinbar mit dem zu sein, was Holtkotte über Ronnekämper bisher wusste: Drucksachen aus dem Deutschen Bundestag, eine Korrespondenz mit dem saudischen Botschafter in Berlin, die Kopie einer Rechnung, die Ronnekämper im Auftrag der Ronnekämper Global Consult GmbH geschrieben hatte: Beratungsleistung im Wert von 25.000 Euro. Holtkotte beschloss, dieses Schreiben einmal mitzunehmen, allein um zu prüfen, in welchem Verhältnis denn diese Global Consult zu der gemeinsamen Rechtsanwaltskanzlei in Bornheim stand. Als er weiter die Papiere durchblätterte, fand sich auch ein Drohbrief. *„Ronnekämper, Du Faschistenschwein. Wir kriegen dich.“* Darunter nur ein großes stilisiertes *„A“*, was entweder auf die autonome oder die antifaschistische Szene hinweisen konnte. „Schau an“, dachte Holtkotte, „ein anonymes Schreiben, eine Drohung. Und die liegt hier einfach unter anderen Papieren, ganz so, als ob der Empfänger das nicht ernst genommen hatte. Warum war da nicht der Staatsschutz eingeschaltet worden? Das war doch das übliche Vorgehen? Oder hatte Ronnekämper das als Scherz aufgefasst?“ Holtkotte beschloss, auch dieses Schreiben mitzunehmen und suchte einen Briefumschlag, um es zu verstauen. Als er dabei den Laptop anhob, fand er darunter festgeklebt eine 17-stellige Nummer, vermutlich ein Zugangscode, aber Holtkotte hatte nicht die leiseste Idee, zu was dieser Code den Zugang gewährte. Vielleicht der WLAN-Schlüssel? Sollte sich die Spurensicherung doch einmal genauer ansehen, sagte er sich und machte sich einen entsprechenden Vermerk in seinem Notizblock. Die übrigen Zimmer im Obergeschoss waren unspektakulär, zwei Kinderzimmer, die von der offensichtlichen Existenz zweier pubertierender Teenager zeugten, die aber offensichtlich schon länger abwesend waren. Dazu sahen die Kinderzimmer zu aufgeräumt aus, zu organisiert. Dann ein Gästezimmer, spärlich möbliert, ohne weitere Gebrauchsspuren. Dann ging er wieder nach unten, um Tiburtius zu treffen.

„Na, was gefunden?“, fragte er neugierig.

„Ich bin noch nicht ganz durch“, sagte Tiburtius, „aber mein erster Eindruck war schon richtig. Viel edles, teures Zeug, alles mal schnell überprüft. Wenn du das Wohnzimmer alleine siehst, schauen dich über einhunderttausend Euro an.“

Holtkotte pfiff anerkennend durch die Zähne.

„Nicht schlecht. Und wo warst du noch nicht?“

Tiburtius nahm Holtkotte an den Arm und führte ihn in ein kleines Arbeitszimmer, das offenbar Frau Ronnekämper zuzuordnen war. Es war deutlich aufgeräumter als das Arbeitszimmer ihres Mannes, auf dem Schreibtisch fanden sich lediglich ein Schreibtischsekretär aus Nussbaumholz, ein Laptop und eine Berliner Tischleuchte aus Messing. Die Bücher in den Regalen machten einen eher gebrauchten Eindruck, viel Belletristik, Lyrik, einige Sachbücher; und auch die Chaiselongue in der Ecke wies darauf hin, dass hier eher ein Rückzugsraum als ein Arbeitsraum eingerichtet war. Mehr aus Gewohnheit denn mit der Absicht etwas zu finden, öffnete Holtkotte den Schreibtischsekretär und fand im obersten Fach einen kleinen Zettel. Darauf stand nur: *„Freue mich auf unsere gemeinsame Zeit in Andratx. In Liebe, S.“*

„Tiburtius? Was hältst du davon?“, fragte er und zeigte ihr den Zettel.

„Ungewöhnlich“, antwortete sie. „Warum hebt man einen solchen Zettel auf? Warum vernichtet man den nicht sofort? Als Beweisstück irritierend und kompromittierend, als Erinnerungsstück nicht tauglich.“

Tiburtius nahm den Papierkorb zur Hand, in der Hoffnung, dort noch etwas zu finden, aber der war leer. Die Haushälterin hatte ganze Arbeit geleistet. Holtkotte nahm den Laptop in die Hand, um zu sehen, ob dieser auch einen Zugangscode bereithielt, dem war aber nicht so. Auch sonst fanden sich keine weiteren Hinweise mehr, zumindest auf den ersten Blick. Holtkotte gab Tiburtius zu verstehen, dass sie hier nun fertig seien.

„Lass uns mal den glücklichen Leichenfinder befragen. Der sitzt draußen."

„Meine erste Leiche", erwiderte Tiburtius, „da kann ich schon einmal eine Zigarette gebrauchen."

„Flaues Gefühl im Magen?", fragte Holtkotte.

Tiburtius nickte betreten.

„Hatte ich so nicht erwartet. Eine echte Leiche ist schon etwas anderes."

„Das wird auch nie ganz verschwinden", erwiderte Holtkotte. „Wenn uns die Opfer egal werden, hören wir auf, gute Kriminalisten zu sein."

Bärlach saß noch draußen im Gartenstuhl, in Gedanken versunken. Er war ein attraktiver Mittdreißiger, etwa eins fünfundachtzig groß, drahtig, kurzer Bürstenhaarschnitt und Dreitagebart; ein Anzug von der Stange, wie Tiburtius schnell feststellte, aber er saß gut, keine Krawatte, schwarze, nicht billige, aber auch nicht übermäßig teure Lederschuhe. Bärlach erhob sich und deutete eine Begrüßung an, während sich Tiburtius und Holtkotte vorstellten.

„Was für ein Scheißtag", murmelte Bärlach nur. „Was für ein Scheißtag."

„Fangen wir mal von vorne an. Wer sind Sie und in welchem Verhältnis haben Sie zu Ronnenkämper gestanden?" Holtkotte wirkte fokussiert, bestimmend, vielleicht auch ein wenig autoritär und einschüchternd, aber das war auch seine Befragungsstrategie. Nie einen Zweifel daran lassen, wer der Chef im Ring ist; keine Befragung auf gleicher Augenhöhe, mit ihm, Holtkotte, sprach der Staat, die Autorität; keine

Gefühlsduselei, keine persönlichen Beziehungen aufbauen. Und es schien auch bei Bärlach zu wirken.

„Ich heiße Paul Bärlach, ich arbeite seit fünf Jahren ... arbeitete seit fünf Jahren für Ronnekämper, bin ... war ... sein Wahlkreisbetreuer."

„Was macht man da so?", unterbrach Holtkotte.

„Ich halte Kontakt zu der Basis, bereite Veranstaltungen vor, Firmenbesuche, Kontakte zu Vereinen und Initiativen. Ich bin gewissermaßen Augen und Ohren von Ronnekämper im Wahlkreis ... gewesen", fügte er seufzend hinzu. „Ich bin wohl ab sofort arbeitslos."

„Wieso das?", fragte Tiburtius und fing sich einen strengen Blick von Holtkotte ein, der es nicht mochte, wenn sich andere in seine Befragung von Zeugen einbrachten.

„Alle Mitarbeiter der Abgeordneten haben einen persönlichen Vertrag mit dem Abgeordneten, obwohl sie vom Bundestag bezahlt werden. Stirbt der Abgeordnete, endet auch das Beschäftigungsverhältnis. Ich werde mich wohl heute noch arbeitslos melden müssen."

Holtkotte nahm die Zügel wieder an sich.

„Sie sind ... waren also so eine Art Mädchen für alles im Wahlkreis?"

Bärlach nickte.

„Und was ist heute Morgen passiert?"

„Ich war heute früh um 7:30 Uhr mit Ronnekämper verabredet. Arbeitsfrühstück. Als ich geklingelt habe, hat niemand geöffnet, ich habe auch nichts im Haus gehört. Das ist ungewöhnlich, denn Ronnekämper war immer sehr zuverlässig, gerade, was Termine anging."

„Wo sind Ronnekämpers Frau und die Kinder?", unterbrach Holtkotte.

„Die beiden Jungs sind im Internat, in St. Andrews in Schottland. Ich meine, das Internat heißt St. Leonards. Da sind beide seit zwei Jahren. Und Frau Ronnekämper ist seit zwei Wochen im Ferienhaus auf Mallorca."

„Port Andratx?", fragte Holtkotte nach.

„Ja, woher ... na egal. Deswegen war auch keiner da. Ich bin dann ums Haus gegangen und habe gesehen, dass die Balkontür aufgebrochen war."

„Keine Sicherheitstür?"

„Ich meine nicht. Man kommt in den Garten nur durch ein kleines Tor rechts vom Haus. Das ist durch einen Zahlencode gesichert."

„Den Sie kannten."

„Ja, da hat Ronnekämper kein Geheimnis draus gemacht, zumindest mir gegenüber nicht. Im Sommer hat er häufig im Garten gesessen und die Klingel nicht gehört. Da sei es dann einfacher, ich komme einfach so rein, hat er gesagt."

„Haben Sie sich häufiger bei ihm getroffen?"

„Ja, es gibt ja immer wieder etwas zu besprechen, und Ronnekämper mochte es nicht, wenn wir uns in Kneipen trafen. Dann lieber bei ihm zu Hause, da war dann auch die Vertraulichkeit gewahrt."

„Verstehe", erwiderte Holtkotte. „Was gab es denn so Vertrauliches zu besprechen?"

„Herr Kommissar" – „Kriminalhauptkommissar", korrigierte Holtkotte freundlich – „Also Herr Kriminalhauptkommissar: Es gibt doch fast immer nur zwei Dinge, die vertraulich behandelt werden müssen: Geldsachen und Personalangelegenheiten. Bei Letzterem geht es um Karrierefragen innerhalb der CDU Frankfurt. Wer etwas werden kann und soll und wer nicht. Da war Ronnekämper ziemlich involviert und hat viele Fäden im Hintergrund gezogen. Bei der Geldfrage geht es um zwei Dinge: Finanzierung der Partei und des eigenen Wahlkampfs. Beides ist wichtig. Im nächsten Frühjahr steht die Kommunalwahl an, im Herbst die Bundestagswahl. Da braucht man Geld. Und die dritte Sache, die man vertraulich bespricht, Sex und Beziehungen, das lag jenseits meines Arbeitsfelds. Dazu kann ich nichts sagen."

Holtkotte beschloss, es dabei zu belassen. Geld und Karriere waren beides immer gute Motive für eine Straftat, aber so weit war er noch nicht, sich damit zu beschäftigen.

„Wie ging es dann weiter, als Sie die Einbruchsspuren bemerkt haben?"

„Ich habe die Tür geöffnet und, ja, Entschuldigung, im Nachhinein ist mir das klar, damit habe ich vielleicht auch Spuren verwischt. Als ich hineinkam, habe ich Ronnekämper im Sessel tot liegen sehen. Ich habe dann sofort über den Notruf die Polizei verständigt und ihre Kollegen dann auch über die Vordertür hineingelassen. Seither bin ich hier."

Holtkotte nickte.

„Ich glaube, das wäre es erst einmal gewesen, bitte halten Sie sich zu unserer Verfügung."

Tiburtius unterbrach gestisch und, nach einem bestätigenden Nicken von Holtkotte, fragte sie mit ungewohnter Wärme in der Stimme:

„Wie geht es Ihnen jetzt, Herr Bärlach? Können wir irgendetwas für Sie tun?“

Bärlach schien für einen Moment überrascht, dann hatte er sich aber wieder gefasst.

„Wir waren keine Freunde, wenn Sie das meinen. Ronnekämper und ich kennen uns seit vielen Jahren, und seit fünf Jahren betreue ich seinen Wahlkreis. Unser Verhältnis war professionell, eben mit der Komponente, dass ich sehr viel über ihn wusste und hier ein und aus ging. Aber befreundet waren wir nicht, nein. Trotzdem, er wird mir fehlen, auch über die Tatsache hinaus, dass er mein Arbeitgeber war.“

„Hatte Ronnekämper eine Haushaltshilfe? Es ist alles so sauber und seine Frau ist ja nicht da.“

„Ja, die kam zweimal in der Woche. Ich meine, vorgestern war sie zuletzt da, ich habe sie aber nie kennengelernt.“

„Und Sie wohnen in Höchst?“, fragte Tiburtius.

„Ja, das liegt zwar am anderen Ende der Stadt, aber Ronnekämper wohnte nicht in seinem Wahlkreis.“

„Und Sie sind jetzt mit dem Auto hier?“

„Ja, Bergen ist mit öffentlichen Verkehrsmitteln beinahe nicht zu erreichen. Und selbst mit einem Auto dauert es meist fast 40 Minuten, bis ich hier bin.“

„Danke, Herr Bärlach. Bitte kommen Sie dann morgen gegen 10 Uhr ins Präsidium, da haben wir etwas mehr Zeit, uns zu unterhalten.“

Tiburtius nickte ihm aufmunternd zu und Bärlach verabschiedete sich, vermutlich erleichtert, diese Stätte eines Verbrechens nun endlich verlassen zu dürfen.

Wieder zurück im Präsidium versuchten Holtkotte und Tiburtius, die ersten Eindrücke zu sammeln und zu ordnen. Der Todeszeitpunkt war mittlerweile auf etwa 21 Uhr des vorherigen Tages bestimmt worden. Um diese Uhrzeit war das Tageslicht schon verschwunden, der Mörder hatte sich also im Schutz der Dunkelheit Zutritt zu Ronnekämpers Haus verschafft. Es gab außer den Einbruchspuren auf der Veranda keine verwertbaren Spuren. Der Garten war mit dichten Büschen und Zäunen gegen die Nachbargrundstücke abgesichert und hier hatte sich kein Hinweis auf ein Eindringen gefunden. Der Mörder musste also durch das mit Code gesicherte Tor gekommen sein; Bärlach hatte aber angedeutet, dass Ronnekämper eher nachlässig mit dem Code umgegangen war. Frau Ronnekämper war an dem Abend nicht im Haus; man hatte sie heute nachmittags telefonisch über das gewaltsame Ableben ihres Mannes informiert und sie war auf dem Weg von Mallorca zurück nach Frankfurt. Die Nachbarn, die man befragt hatte, konnten nichts berichten. Das Haus lag in einer stillen Seitenstraße. Zwar war die Betroffenheit ob des Verbrechens groß, aber weniger wegen des Opfers. Ronnekämper schien nicht allzu beliebt bei seinen Nachbarn. Im Haus selbst war auf den ersten Blick nichts gestohlen worden. Der Schmuck von Frau Ronnekämper war ebenso noch vorhanden wie die Bildersammlung und ein nicht unbeträchtlicher Geldbetrag in Frau Ronnekämpers Schreibtisch. Damit war Raubmord nach Lage der Dinge auszuschließen. Von der Motivlage her waren drei Dinge aufgefallen. Erstens: eine eher seltene Pistole aus den Vereinigten Arabischen Emiraten. Weder Holtkotte noch Tiburtius hatten so eine Waffe je zu

Gesicht bekommen. Warum vor allem war sie so auffällig auf dem Tisch drapiert worden? Ganz so, als solle damit eine Botschaft vermittelt werden. Hatte das etwas mit Ronnekämpers Geschäftsbeziehungen in den arabischen Raum zu tun? Ging es hier um eine blutige Auseinandersetzung von Geschäftspartnern? Gab es da Probleme? Hierzu müsste man vermutlich erst einmal verstehen, um welche Geschäfte es sich handelt und wer die Geschäftspartner waren. Dann würde man vielleicht etwas weitersehen. Aber im Moment waren die Geschäftsbeziehungen von Ronnekämper ein verschlossenes Buch. Das Zweite war dieses anonyme Schreiben, diese Drohung gegen Ronnekämper. Gerade in Frankfurt ist ein gewisser Grad der politischen Radikalisierung nicht ungewöhnlich. Holtkotte wusste von gewaltbereiten Gruppen, die aber der Polizei durchaus bekannt waren. Vielleicht hatte sich aus dieser Gruppe einer oder mehrere radikalisiert? Was war der Grund? Ronnekämper war zwar eine Hassfigur für die autonome Szene, aber für ein Gewaltverbrechen bedurfte es doch eines Anlasses? Das musste man im Auge haben. Und schließlich: die kleine Notiz im Schreibtischsekretär von Frau Ronnekämper. Hatte sie einen Geliebten? Hatte der die Zeit der Abwesenheit von Frau Ronnekämper genutzt oder war er auch auf Mallorca? Eine Verwicklung von Frau Ronnekämper würde zumindest erklären, wie der Eindringling an den Zahlencode zum Gartentor gekommen war. Dann wiederum: Warum diese Umstände? Warum nicht mit einem nachgemachten Schlüssel gleich durch die Vordertüre?

„Zu auffällig“, hatte Tiburtius dann eingeworfen, aber war es nicht auch irgendwie auffällig, wenn die hintere Verandatür aufgebrochen wurde? Holtkotte hatte angemerkt, dass der Bereich der Verandatür von den Nachbargrundstücken aus nicht eingesehen werden konnte. Die Grundstücke links und rechts waren durch hohe Außenmauern, die die Veranda begrenzten, abgeschirmt und die Grundstücke dahinter lagen deutlich tiefer. Jeder Eindringling hätte sich also in aller Ruhe und ohne gesehen zu werden an der rückwärtigen Tür zu schaffen machen können. Dann aber lautete die Frage: Warum hatte es Ronnekämper nicht bemerkt und die Polizei gerufen? Dass er den Eindringling gekannt hätte, erschien unwahrscheinlich, denn er hätte ja dann von sich aus geöffnet. Also musste der Eindringling jemand sein, den Ronnekämper nicht kannte oder der nicht erkannt werden wollte und das Risiko auf sich nahm, dass Ronnekämper den Einbruch bemerkte und entsprechend reagierte. Es war ja noch zu früh, um ins Bett zu gehen, und Ronnekämper war bekleidet wie jemand, der entweder gerade nach Hause gekommen war oder noch jemanden erwartete. Vielleicht hatte der Eindringling ja in Ronnekämpers Abwesenheit die Hintertür aufgebrochen und dann auf Ronnekämper gewartet? Auch nicht unwahrscheinlich, da würde eine genauere Rekonstruktion des vergangenen Tages sehr helfen. Wo war Ronnekämper, wann ist er nach Hause gekommen? Völlig offen war, ob man noch weitere Funde machen würde, etwa auf dem Laptop, die auf weitere Motive hindeuten konnten. An diesem Fall war alles unsicher, bis auf eines: der Tod des Bundestagsabgeordneten Florian Ronnekämper.

Koch hörte sich den Bericht von Holtkotte und Tiburtius schweigend an.

„So ein Schlamassel“, stöhnte er. „Folgendes vorab: Wir haben als Präsidium eine Presseerklärung herausgegeben, dass der Bundestagsabgeordnete Ronnekämper heute Morgen tot in seinem Haus aufgefunden wurde und wir nun ermitteln. Wir haben ebenfalls freigegeben, dass es sich um ein Gewaltverbrechen handelt. Mehr nicht. Und dabei soll es auch bleiben. Wir ermitteln. Punkt. Ihr beide werdet auf keinen Fall mit der Presse reden. Wenn die Presse an euch herantritt, verweist ihr sie an mich. Es kann einen Zeitpunkt geben, an dem wir die Presse gebrauchen können, aber den bestimmen wir. Nicht ihr, auch nicht ich, sondern die da oben. Ich muss jetzt sehen, wie ich das mit dem Staatsschutz regele und gegebenenfalls mit dem LKA. Wir behalten die Federführung, damit das klar ist.“

Holtkotte nickte. So entschlossen hatte er Koch noch nicht erlebt.

„Der Tatort bleibt weiträumig abgesperrt. Eine Streife wird vor dem Haus platziert, damit die Presse auf keine dummen Ideen kommt. Etwa, sich einmal im Garten umzuschauen oder Ähnliches. Wir lassen jetzt erst einmal die Spurenermittler weiterarbeiten, vielleicht ergibt sich daraus noch etwas. Ihr beide werdet euch Bärlach morgen noch einmal vornehmen. Ich will alles über ihn wissen, bis hin zur Größe seiner Kondome ...“

Tiburtius brach in schallendes Lachen aus, befreiend nach diesem Tag, aber doch irgendwie unpassend, und kassierte einen strafenden Blick von Koch. Sie räusperte sich und versuchte, die Contenance zu wahren, was ihr nur schwer gelang. Erst ein freundlicher Knuff von Holtkotte half ihr, sich wieder zu sammeln.

„Schön, dass Sie Ihren Sinn für Humor nicht verloren haben, Frau Tiburtius“, knurrte Koch. „Sie werden ihn noch brauchen. Also, ich will alles über Bärlach wissen und darüber, was er über Ronnekämper wusste. Dann reden Sie bitte mit Karl Fischer, dem CDU-Parteivorsitzenden. Ich will wissen, welche Rolle Ronnekämper hier in der CDU gespielt hat. Ich habe sie beide für morgen, 17 Uhr annonciert, in der Kreisgeschäftsstelle an der Konstablerwache. Machen Sie keinen Blödsinn, Fischer könnte der nächste Oberbürgermeister werden in zwei oder drei Jahren. Denken Sie daran, das ist alles ziemlich vermintes Gelände. Also, ein wenig sensibel, wenn ich bitten darf.“

„Und Frau Ronnekämper?“, fragte Tiburtius.

„Kommt morgen am späten Abend zurück. Ich werde sie vom Flughafen abholen. Sie wird am darauffolgenden Tag zu unserer Verfügung stehen. Das ist schon geklärt. Morgen um 8 Uhr ist kleine Lage hier, da wird die Spurensicherung berichten.“

Holtkotte stöhnte leicht auf. Zu früh. Aber er wusste: Der Adrenalinrausch eines neuen Falles hatte ihn längst gepackt.

III

Holtkotte hatte tief und fest geschlafen und war wach, lange bevor der Wecker üblicherweise klingelte. Die Pförtner im Präsidium konnten ihn bereits um kurz nach 7 Uhr begrüßen. Die flapsigen Bemerkungen über präsenile Bettflucht nahm er nicht zur Kenntnis. Sein erster Weg führte ihn ins Büro von Koch, nicht um ihn zu sprechen – er war ohnehin noch nicht da –, als vielmehr die Tageszeitungen zu durchblättern, die in Kochs Büro lagen. Die BILD-Zeitung hatte den Mord auf dem Titelblatt. Der Bericht brachte nichts Neues, aber BILD stocherte ein wenig im Nebel und vermutete, unter Berufung auf einen ungenannten politischen Weggefährten, eine Beziehungstat. Ronnekämper sei kein Kind von Traurigkeit gewesen, hieß es dort, und es sei ein offenes Geheimnis gewesen, dass seine Ehe zerrüttet gewesen sei. Die Frankfurter Rundschau und die Frankfurter Allgemeine Zeitung vermeldeten die Tat auf der ersten Seite der Lokalnachrichten mit einem großen Artikel, im nationalen Teil fand sich überdies eine kurze Notiz. Während die Rundschau Ronnekämper als Freund autoritärer Regime wie Saudi-Arabien charakterisierte und darauf verwies, dass es wiederholt auch Diskussionen über Ronnekämpers Rolle bei Rüstungsexporten nach Saudi-Arabien gekommen sei, hob die FAZ vor allem Ronnekämpers wirtschaftlichen Sachverstand hervor und seine positive Rolle vor einigen Jahren bei der gemeinsamen Anstrengung, die Fusion der Frankfurter Börse mit der von London zu verhindern. Die

Frankfurter Neue Presse schließlich würdigte Ronnekämper auch als einen Förderer der Vereine und des Vereinslebens und belegte dies mit einer Reihe von Fotos, in denen Ronnekämper mit den unterschiedlichsten Vereinsvertretern zu sehen war. Nicht unerwähnt blieb auch, dass er im Jahr vor seiner ersten Wahl in den Bundestag der Frankfurter Karnevalsprinz war, eine Tatsache, die ihn stadtweit bekannt gemacht hatte und sicherlich bei der erfolgreichen Wahl geholfen hatte. Ronnekämper war dem Karneval auch verbunden geblieben und regelmäßiger Gast bei vielen Festveranstaltungen in seinem Wahlkreis. Er besaß offenbar eine stattliche Ansammlung von Karnevalsmützen unterschiedlichster Vereine, in denen er Mitglied war. Überdies würdigte die Neue Presse auch die gesellschaftliche Präsenz von Ronnekämper. Er sei sicherlich kein Partylöwe gewesen, aber auf den gesellschaftlich wichtigen Veranstaltungen der Stadt war er eine feste Größe.

Holtkotte faltete die Zeitungen wieder zusammen und hinterließ sie fein säuberlich auf Kochs Schreibtisch. Also ein weiteres Motiv: mögliche Affären von Ronnekämper. Und häufig lauerten hinter solchen Affären betrogene und gegebenenfalls sehr aufgebrachte Ehemänner.

Tiburtius war schon im Büro, als er dort ankam, und trank einen Kaffee.

„Auch nicht meine Zeit", sagte sie halb entschuldigend, „ist aber noch was da. Gut geschlafen?" Holtkotte berichtete von seiner Zeitungslektüre und den für ihn neuen Erkenntnissen. Sie würden heute Bärlach darüber befragen müssen.

Sofern er als Mitarbeiter Einblick in die privaten Geheimnisse seines Chefs gehabt hatte.

Pünktlich um 8 Uhr begann die Besprechung mit der Spurensicherung. Koch hatte sich ebenfalls dazu eingefunden und sah etwas übermüdet aus. Auch er hatte vermutlich einen etwas anderen Biorhythmus, zumal er häufiger auch Abendveranstaltungen wahrnehmen musste. Völlig übernächtigt aber erschien Müller-Riehm, der, nach seinem Aussehen zu urteilen, in dieser Nacht kein Bett gesehen hatte. Er kam ohne Umschweife zur Sache.

„Also, wir haben eine Menge Spuren gefunden und Fingerabdrücke und müssen die abgleichen. Wenn ihr so freundlich sein würdet, von Frau Ronnekämper und Bärlach Fingerabdrücke und DNA zu sichern, dann können wir schon einmal zwei Sets zuordnen. Wir haben insgesamt, nimmt man Ronnekämper da raus, vier Sets von Abdrücken gefunden, und da wüsste ich gerne, wer das war. Keine Übereinstimmungen übrigens beim Datenabgleich mit unseren Daten. Dann: Todeszeitpunkt kann auf 21 Uhr festgelegt werden, plus oder minus 15 Minuten, würde ich sagen. Die Tatwaffe war eindeutig die am Tatort sichergestellte Waffe. Und nun: Überraschung. Die Waffe war klinisch sauber. Keine Fingerabdrücke, keine DNA. Ich vermute, sie ist nicht nur abgewischt worden, sondern hat auch ein paar Minuten bei hohen Temperaturen im Backofen verbracht. Das bedeutet: Der Täter hat sich Zeit gelassen, um die Spuren zu verwischen, er hatte es nicht eilig. Das lässt auf überlegtes vorsätzliches Handeln schließen. Ich würde damit erst einmal alle Spekulationen über eine Beziehungstat hinten anstellen. Da wird in aller Regel weniger überlegt gehandelt, vor allem nach einer Tat. Aber man kann ja nie wissen."

„Und die Einbruchsspuren?", intervenierte Koch.

„Darüber habe ich mir lange den Kopf zerbrochen", antwortete Müller-Riehm. „Es ist so. Die rückwärtige Tür war mit einer einbruchshemmenden Vorrichtung gesichert, nicht die höchste Sicherheitsklasse, aber immerhin. Die Scheiben sind im ganzen Haus schlagfest, auch hinten. Dazu passen die Einbruchsspuren nicht. Ich vermute: Die Terrassentür war offen und hat dem Täter einen leichten Zugang ermöglicht. Erst im Nachhinein sind ganz bewusst Einbruchsspuren fingiert worden, und zwar mit einem ganz gewöhnlichen Schraubenzieher. Nicht sehr professionell, aber es lenkt natürlich die Aufmerksamkeit auf die Hintertür. Ich kann nicht ausschließen, dass Ronnekämper seinen Mörder auch durch die Vordertür hineingelassen hat, dass er ihn oder sie kannte. Wir haben aber nichts Auffälliges an Spuren gefunden. Wir haben auch das Einbruchswerkzeug nicht gefunden."

„Also könnte es doch eine Beziehungstat gewesen sein?", fragte Tiburtius.

„Im Prinzip ja, aber ich meine doch: Das überlegte Anbringen von Spuren und die gleichzeitige Beseitigung von Spuren spricht eher dagegen. Sicherlich kann die Tat im Affekt erfolgt sein, aber dass der Täter oder die Täterin danach so systematisch vorgeht, scheint mir aus meiner beruflichen Erfahrung heraus eher ungewöhnlich. Häufig folgt dem Affekt ein Erschrecken darüber, was man getan hat, und die überstürzte Flucht."

„Gibt es Hinweise darauf, dass Ronnekämper mit dem Täter oder der Täterin länger zusammen war?“, fragte Holtkotte. „Ich meine, gab es Hinweise darauf, dass man gemeinsam etwas getrunken hat oder Ähnliches?“

„Nein“, erwiderte Müller-Riehm, „nichts. Keine Gläser, kein Besteck, nichts. Wir haben in der Spülmaschine nachgeschaut: nichts. Die war leer. Wie gerade frisch ausgeräumt. Keine besonderen Spuren im Geschirrschrank. Entweder hatte Ronnekämper weder Geschirr noch Gläser gebraucht oder die Haushälterin war am Nachmittag da und Ronnekämper hatte noch keine Zeit, neues Geschirr zu gebrauchen. Wir haben übrigens auch geprüft, ob die zusätzliche Person mit Ronnekämper im Auto gekommen ist. Fehlanzeige, keine Spuren im Auto. Dafür Kondome und Cialis im Handschuhfach. Unser Abgeordneter war auf jede Eventualität vorbereitet.“

„Also“, sagte Koch. „Wir haben also folgende Situation. Wir wissen nicht, wie der Täter ins Haus gekommen ist, da die Einbruchsspuren fingiert sind. Wir haben keine Spuren an der Waffe, von der wir wissen, dass es die Tatwaffe ist. Und wir müssen Fingerabdrücke und DNA abgleichen.“

„Und das Kokain?“, hakte Holtkotte nach.

„Ist Kokain, wie du bereits festgestellt hast. Am toxikologischen Befund arbeiten wir aber noch.“

„Könnt ihr etwas zu dem Drohbrief sagen?“, fragte Holtkotte.

„Nein, keine Fingerabdrücke, außer denen von Ronnekämper. Nichts Verwertbares. Wir werden heute und morgen noch daran arbeiten, das Handy auszuwerten, und werden auch einen Blick in den Laptop werfen. Diese lange Nummer, die ihr gefunden habt, ist nach ersten Erkenntnissen kein WLAN-Schlüssel. Aber wir haben noch nicht herausgefunden, zu was die Nummer gehört."

„Und die Waffe?", fragte Tiburtius. „Die scheint doch eher ungewöhnlich."

„Die Caracal? Ist sie auch. Obwohl sie mittlerweile auch in Deutschland hergestellt wird. Die Tatwaffe stammt aber eindeutig aus den Vereinigten Arabischen Emiraten. Das haben wir schnell festgestellt, weil es auf der Waffe eingraviert war." Müller-Riehm lächelte, als ob er sagen wollte: Wenn doch bloß alles so einfach wäre. Doch das war es nicht. Wie kam die Waffe dann nach Deutschland?

„Ach ja, und registriert ist die Waffe in Deutschland nicht", fügte er hinzu. „Aber in vielen arabischen Staaten sind die Sicherheitskräfte damit ausgerüstet."

„Ein Albtraum", stöhnte Koch. „Jetzt haben wir auch noch eine diplomatisch relevante Dimension des Falles. Aber wir konzentrieren uns jetzt auf das Naheliegende. Müller-Riehm, Sie werten den PC und das Handy aus. Holtkotte, Tiburtius: Sie sprechen mit Bärlach und besorgen sich Fingerabdrücke und DNA und gehen heute Abend zu Karl Fischer. Ich werde die Hausleitung informieren, dass wir verschiedensten Spuren nachgehen und die Ermittlungen erst am Anfang stehen – dann können die was in der Presse verkaufen. Und ich hole Frau Ronnekämper am Abend vom Flughafen ab. Erneute Besprechung morgenfrüh" – er schaute in die erwartungsfrohen Gesichter – „zu einer etwas zivileren Zeit, also 9 Uhr." Damit hob er die Sitzung auf.

Gegen 10 Uhr kam Bärlach wie verabredet ins Präsidium. Er hatte keine Einwände dagegen, dass ihm Fingerabdrücke und DNA-Proben abgenommen wurden, ganz im Gegenteil.

„Wenn es die Aufklärung erleichtert", hatte er gesagt, „bin ich gerne dabei."

Und mit einem ähnlich kooperativen Selbstverständnis trat er auch Holtkotte und Tiburtius entgegen. Er schien noch sichtbar gezeichnet von den Ereignissen und beklagte sich darüber, dass er das Geschehene noch gar nicht habe verarbeiten können.

„So viele Fragen, die noch offen sind, so viel, was jetzt getan werden muss", murmelte er und Holtkotte und Tiburtius nahmen ihm die Betroffenheit auch ab.

„Auch meine erste Leiche", merkte Tiburtius mitfühlend an, „und mir geht es auch nicht gerade gut, obwohl ich Ronnekämper nicht kannte." Bärlach nickte dankbar und begab sich mit Tiburtius und Holtkotte in einen Besprechungsraum.

„So, Herr Bärlach", begann Holtkotte, „Sie sind als Zeuge hier, wir nehmen die Aussage auf Band auf, wenn Sie keine Einwände haben. Uns geht es darum, heute ein wenig über Sie zu erfahren und über das Opfer, auch ein wenig über das Umfeld, in dem Sie beide unterwegs gewesen sind. Einverstanden?"

Bärlach signalisierte sein Einverständnis und Holtkotte drückte auf die Aufnahmetaste. Die Befragung konnte beginnen.

„Fangen wir doch mit Ihnen an, Herr Bärlach. Können Sie uns ein wenig über sich erzählen? Das ist immer ein guter Einstieg."

„Gerne. Paul Bärlach, geboren 1985 in Frankfurt, verheiratet, eine sechsjährige Tochter. Meine Eltern haben einen Handwerksbetrieb in Höchst, eine Buchbinderei mit Buchdruck, dazu ein kleines Geschäft, in dem hauptsächlich Schreibwaren verkauft werden."

„Auf der Adelonstraße? Das kenne ich", unterbrach Holtkotte.

„Genau dort. Zur Schule gegangen bin ich dann in Höchst, Abitur am Friedrich-Dessauer-Gymnasium. Ich habe dann Jura studiert und 2012 mit dem zweiten Staatsexamen abgeschlossen. Mit meiner damaligen Freundin zusammen habe ich 2013 eine Anwaltskanzlei eröffnet; ich hatte Karin während des Studiums kennengelernt. Gleichzeitig habe ich mich schon recht früh politisch engagiert. Ich habe 2006 erstmals, aber erfolglos für den Ortsbeirat kandidiert, 2011 hat es dann geklappt und 2016 bin ich auch in das Stadtparlament gewählt worden.

Ronnekämper habe ich recht früh kennengelernt, er war ja der Wahlkreisabgeordnete. Ich habe ihn immer mal wieder auf Veranstaltungen erlebt, aber wir sind nie richtig ins Gespräch gekommen. Bis er mich 2014 ansprach. Ob ich mir vorstellen könne, für ihn zu arbeiten."

„Wie kam er auf Sie?", unterbrach Tiburtius.

„Ich nehme an, er hat Erkundigungen eingeholt. Er brauchte jemanden, der den Wahlkreis kennt, dort auch verwurzelt ist."

„Wer hat das vorher gemacht?"

„Daniela Oberstein-Haller", erwiderte Bärlach. „Sie war seit 2005 bei Ronnekämper und wollte sich nun eine eigene Rechtsanwaltspraxis aufbauen."

„Aber sie hatten doch eine eigene Praxis? Warum dann eine solche Position bei Ronnekämper?"

„Neue Kanzleien laufen häufig nicht so gut. Das war bei uns nicht anders. Und als meine Frau Karin dann schwanger wurde, kam das Angebot von Ronnekämper zur rechten Zeit. Wir hatten damit wenigstens erst einmal ein festes Einkommen. Ich habe weiterhin einen Teil in unserer Praxis gearbeitet, dann mit einer halben Stelle bei Ronnekämper. Da waren viele Abend- und Wochenendtermine dabei. Und mir ging es offen gestanden auch ein wenig darum, über Ronnekämper Leute kennenzulernen, sowohl für meine Praxis als auch für meine Kandidatur für das Stadtparlament. Ich habe ihn also ein wenig benutzt für meine eigenen Zwecke."

„Völlig legitim", erwiderte Tiburtius. „Aber warum sind Sie noch dabeigeblieben?"

„Es wurde offen gesagt lukrativ, denn Ronnekämper beteiligte uns bisweilen auch an Aufträgen seiner eigenen Kanzlei. Oder, wenn es politisch heikel war, an Aufträgen seiner Consultingfirma, die nicht über seine Kanzlei laufen sollten. Eine beinahe symbiotische Geschäftsbeziehung."

„Und werden Sie jetzt Nachfolger von Ronnekämper?", fragte Holtkotte unvermittelt.

„Nachfolger? Nein, so läuft das nicht. Wenn ein Bundestagsabgeordneter stirbt, der direkt gewählt ist, gibt es keinen Vertreter. Dann rückt jemand von der Landesliste der CDU nach."

„Und wer ist das?"

„Ich müsste nachschauen, aber vermutlich ein Kandidat aus Nordhessen. Wir haben bis auf Nordhessen bei den letzten Wahlen die Wahlkreise in Hessen direkt gewonnen. Da sind jetzt nur noch die Nordhessen offen."

„Und hier in Frankfurt? Wer wird da Nachfolger für die Bundestagswahl 2021?", Holtkotte drängte und Tiburtius überließ ihm das Feld.

„Das wird wohl im November entschieden. Dann ist die Wahlkreisdelegiertenversammlung angesetzt. Aber Frau Oberstein-Haller hat gute Chancen."

„Wieso gerade die?"

„Sie ist Vorsitzende einer der dortigen Stadtbezirksverbände. Und sie ist da recht bekannt, und eine Frau als Kandidatin ist immer gut."

Holtkotte wusste, was Bärlach meinte. Immer wieder der Quatsch mit der Quote, das konnte ihn auf die Palme bringen. Aber so war die Zeit halt. Ihn jedenfalls konnte man davon nicht überzeugen.

„Kommen wir einmal zu Ihren Aufgaben bei Ronnekämper. Was macht ein Wahlkreisbetreuer denn so?"

„Ich organisiere Termine, halte Fühlung zur Parteibasis, knüpfe Kontakte zu Firmen und den Sozialverbänden, auch zur Gewerkschaft. Ich strecke also meine Fühler aus in den gesamten Wahlkreis, informiere den Abgeordneten darüber. Er hat immer gesagt: *„Wenn die Tochter eines Vorsitzenden in meinem Wahlkreis einen Schnupfen hat, will ich das wissen."* Das war eine Stärke von Ronnekämper. Er wusste immer genau Bescheid und konnte das dann nutzen. Also, wenn er den Vorsitzenden dann traf, konnte er sagen: „Na, ist deine Tochter wieder gesund?“ Und dann war klar: Ronnekämper war nicht nur informiert, er kümmerte sich auch.“

„Und die gemeinsamen Geschäfte? Ist das üblich?“

„Vermutlich nicht, aber bei Ronnekämper hat sich das angeboten. Das war ein symbiotisches Verhältnis. Die Position war nicht so gut bezahlt, aber die Nebenverdienste haben das mehr als wettgemacht.“

„War Ronnekämper korrupt?“

„Ich sage mal so: Alles, was ich geschäftlich mit ihm gemacht habe, war in Ordnung. Das hatte zwei Aspekte. Das Erste betraf Geschäfte, die nichts mit dem Mandat zu tun hatten. Die waren ohnehin unproblematisch. Das Zweite waren Geschäfte, die sich aus dem Mandat heraus ergeben haben, da war Ronnekämper sehr vorsichtig. Und ohnehin hat er jede Nebeneinnahme gemeldet. Da war er sehr penibel.“

„Also keine Vorteilnahme?“

„Direkte Frage, direkte Antwort: Ich weiß es nicht und ich glaube es nicht.“

„Was ist mit Geschäftsbeziehungen in den arabischen Raum?“

„Die gab es, aber da hatte ich keinen Einblick. Die liefen wohl über Mittelsmänner, da war Ronnekämper meines Wissens nicht direkt involviert. Aber ich war nicht sein Buchhalter.“

„Was haben Sie bei Ronnekämper als Wahlkreismitarbeiter verdient, und was haben Sie durch Ronnekämper zusätzlich verdient?“

„Über den Bundestag als Mitarbeiter waren das knapp 3.000 Euro brutto im Monat, Teilzeit. Über die Aufträge, die durch Ronnekämper kamen, haben meine Frau und ich im Schnitt einen Jahresumsatz von etwa 150.000 Euro gehabt. Alles sauber versteuert."

Holtkotte lachte. „Ich bin nicht von der Steuerfahndung."

Bärlach lehnte sich zurück. „Schon klar, ich wollte nur nicht, dass es den Anschein des Unredlichen hat. Das war alles koscher."

„Wo waren Sie eigentlich vorgestern zur Tatzeit, sagen wir zwischen 20 Uhr und 22 Uhr?"

Bärlach stutzte für einen Moment, dann sagte er:

„Zu Hause. Hatte Kinderdienst, meine Frau hatte einen auswärtigen Termin. Aber ich habe gegen 20:30 Uhr noch mit Ronnekämper telefoniert, für etwa 20 Minuten."

„Um was ging es?"

„Wir hatten nachmittags noch einen Termin in einem Unternehmen, da hatte er mich gebeten, noch einiges zu recherchieren. Und eine kurze Absprache für den Tag darauf. Wir hatten um 9 Uhr einen Termin in einer Schule. Der ja dann nicht stattgefunden hat."

„Ein letzter Punkt. Ist Ronnekämper fremdgegangen?"

„Wie meinen Sie das?"

„Hatte er eine Affäre? Liebschaften? Wie war seine Ehe?"

Bärlach rutschte auf seinem Stuhl verlegen hin und her. Mit der Antwort ließ er sich Zeit.

„Dass es mit seiner Ehe nicht zum Besten stand, ist wohl bekannt", sagte er schließlich. „Nicht zuletzt auch durch seine Liebschaften. Er hat gegenüber mir daraus keinen Hehl gemacht. Aber das hat sich nur in Berlin abgespielt. Aber es ging nicht um Affären, sondern nur um den schnellen Sex, um One-Night-Stands. Da spielte Alkohol eine wichtige Rolle. Mehr als einmal hat er sich selten auf etwas mit ein und derselben Frau eingelassen, er hatte eine panische Angst davor, dass eine Frau Ansprüche stellen könnte. Hier in Frankfurt hat er sich sehr zurückgehalten."

„Und seine Frau wusste das?"

„Wissen wohl nicht, sie hat es geahnt. Sie kannte ihn ganz gut. Aber sie scheint sich damit arrangiert zu haben."

„Wie meinen Sie das?"

„Nun, es kam deswegen nie zu einer ernsten Ehekrise. Und Florian – Herr Ronnekämper – hat mir erzählt, dass er vermutet, dass seine Frau einen Liebhaber hat. Es war ihm egal."

„Hatten die beiden noch, na, Sie wissen schon."

„Ich weiß schon, aber ich weiß nicht. So sehr Ronnekämper mit seinen Eroberungen geprahlt hat, seine Frau war irgendwie außen vor. Da hat er nie etwas erzählt."

„Und Frau Ronnekämper, ist die alleine auf Mallorca?"

„Soweit ich weiß, ja, aber sie hat dort ein oder zwei enge Freundinnen, die permanent dort wohnen."

„Gibt es einen Mann mit dem Anfangsbuchstaben ‚S' in ihrem Freundeskreis?"

„Dem von Frau Ronnekämper? Kann ich nicht sagen. Unser Verhältnis war, sagen wir, eher formell. Sie mag mich nicht."

„Warum das?"

„Warum fragen Sie sie nicht? Ich kann es nicht sagen."

„Letzte Frage, Herr Bärlach: Vor dem Morgen, an dem Sie Ronnekämper gefunden hatten: Wann waren Sie das letzte Mal davor bei ihm zu Hause?“

„Am Tag davor. Ich habe ihn dort für unseren Termin abgeholt, wir haben im Wohnzimmer noch kurz einige Einzelheiten besprochen.“

„Etwas getrunken?“

„Ja, wir haben eine Tasse Kaffee getrunken.“

„Und warum mussten Sie ihn fahren?“

„Er hat nach solchen Terminen gerne noch etwas getrunken. Zur Not ein oder zwei Gläser Whiskey. Haben wir immer mitgeführt. Und wollte natürlich kein Risiko eingehen wegen der Fahrerlaubnis.“

„Natürlich“, lächelte Holtkotte. Er erhob sich und nickte Bärlach freundlich zu.

„Den Weg raus finden Sie? Aber ich muss Sie bitten, sich zu unserer Verfügung zu halten. Sie sind ein wichtiger Zeuge und können sicherlich noch einiges zur Aufklärung des Falles beitragen.“

Bärlach nickte, hob die Hand zum Coronagruß und verließ den Raum. Holtkotte war nun mit Tiburtius alleine.

Tiburtius war ungewohnt schweigsam. Erst nach einer Aufforderung von Holtkotte kommentierte sie die Befragung. *„Man manum lavat“*, haben die alten Römer gesagt. Eine Hand wäscht die andere. Und der hier, der war seifensauber. Ein aalglatter Typ. Antworten wie zurechtgelegt.“

Holtkotte nickte. Aber er fand das alles sehr plausibel.

„Ich werde den Erkennungsdienst bitten, einmal die Telefondaten von Ronnekämper aus dem Handy auszulesen. Und dann besorgen wir uns noch die Mobilfunkdaten von Bärlach. Wenn er wirklich zu Hause war, können wir sein Alibi ja dann einfach überprüfen."

„Du magst den Kerl nicht", sagte Holtkotte, „aber vielleicht hat er ja die Wahrheit gesagt."

„Ich mag auch Ronnekämper nicht, von dem, was wir über ihn gelernt haben. Ein Schwein. Ich weiß schon, warum ich Grün wähle."

„Und ich weiß, warum ich nicht wähle", versetzte Holtkotte. „Einmal gewählt, das Ergebnis hat mir nicht gefallen. Aber ein Opfer ist ein Opfer und wir müssen die Tat aufklären. Fällt manchmal nicht leicht, vor allem dann, wenn man insgeheim denkt: ‚Wer immer es war, der hat ein gutes Werk getan.'"

Tiburtius grinste. „Sehe ich auch so. Aber Bärlach scheidet wohl aus. Der hat doch durch den Tod von Ronnekämper handfeste materielle Verluste. Und vermutlich sogar ein gutes Alibi. Im Moment haben wir noch nichts, stimmt's?"

„Leider nein. Wir haben ein paar mögliche Motive, aber keinen Täter in Sicht. Unbefriedigend. Ich habe so im Gefühl, dass wir hier eine sehr harte Nuss zu knacken haben."

„Apropos, ich hoffe, deinen geht's gut", warf Tiburtius keck ein. „Beinahe tut mir ja der tätliche Angriff auf dich leid."

„Ich nehm' das mal als Entschuldigung", brummte Holtkotte. „Lass uns was essen gehen, dann ist es auch schon Zeit für das Gespräch mit Fleischer."

IV

Als sie an der Currywurstbude standen – Gott sei Dank war die grüne Kollegin keine Vegetarierin – ließ Holtkotte, schweigend essend, den Sachstand noch einmal Revue passieren. Das Opfer war nicht nur ein angesehener Bundestagsabgeordneter, sondern war auch in dubiose Geschäfte verwickelt und prahlte mit seinen Amouren. Die Ehe war nur noch Fassade, vermutlich hatten beide Vorteile darin gesehen, es auch so zu belassen. Frau Ronnekämper könnte eine Affäre haben, aber das war weder sicher, noch schien es unmittelbar für den Fall relevant, es sei denn, die Ausschaltung von Ronnekämper hätte hier einen Vorteil bedeutet. Dazu müsste man allerdings erst etwas über die Affäre wissen, wenn es denn eine gab. Dann die eigentümliche Tatsache, dass ganz offenbar der Tatort manipuliert worden war. Warum einen Einbruch vortäuschen, wenn es so leicht war, die Absicht zu erkennen? Warum die Tatwaffe, vollends gesäubert, für alle sichtbar hinterlassen? War die Nachricht an Frau Ronnekämper ebenfalls eine fingierte Nachricht? Er hatte im Erkennungsdienst nachgefragt, die Nachricht war ohne verwertbare Spuren. Das machte stutzig. Und dann die Geschichte mit den beiden Kaffeetassen vom Abend zuvor mit Bärlach. War Ronnekämper der Typ, der zwei gebrauchte Kaffeetassen einfach abwusch und wieder in den Schrank stellte? Die nahe liegende Idee, auch mal in den Küchenmüll zu sehen, hatte Holtkotte auch schon gehabt, aber der Müllbeutel war leer. Die Mülltonne war einen Tag vor dem Mord geleert worden und enthielt nichts. Er hatte noch nie einen solchen Fall gehabt, der zwischen allzu offensichtlichen Beweisen und der Abwesenheit von weniger offensichtlichen Hinweisen pendelte. Motiv? Völlig unklar. Täter? Völlig unklar. Klar war die Tatzeit, der Tatort, das Tatwerkzeug. Alles andere war wie ein Stochern im Nebel mit einer Stange, deren Länge man nicht kannte.

Amüsiert beobachtete er Tiburtius, die gierig einen Kakao trank. Er hatte sie vor den scharfen Currywürsten gewarnt, aber sie wollte ihm offensichtlich beweisen, wie hart sie war. Das war nun die Quittung. Tiburtius japste noch immer ein wenig und hatte einen hochroten Kopf, als sie im Auto auf dem Weg zur Konstablerwache waren. Das würde sich legen, bis sie auf den CDU-Vorsitzenden trafen.

Die CDU-Parteizentrale befand sich neben der Konstablerwache im obersten Stock eines Büro- und Geschäftshauses, kein Hochhaus, sondern ein sechsstöckiges Gebäude im Charme der Siebzigerjahre. Im kleinen Aufzug, der sie in den sechsten Stock brachte, konnte Holtkotte seine Partnerin noch einmal fixieren. Der rote Kopf hatte sich gelegt, Tiburtius strahlte nun wieder Entschlossenheit aus. Noch im Auto hatte er ihr halb anerkennend, halb therapeutisch auf die Schulter geklopft, weil er wusste, wie sich Schärfegrad E bei *„Best Worscht in Town“* anfühlte. *„Godfather's Deathkiss“* war die ziemlich eindeutige Beschreibung auf dem *„Brenn-O-Meter“*, das die unterschiedlichen Schärfegrade angab. Es gab nur noch einen Schärfegrad darüber, aber der war schon beinahe toxisch. Schon das, was Tiburtius da zu sich genommen hatte, konnte einem die Geschmacksknospen gefühlt einen ganzen Tag lahmlegen.

An der Eingangstür empfing sie Fleischer. Er war ein Mann Ende vierzig, seit beinahe zehn Jahren Parteivorsitzender der CDU in der Mainmetropole und Kämmerer der Stadt Frankfurt, der oberste Finanzmanager also. Er galt als politisch wendig, gut vernetzt, zeigte aber wenig Ehrgeiz, eine politische Karriere auf Landes- oder Bundesebene machen zu wollen. Wie viele Politiker hatte er einen leichten Bauchansatz und Tiburtius notierte auch eine leichte Atemnot, die sich schon nach wenigen Schritten einstellte. Im Besprechungsraum angekommen ließ er sich auf einen Stuhl fallen und lud Tiburtius und Holtkotte ein, auf der gegenüberliegenden Seite Platz zu nehmen.

„Was für ein Drama, was für ein Drama", rief er aus. „Haben Sie schon eine Spur? Wer macht denn sowas?"

Holtkotte schüttelte den Kopf.

„Nichts, was aussagekräftig wäre", erwiderte er. „Wir stehen sehr am Anfang. Und wir bewegen uns teilweise in einer Szene, die wir nicht kennen. Deswegen herzlichen Dank, dass wir Sie heute sprechen können."

Fleischer nickte.

„Wie kann ich helfen?"

„Uns geht es darum – vertraulich selbstverständlich – einen Einblick in das Innere der Partei zu bekommen. Das wird uns helfen, die eine oder andere Information einordnen zu können. Vielleicht beginnen wir einmal damit: Was war denn die Rolle von Ronnekämper in der Frankfurter CDU?"

„Formell war er Beisitzer im Kreisvorstand. Informell war er weit mehr. Sie müssen verstehen: Mandatsträger finanzieren zu einem bestimmten Teil unsere Parteiarbeit, und zwar über eine sogenannte Mandatsträgerabgabe. Das sind bei Bundestagsabgeordneten etwa 300 Euro im Monat, also nicht die Welt. Ronnekämper war aber einer unserer besten Spender und Spendeneintreiber. Er hat uns neben der Abgabe pro Jahr etwa 15.000 Euro gespendet und war, gerade in Wahlkampfzeiten, ein genialer Spendensammler, der es schaffte, bis zu 100.000 Euro zu organisieren."

Holtkotte pfiff anerkennend durch die Zähne.

„Das ist eine Menge Holz! Woher kam das?"

„Nun, wir unterliegen ja sehr strengen Regeln, was die Gelder angeht. Ronnekämper hatte sehr gute Kontakte in den arabischen Raum, ..."

„Warum erzählt er uns das jetzt?", dachte Holtkotte. „Da ist doch was faul."

„... aber aus dem Ausland dürfen wir nichts annehmen. Viel Geld floss aber von Kanzleien und Interessenvertretungen, die hier ansässig sind und mit dem arabischen Raum Geschäftsbeziehungen haben. Dann war immer eine größere Spende dabei von Rheinmetall, vor allem für den Bundestagswahlkampf. Und Ronnekämper organisierte bisweilen Dinner, die jeweils 9.999 Euro Eintritt kosteten."

„Warum so eine krumme Zahl?"

„Ab 10.000 Euro müssen die Namen der Spender genannt werden, und sie werden im Rechenschaftsbericht aufgeführt. So mancher Spender will das nicht, entweder, weil er auch andere Parteien finanziert oder weil es seinen Geschäftsinteressen abträglich wäre, zu sehr mit der CDU verbandelt zu sein.“

Fleischer lächelte, als ob es das Selbstverständlichste auf der Welt wäre, dass jemand eben mal knapp 10.000 Euro für ein Abendessen ausgab.

„Ich sehe, Sie sind etwas irritiert. Nun, dann vielleicht einmal einige Erklärungen“, nahm Fleischer den Faden wieder auf. Er hatte durchaus die ungläubigen Gesichter von Holtkotte und Tiburtius zur Kenntnis genommen.

„Parteien finanzieren sich zunächst einmal über drei Einnahmequellen. Die Mitgliedsbeiträge, die Mandatsträgerabgaben und die Wahlkostenerstattungen. Ein nicht unbeträchtlicher Teil davon bleibt auf der Bundes- und Landesebene hängen. Wir können mit diesen Einnahmequellen eine Geschäftsführerin bezahlen, die Miete, und grundlegende Kosten von Kampagnen. Und Kampagnen sind sehr teuer. Ein Bundestagswahlkampf kostet den Kandidaten im Schnitt 30.000 Euro – Plakate, Giveaways, ein Team bezahlen und vieles mehr. Manche geben ein Vielfaches davon aus. Der Kreisverband bezuschusst das alles mit null Euro. Wir haben das Geld nicht. Deswegen brauchen wir Spenden.“

„Und Ronnekämper?“

„Der hat immer gut 70.000 Euro für seinen Wahlkampf ausgegeben, alles Spendengelder. Da steckte auch privates Geld drin, von seiner Frau und seinem Bruder in München ...“

„Moment“, unterbrach Tiburtius, „wieso das?“

„Parteispenden können bis zu einer gewissen Höhe steuerlich geltend gemacht werden. Wenn ich ohnehin vorhabe, da noch private Gelder reinzugeben, dann lieber als Spenden an den Kreisverband. Auch das Geld, das sein Bruder gespendet hatte, kam von Florian Ronnekämper. Er hat sich dann die Steuerersparnis mit seinem Bruder geteilt. Es macht halt keinen guten Eindruck, wenn der Wahlkampf ausschließlich von Dritten finanziert wird, da schauen einige Leute in der Partei ziemlich genau hin. So waren dann Familienangehörige im Rechenschaftsbericht aufgeführt, weil die Spenden natürlich alle über der Grenze lagen. Wir sind ja schließlich auch eine Familienpartei."

Fleischer lachte laut auf, etwas unpassend, wie Holtkotte und Tiburtius fanden, dann hatte er sich wieder unter Kontrolle.

„Sorry, kleiner Scherz auf Kosten meiner Partei. Aber ich habe die dämlichen Regeln nicht gemacht."

„Das heißt ja, man muss Geld mitbringen, um hier zu kandidieren?", intervenierte Tiburtius.

„Im Prinzip ja. Aber es ist auch so: Der erste Wahlkampf wird mit viel Engagement, mit viel Unterstützung von Freiwilligen und mit wenig Geld gemacht. Das war bei Ronnekämper auch so. Sein erster Bundestagswahlkampf war mit Abstand am preiswertesten. Eine Ausnahme gibt es allerdings. Ein Wahlkampf um das Amt des Oberbürgermeisters ist immer extrem teuer. Da brauchen wir viele Spender, und Ronnekämper hat viele davon besorgt."

„Dann ist ihnen also der Dukatenscheißer abhandengekommen", stellte Holtkotte nüchtern fest.

„Ich hätte es nicht ganz so direkt ausgedrückt, Herr Holtkotte, aber Sie haben recht. Für die Finanzen unserer Partei spielte Ronnekämper eine sehr wichtige Rolle."

„Und wer wird diese Rolle nun einnehmen? Wer beerbt Ronnekämper als Bundestagskandidat?“

„Na, mit Pietät haben Sie es ja nicht, Herr Holtkotte. Ronnekämper ist ja fast noch warm und Sie fragen schon nach seinem Erbe. Aber gut, darüber haben wir uns auch schon Gedanken gemacht. Ich neige dazu, Frau Oberstein-Haller vorzuschlagen. Sie war lange Zeit Wahlkreismitarbeiterin von Ronnekämper und ist im Wahlkreis gut verwurzelt.“

„Und die Dukaten?“

„Herr Holtkotte, jeder hat so seine Stärken. Frau Oberstein-Haller ist eine gute Juristin, aber als Spendensammlerin ist sie bisher noch nicht in Erscheinung getreten. Aber wer weiß, wer weiß.“

„Kommen wir zurück zu Ronnekämper. Der war über zwanzig Jahre im Bundestag, aber so richtig nach oben gekommen ist er ja wohl nicht, oder?“

„Sie meinen Minister oder Staatssekretär? Nein, das hätte nicht zu Ronnekämper gepasst. Und übrigens gibt es sehr strenge Compliance-Regelungen für Mitglieder der Bundesregierung. Ronnekämper hätte mit einem Schlag erhebliche Einkommensverluste gehabt.“

„Und die Frankfurter CDU auch“, ergänzte Tiburtius.

„Junge Frau“, erwiderte Fleischer gönnerhaft, „Sie sagen das so abwertend. Und ganz so ist es auch nicht, denn ein leibhaftiger Minister lässt sich sicherlich auch ganz gut für die Spendenbeschaffung gebrauchen. Aber es gibt auch eine Verpflichtung, den Laden hier am Laufen zu halten. Oder wollen Sie, dass Deutschland eine linke Mehrheit bekommt, eine Verbots- und Gängelmehrheit? Nein, es ist schon wichtig, dass wir kampagnenfähig sind, und es ist wichtig, dass wir Leute wie Ronnekämper haben, die uns das ermöglichen."

Holtkotte drückte unter dem Tisch Tiburtius' Knie, weil er bemerkte, dass sie kurz vor der Explosion stand. Jetzt galt es aber, professionell zu bleiben. Tiburtius nickte Holtkotte bestätigend zu.

„Hatte Ronnekämper Feinde?"

„Mal abgesehen von den üblichen Verdächtigen? Er hat hin und wieder mal Fanpost bekommen von der autonomen Szene, die haben ihm Pest und Cholera an den Hals gewünscht. Ob die sich allerdings aus ihrem Kifferwahn jemals aufrappeln würden und zur Tat schreiten, bezweifle ich sehr. Auf Demos gehen und sich mit der Polizei prügeln ist eines, kaltblütiger Mord etwas anderes. Dann war Ronnekämper, umschreiben wir es so, kein Kind von Traurigkeit. Aber sein Jagdrevier lag eher in Berlin als in Frankfurt. Vielleicht war da der eine oder andere gehörnte Ehemann, der ein Hühnchen mit Ronnekämper zu rupfen hatte. Aber warum dann nach Frankfurt kommen? Zumal die Adresse auch nirgendwo vermerkt ist. Und über sein Geschäftsgebaren kann ich nichts sagen. Ich weiß, er war viel im arabischen Raum tätig, aber da kenne ich keine Hintergründe."

„Eine letzte Frage noch für heute. Wann haben Sie Ronnekämper das letzte Mal gesehen?"

„Am Abend bevor er ermordet wurde. Ich habe ihn gegen Abend noch besucht, wir haben über den bevorstehenden Nominierungsparteitag gesprochen. Und über die Kommunalwahlen im März."

„Haben Sie was getrunken?"

„Klar, Single Malt, wie immer. Ronnekämper hatte eine Vorliebe für guten Whisky, und er hatte eine wirklich gut bestückte Bar. Ein alter Laphroaig, wenn ich mich recht entsinne, war an dem Abend das Getränk unserer Wahl."

„Dann hätte ich noch eine Bitte. Würden Sie uns bitte morgen im Präsidium Ihre Fingerabdrücke und DNA zur Verfügung stellen? Es geht eigentlich nur darum, dass wir Spuren richtig zuordnen können."

„Na klar", erwiderte Fleischer. „Ich will ja, dass der Fall möglichst schnell aufgeklärt wird. Eine lange Hängepartie hilft uns hier nicht."

Holtkotte erhob sich, reichte Fleischer seine Visitenkarte.

„Danke für die Auskünfte. Bitte melden Sie sich doch, wenn Ihnen noch etwas einfällt, was für den Fall relevant sein könnte."

Tiburtius nickte Fleischer zum Abschied freundlich zu, was ihr wohl schwerfiel. Noch im Aufzug zischte Tiburtius:

„Was für ein aufgeblasenes, ekelhaftes, korruptes Schwein!" Und Holtkotte unternahm nichts, um sie vom Gegenteil zu überzeugen.

V

Tiburtius hatte eine schlechte Nacht hinter sich. Nachdem Holtkotte sie in ihrer Wohnung in der Zeißelstraße abgeliefert hatte – ein schöner Altbau, gut erhalten und renoviert –, hatte sie eine Flasche Rotwein geöffnet und sie innerhalb einer Stunde getrunken. Dieser CDU-Vorsitzende, er hatte alle ihre Vorurteile über die CDU bestätigt. Sie hatte sogar noch ihren Vater angerufen, der sich ja in der CDU gut auskannte, aber das war Rheinland-Pfalz. Ihr Vater hatte nur entgeistert zugehört. Das hatte Dimensionen, die er so aus Trier nicht kannte.

„Und es läuft bei uns auch nicht so", hatte er ihr versichert. Klar gab es in Trier auch eine Art geschlossene Gesellschaft der Kaufleute, der reichen Winzer und der hohen Beamten, aber es galt doch ein anderes Selbstverständnis. Ehre und Ehrenwort zählten da was. Und man machte keine schmutzigen Geschäfte.

„Lina", hatte er gesagt, „bei uns läuft sicher auch nicht alles immer ganz sauber. Aber Frankfurt spielt da wirklich in einer anderen Liga." Und sie hatte sich wieder wie ein Kind gefühlt, behütet, wann immer ihr Vater sie Lina nannte. Das durfte nur er, das war sein Kosename für sie. Nie hatte sie dies gegenüber jemandem erwähnt, auch nicht gegenüber ihren Beziehungen. Einer war mal auf die Idee gekommen, sie Lina zu nennen, dem hatte sie umgehend eine Ohrfeige verpasst und es nie erklärt. Der arme Kerl fragte sich vermutlich bis heute, was da schiefgegangen war. Ihr Vater jedenfalls hatte sie wieder etwas beruhigt. Sie vermisste ihn. Das Verhältnis zu ihrer Mutter war ein wenig angespannt, schon immer. Und trotzdem hatte sie sich manchmal insgeheim gewünscht, sie wäre in den väterlichen Betrieb eingestiegen. Weinanbau, das ist was Handfestes, Bodenständiges. Und sie liebte Wein; sie liebte es, im Herbst bei der Weinlese mitzuhelfen, sie liebte diese sonnigen, feuchtkalten Tage im Herbst, das süße Brot im Weinberg, die Arbeit im Keller, das Mosten, den Federweißer, sie liebte den Geruch im Weinkeller, der sich schwefelig-süß und leicht vermodert selbst in den Schieferwänden festgesetzt zu haben schien. Und doch hatte sie sich für eine Karriere bei der Polizei entschieden, vielleicht aus einem diffusen Gerechtigkeitssinn, vielleicht aber auch, um von zu Hause wegzukommen, etwas anderes zu machen, der Enge von Trier zu entfliehen. Sie seufzte. Jede Entscheidung im Leben hat ihren Preis.

Sie schlief schlecht in der Nacht und hatte einen leichten Kater, als sie am nächsten Morgen erwachte. Sie war früh dran und frühstückte erst einmal ausgiebig, bevor sie sich auf den Weg ins Präsidium machte. Die knapp zwei Kilometer ging sie zu Fuß, das lüftete morgens ihren Kopf durch. Holtkotte war schon da, nickte ihr kurz zu, dann ging es zur Besprechung.

Müller-Riehm sah diesmal ein wenig ausgeruhter aus, hatte aber einiges zu berichten.

„So, zunächst einmal: Fleischer war heute früh hier und hat Fingerabdrücke und DNA hiergelassen. Die Fingerabdrücke passen zu denen, die wir in Ronnekämpers Haus gefunden haben. Dann fehlt nur noch ein Set, das wir nicht erklären können. Hat schon jemand von euch herausgefunden, wer die Haushaltshilfe ist?"

Holtkotte und Tiburtius schüttelten den Kopf. Koch unterbrach:

„Das wird Frau Ronnekämper uns sagen können, ich habe sie gestern vom Flughafen abgeholt. Sie steht uns heute Nachmittag zur Verfügung. Sie wollte noch nicht in ihr Haus zurück, sie ist in einem Hotel untergebracht. Sie kommt um 14 Uhr ins Präsidium."

„Gut", sagte Müller-Riehm. „Vielleicht hat die Haushaltshilfe ja noch Termine frei, so einen sauberen Tatort habe ich selten gesehen. Wie dem auch sei ..." – er räusperte sich kurz, aber keiner war auf seine Bemerkung eingegangen – „Wie dem auch sei, wir haben drei Dinge, die für euch wichtig sind. Und eine kleine Überraschung. Erstens: Wir haben das Handy von Ronnekämper ausgelesen. Haufenweise Kontakte und Telefonnummern, haben wir alle mal ausgedruckt. Zweitens: Ronnekämper hat alle Kurzmitteilungen gelöscht, alle WhatsApp, und zwar gründlich. Bis auf eine SMS, die wohl an seinem Todestag kam, gegen 16 Uhr. Da stand nur: ‚*Das wirst du bereuen, du Schwein.*' Sonst nichts. Die Telefonnummer gehört zu einem Wegwerfhandy. Alle anderen Protokolle sind gelöscht. Der Mann war ziemlich akribisch, wenn es darum ging, Spuren zu verwischen. Und dann gibt es auch im Protokoll ein etwa 20-minütiges Gespräch mit Bärlach, Beginn 20:30 Uhr. Ende gegen 20:50 Uhr. Wir haben dann Bärlachs Einwahldaten an dem Abend überprüft; er war bei sich zu Hause. Er hat also ein Alibi. Und drittens: der toxikologische Befund. Der hat ergeben, dass Ronnekämper weder Kokain noch sonstige Drogen genommen hat. Alkohol ja, aber keine Drogen."

Müller-Riehm räusperte sich.

„Wenn er kein Kokain genommen hat – für wen war es dann?"

Müller-Riehm hielt einen Moment inne, wie um eine Steigerungsdramatik anzudeuten.

„Und nun, das Überraschungsei. Wir haben uns den Laptop von Ronnekämper angeschaut. Darauf ist eine Reihe von Dateien, die verschlüsselt sind. Der Zahlencode, den wir gefunden haben, passt nicht dazu, wir sind aber dran, die Verschlüsselung zu knacken. Das ist aber noch nicht das Überraschungsei. Wir haben Spuren gefunden, die auf die Verwendung eines Tor-Browser hinweisen. Wir haben allerdings weder den Zugangsnamen gefunden noch eine Idee, was das Passwort sein könnte. Wie dem auch sei. Entweder hat Ronnekämper den Tor-Browser benutzt, um gesichert Nachrichten austauschen zu können, was gerade im Zusammenhang mit den arabischen Staaten manchmal durchaus sinnvoll sein kann, oder er hat schmutzige Geschäfte gemacht."

Holtkotte fiel unvermittelt ein:

„Moment einmal, können Sie das mal genauer erklären? Tor-Browser? Das ist doch ein Zugang zum Darknet?"

„Ja", erwiderte Müller-Riehm, „und das kann zwei Dinge bedeuten. Das Darknet wird von Oppositionellen in autoritären Staaten benutzt, um gesichert Nachrichten übermitteln zu können. Das kann nicht gehackt werden, oder jedenfalls nur mit erheblichem Aufwand. Es könnte also sein, dass

Ronnekämper unter der Hand Kontakte zu Oppositionellen im arabischen Raum gehabt hat."

„Oder, dass er Waffen, Rauschgift oder Kinderpornos gekauft hat", warf Tiburtius ein.

„Na, hier hat aber jemand eine schlechte Meinung über unseren ehemaligen Bundestagsabgeordneten", entgegnete Müller-Riehm süffisant. „Wir wissen es aber nicht. Vielleicht sind wir schlauer, wenn wir in den Account hineingekommen sind, aber da bin ich skeptisch, weil in der Regel die Browserverläufe nicht gespeichert werden."

Koch hatte zunehmend entgeistert zugehört. Schon wieder neue Spuren, neue Motive. Und das war vielleicht noch nicht einmal das Ende. Man musste Ronnekämpers Leben in Berlin vermutlich auch etwas genauer untersuchen.

„Herr Müller-Riehm", sagte Koch, „Sie machen nun Folgendes. Sie setzen sich in Berlin mit dem Büro des Bundestagspräsidenten in Verbindung. Ich will Ronnekämpers Laptop in Berlin aus dem Bundestag und ich will, dass sein Büro gründlich durchsucht wird. Mit der Bundestagsverwaltung klären Sie, unter welchen Umständen und Bedingungen das möglich ist. Dann will ich Ronnekämpers Mitarbeiter aus Berlin hier haben. Alle. Machen Sie die ausfindig und klären mit der Verwaltung ab, ob die Mitarbeiter noch eine Dienstreise bezahlt bekommen. Holtkotte, Sie lassen sich von Frau Ronnekämper die Wohnungsadresse ihres Mannes in Berlin geben und bitten dann die Berliner Kollegen im Wege der Amtshilfe, die Wohnung gründlich zu durchsuchen. Ich werde den Verdacht nicht los, dass der Mord etwas mit Ronnekämpers politischer Tätigkeit zu tun hat. Darüber wissen wir zu wenig und das missfällt mir. Tiburtius, Sie setzen jemand daran, alle Informationen über Ronnekämper der letzten vier Jahre zusammenzutragen: Presseartikel, ich will seine Reden im Bundestag, alles, was öffentlich verfügbar ist. Und Sie bestellen die Oberstein-Haller ein. Und erkundigen Sie sich, ob Ronnekämper in den letzten Jahren hier noch weitere Mitarbeiter im Wahlkreis hatte; Praktikanten, was auch immer. Und Sie lassen sich von Fleischer eine Liste der Spender geben, auch von denen unter 10.000 Euro. Wenn er sich querlegt, sagen Sie es mir. Und von Bärlach will ich eine Liste aller Aufträge, mit denen ihn Ronnekämper in den letzten Jahren versorgt hat. Abmarsch!“

Irritiert schaute Tiburtius im Herausgehen auf Holtkotte. Was war bloß mit Koch los? Woher hatte der auf einmal eine solche Dynamik, einen solchen Schneid? Im Büro von Holtkotte angekommen, machte sie ihrer Verunsicherung Luft. Was war da passiert?

Holtkotte warf ihr nur die BILD-Zeitung des heutigen Tages hin. *„Wurde Ronnekämper Opfer einer Arabien-Connection?“*, hieß es da in einer Überschrift auf Seite 3. Im Artikel selbst wurde auf informierte Quellen verwiesen und auf die Geschäftsbeziehungen von Ronnekämper in die arabische Welt. Es wurde sogar erwähnt, dass die Tatwaffe eine Caracal war. Woher wusste BILD das? Hatte da jemand geredet? Oder war es ein besonders raffinierter Schachzug, um auf den Busch zu klopfen, um zu sehen, was darunter hervorgekrochen kam? Holtkotte teilte seine Überlegungen mit Tiburtius, nur um dann das Gespräch mit dem denkwürdigen Satz zu beschließen:

„Liegt vermutlich alles über meiner Gehaltsgruppe."

Es erklärte aber die Reaktion von Koch. Wenn das Durchstechen Absicht gewesen sein sollte, war der Urheber auch über Kochs Gehaltsgruppe. Das konnte einen schon nervös machen.

Nachdem Kochs Arbeitsaufträge abgearbeitet waren, kam auch schon Frau Ronnekämper. Eine attraktive Frau Mitte vierzig, etwa 1,60 Meter groß, lange, schwarze Haare und eine schwarze Cartier-Brille, eine elegante Erscheinung im schwarzen Hosenanzug von Chanel, einem Creolenohrring, der nach Einschätzung von Tiburtius etwa 3.000 Euro gekostet haben musste; Loafer von Gucci, Handtasche ebenfalls. Tiburtius fiel sofort auf, dass Frau Ronnekämper keinen Ehering trug. Da sie gut gebräunt war von der mallorquinischen Sonne und ihr Ringfinger auch keine helle Stelle aufwies, schloss sie, dass Frau Ronnekämper schon länger keinen Ehering trug, wenn sie das überhaupt je getan haben sollte, denn sie trug auch sonst keinen Ring. Holtkotte hatte für solche Details keinen Blick. Einen sehr trauernden Eindruck machte Frau Ronnekämper nicht, so viel stand fest. Holtkotte kondolierte, was sie ungerührt entgegennahm.

„Ich will gleich eines vorwegschicken", eröffnete sie das Gespräch. „Mein Mann und ich waren zwar verheiratet, aber jeder hat sein eigenes Leben geführt. Das galt auch für außereheliche Beziehungen, denn ehrlich gesagt: In der Ehe selbst lief nichts mehr."

„Hatte Ihr Mann außereheliche Beziehungen?"

„Das will ich doch meinen“, antwortete Frau Ronnekämper. „Wir haben uns vor Jahren schon darauf geeinigt, dass es unter einer Bedingung in Ordnung ist: nicht in Frankfurt. Mit Details hat er mich aber verschont.“

„Und warum haben Sie sich nicht scheiden lassen?“

„Warum sollte ich?“, erwiderte Frau Ronnekämper. „Es war ein gutes Arrangement. Mein Mann brauchte eine Vorzeigefamilie. Das kommt in der Politik nicht an, wenn man seine Frau und seine Kinder sitzen lässt. Ich habe bei gelegentlichen gemeinsamen Terminen die gute Ehefrau gespielt und er hat mir meine Freiheit gelassen. An einer Scheidung hätten nur Anwälte Geld verdient. Und eines war auch immer klar: keinen Familienzuwachs, wenn Sie wissen, was ich meine.“

Holtkotte nickte und schob ihr den Zettel zu, den er im Schreibtischsekretär gefunden hatte. „Können Sie dazu etwas sagen?“

Frau Ronnekämper betrachtete den Zettel und sagte dann: „Nein, keine Ahnung. Wo haben Sie den her?“

„Aus ihrem Schreibtischsekretär.“

„Was hatten Sie da zu suchen?“ Sie klang nicht erbost, nur etwas verwundert.

„Das gehört zu den Mordermittlungen“, erwiderte Holtkotte. „Wir müssen uns ein Bild machen.“

Frau Ronnekämper nickte. „Nein“, sagte Sie, „den Zettel habe ich noch nie gesehen, und ich kenne auch keinen ‚S‘. Deshalb werden Sie auch keine Fingerabdrücke von mir auf dem Papier finden.“

„Haben Sie eine Affäre, Frau Ronnekämper?“

„Ja. Mit einem sehr süßen jüngeren Mann auf Mallorca. Deswegen bin ich dort, so oft es geht.“

Holtkotte war etwas verblüfft über die völlige Offenheit, mit der Frau Ronnekämper ihre Affäre eingestand.

„Das ist ein Motiv, Frau Ronnekämper“, sagte er.

„Seien Sie nicht albern. Guido weiß ganz genau, dass es nicht auf Dauer ist, und ich weiß das auch. Ich bin gut zehn Jahre älter als er. Das hat keine Zukunft. Tut aber gut.“

„Und dieser Guido war die ganze Zeit bei Ihnen?“

„Natürlich. Ihn zu verdächtigen ist schon deshalb albern, weil er überhaupt nicht weiß, wo wir wohnen. Schon aus Selbstschutz habe ich ihm nie erzählt, dass wir in Frankfurt leben. Glauben Sie, ich will, dass ein verliebter Don Juan eines Tages vor unserer Tür steht? Nie im Leben. Da bin ich viel zu vorsichtig.“

„Frau Ronnekämper, haben Sie eine Haushaltshilfe?“

„Na klar, Frau Theobald. Die kommt einmal in der Woche und macht alles sauber. Wenn es notwendig ist, auch zweimal.“

„Wir brauchen ihre Kontaktdaten.“

Frau Ronnekämper nickte, zog einen Zettel und einen Stift aus der Handtasche und schrieb eine Telefonnummer auf.

„Eine sehr verlässliche Frau“, merkte sie an, „und in einem Alter, dass sie aus dem Beuteschema von Florian herausfiel.“

Holtkotte nickte und gab Tiburtius den Zettel.

„Rufst du sie bitte an? Sie möchte doch noch heute hier vorbeikommen. Und dann nimm Frau Ronnekämper bitte zum Erkennungsdienst mit. Wir brauchen“, sagte Holtkotte an Frau Ronnekämper gewandt, „Fingerabdrücke von Ihnen, damit wir die Spuren, die wir gefunden haben, zuordnen können. Das geht doch in Ordnung, oder?“

Frau Ronnekämper nickte. Sie werde die nächsten Tage in Frankfurt bleiben, beschied sie Holtkotte, schließlich müsse ja die Beerdigung vorbereitet werden. Und die Kinder seien ebenfalls auf dem Weg. Sie zog eine Visitenkarte aus der Handtasche.

„Unter dieser Nummer bin ich erreichbar“, sagte sie, bevor sie mit Tiburtius aus der Tür ging. Und Holtkotte hätte schwören können, dass sie ihm zugezwinkert hatte.

Es war schon beinahe 18 Uhr als Holtkotte und Tiburtius noch einmal bei Koch Bericht erstatteten. Aber die Ergebnisse waren mager. Frau Theobald war am späten Nachmittag noch im Präsidium gewesen. Ihre Fingerabdrücke passten. Damit war klar: Im Haus waren die Abdrücke von Bärlach, Ronnekämper, Fleischer und Theobald. Keine Abdrücke von Frau Ronnekämper. Frau Theobald hatte ausgesagt, dass sie zwei Tage vor dem Mord im Haus war und gründlich gereinigt hatte. Also hatte Ronnekämper die Tassen von dem Treffen mit Bärlach und die Gläser von dem Treffen mit Fleischer weggeräumt, es war aber doch auffällig, dass er in den zwei Tagen, nachdem Theobald das Haus gereinigt hatte, keinen Müll produziert haben sollte – der Mülleimer in der Küche jedenfalls war leer. Frau Ronnekämper hatte ein bombenfestes Alibi und kein Motiv. Die Kollegen in Berlin waren informiert und würden am nächsten Tag die Berliner Wohnung von Ronnekämper durchsuchen. Ronnekämpers Mitarbeiter waren einbestellt und würden in zwei Tagen in Frankfurt sein, und was die Spenden anging: Sie waren auf den ersten Blick unauffällig, Privatpersonen, Firmen, nichts, was besondere Aufmerksamkeit erregte. Tiburtius hatte für Koch ein Dossier mit Unterlagen erarbeiten lassen, gut 200 Seiten dick. Koch stöhnte leise, denn das würde seine Abendbeschäftigung sein. Und Frau Oberstein-Haller war für den nächsten Tag einbestellt. Bärlach erstellte eine Liste der Mitarbeiter im Wahlkreis und hatte auch zugesichert, bis zum Wochenende eine Liste der Aufträge der letzten vier Jahre zu erstellen, die seine Frau und er durch Ronnekämper erhalten hatten.

„Es heißt, ein Mord ist in den ersten 48 Stunden heiß", sagte Koch. „Danach werden die Spuren kalt. Irgendeine Idee, in welche Richtung die Ermittlungen gehen?"

Tiburtius und Holtkotte schüttelten den Kopf.

„Wir haben Motive, aber keine Tatverdächtigen. Alle üblichen Verdächtigen haben ein Alibi und kein Motiv. Die Spurenlage ist chaotisch und gleichzeitig dünn. Ich tappe völlig im Dunkeln", sagte Holtkotte resigniert.

„Und was sage ich dem Polizeipräsidenten?", fragte Koch, beinahe verzweifelt.

„Wir geben unser Bestes. Aber wir können nicht zaubern."

„Verdammt", rief Koch aus, „das ist einer der größten Kriminalfälle der letzten Jahre und Sie sagen mir, Sie können nicht zaubern? Das ist verdammt enttäuschend." Er grinste. „Verschwinden Sie, beide. Vielleicht sind Sie ja dann morgen so ausgeruht, dass Ihnen ein paar Zaubertricks einfallen." Holtkotte und Tiburtius ließen sich das nicht zweimal sagen. Es war Freitag und irgendwann musste man auch mal ein wenig Abstand von der Arbeit gewinnen. Der indirekten Aufforderung, am Samstag zu kommen, hätte es nicht bedurft. Jetzt musste man dranbleiben.

VI

Am Samstag ist das Präsidium weniger geschäftig als sonst, und man konnte auch guten Gewissens etwas später kommen. Kurz nach 10 Uhr waren Holtkotte und Tiburtius im Büro, beide ein wenig ratlos. Fleischer hatte die Liste der Spender der letzten Jahre zusammenstellen lassen. Daraus ließ sich auf den ersten Blick nichts Ungewöhnliches erkennen; auf den zweiten Blick auch nicht. Dann hatte Bärlach die Liste der Aufträge gemailt, die er und seine Kanzlei in den vergangenen Jahren Ronnekämper verdankten. Es waren hauptsächlich Vertragsaufsetzungen, einige auch mit Firmen, die ausländische Interessen vertraten. Wo sollte man hier ansetzen? Vermutlich musste man einen Kollegen aus dem Bereich der Wirtschaftskriminalität hinzuziehen, schon alleine, um zu wissen, nach was man suchen musste. Holtkotte war nicht der Typ für ausführliches Aktenstudium und Recherchearbeit, er war lieber direkt an der Front tätig, notfalls auch mit Körpereinsatz. Das alles schien aber in eine völlig andere Richtung zu gehen. Wie hatte es Tiburtius genannt? White-collar Crime. Vermutlich, denn das stand noch gar nicht fest. Ronnekämper hatte nämlich alle seine Einkünfte, wie es schien, sauber dem Bundestagspräsidenten gemeldet, da gab es nichts zu beanstanden. Und diese Einnahmen konnte man auf der Bundestagswebsite auch nachvollziehen, zumindest grob. Und für Einnahmen an der Meldepflicht und an der Steuer vorbei gab es bislang keine Hinweise. Holtkotte jedenfalls fühlte eine unruhige Hilflosigkeit, weil sich nichts konkretisierte, alles durch die Finger glitt, keine Spur deutlich wurde, bei der man ansetzen konnte. Sonst hatte man bei Mordfällen häufig schon früh einen Verdächtigen, auf den sich alles fokussierte, aber hier wusste er nicht einmal, nach was er suchen musste. Tiburtius schien davon unbelastet, sie sah mit gespannter Konzentration die Aufstellung von Bärlach durch, ganz so, als ob sich schon in dem konzentrierten Anstarren eine Lösung mitteilen könnte.

Eher gelangweilt klopfte Holtkotte mit dem Bleistift auf den Schreibtisch und sah zu Tiburtius hinüber.

„Catta, da findest du nichts. Wenn du etwas finden würdest, hätte Bärlach uns das nicht gegeben."

Tiburtius sah von den Papieren auf. Vermutlich hatte er recht. Sie mochte Bärlach irgendwie nicht, aber die Einschätzung von Holtkotte war vermutlich richtig. Seufzend legte sie den Papierstapel zur Seite.

„Ich will bloß kein schlechtes Gewissen haben, wenn ich den heutigen Abend genieße. Ich will nicht den Eindruck haben, ich hätte etwas übersehen!"

„Was hast du vor?"

„Oper. Meine Eltern kommen."

Holtkotte war noch nie in der Oper, hatte auch überhaupt keine Vorstellung davon. Er grummelte etwas undeutlich vor sich hin, woraus Tiburtius fälschlicherweise den Schluss zog, Holtkotte sei begierig auf zusätzliche Informationen.

„Lady Macbeth von Mzensk, eine Oper von Schostakowitsch. Da ist alles drin misshandelte Frau, Mord, Körperverletzung und irgendwie auch gute Polizeiarbeit. Schuld und Sühne. Wenn es doch bei uns so leicht wäre. Na gut, ein wenig einfach gestrickt und klischeehaft ist die Handlung schon. Womit bringt in der Regel eine Frau einen Mann um?"

„Mit Gift?"

„Genau. Hier auch. Aber die Musik ist hinreißend."

„Ich hatte mal einen Fall", sinnierte Holtkotte, „da hatten wir keine Leiche, aber einen Mann, der sich im Krankenhaus hat untersuchen lassen. Hatte ziemlich unspezifische Beschwerden: Übelkeit, Erbrechen, Gliederschmerzen. Die haben da ein deutlich erhöhtes Solaninniveau festgestellt, was heute eigentlich selten ist. Haben uns dann kontaktiert, weil sie den Verdacht hatten: Der ist vergiftet worden."

„Und? War er?"

„In gewisser Weise ja. Seine Frau war Vegetarierin und hatte ein Faible für Kartoffeln, Tomaten, Auberginen. Unter bestimmten Umständen kann dann der Solnaningehalt das kritische Maß überschreiten. Das kann bis zum Tod führen."

„Du willst mich verarschen."

Holtkotte lachte. „Du hast recht. Es gab keinen solchen Fall. Oder es gab ihn, vor einigen Jahren ging mal etwas durch die Presse, da bin ich darauf aufmerksam geworden. Aber nicht hier in Frankfurt. Das hat damals dazu geführt, dass der empfohlene Grenzwert gesenkt wurde. Aber um den zu erreichen, muss man schon viel Kartoffeln essen. Es kommt eben immer auf die Dosis an. Ich jedenfalls esse seither keine Auberginen." Er grinste.

„Geht eben nichts über ein gutes Stück Fleisch", stellte Tiburtius fest, und man sah ihr beinahe die Freude an einem saftigen Steak an.

„Aber Du hast mich auf etwas gebracht. Bärlach und Fleischer, die kooperieren alle so mustergültig. Normalerweise hätte ich gedacht, die mauern mehr. Nichts davon. Als ob sie uns in einem Wust an Informationen ersäufen wollen."

„Vielleicht wollen sie aber auch nur, dass der Fall schnell abgeschlossen ist. Das schadet doch alles, wenn Leute wie Ronnekämper dann durch die Presse gezogen werden. Schon die BILD heute gelesen? Neue Spekulation auf Seite 3. Da heißt es: *‚Ronnekämper: Dunkle Geschäfte im Darknet?'* Und dann wird munter drauflos spekuliert. BILD erklärt, was Ronnekämper dort alles hätte einkaufen können, alles hoch unappetitlich. Und irgendjemand muss wieder etwas durchgestochen haben. Wir haben noch nicht einmal den Zugang zum Tor-Browser gefunden."

„Vielleicht hat ihn ein saudisches Tötungskommando besucht. Wegen seiner Kontakte zur saudischen Opposition im Darknet. Und dann gründlich aufgeräumt."

„Du solltest nicht so eine blühende Fantasie haben", erwiderte Holtkotte lachend. „Saudisches Tötungskommando! Warum nicht gleich der Mossad, weil Ronnekämper mit den arabischen Staaten zusammenarbeitet und dort Waffen vertickert hat?"

„Genau, seine Frau ist insgeheim eine Mossad-Agentin und hat das alles eingefädelt, hat falsche Spuren gelegt ..."

„Vielleicht suchen wir an der falschen Stelle?"

„Was meinst du?" fragte Tiburtius.

„Na ja, wir gehen im Moment davon aus, dass die Tat einen Bezug zu Frankfurt hat. Klar, sie ist hier begangen worden. Aber wir haben bislang nur Akteure aus Frankfurt im Blick gehabt: Fleischer, Bärlach, Frau Ronnekämper. Wir wissen nichts über die Berliner Akteure."

„Na, seine Mitarbeiter kommen ja am Montag. Da dürften wir ein wenig mehr erfahren."

„Und heute haben wir noch Oberstein-Haller. Aber zuerst noch ein wenig die Dossiers über Ronnekämper. Hast du schon was gefunden?", fragte Holtkotte.

„Nein, Reden und Artikel über Besuche bei Vereinen, Übergabe von Förderungsbescheiden und so weiter. Nichts, was ein schlechtes Licht auf Ronnekämper werfen würde. Keine Spendengeschichten, auch nichts über Frauengeschichten, ein vorbildlicher Abgeordneter, der sich vor Ort kümmert, liebender Familienvater. Wie im Klischee. Und die Reden: nichts Außergewöhnliches, war im Abstimmungsverhalten immer konform, keine Abweichungen."

„Also nach außen ganz Biedermann ...", sinnierte Holtkotte.

„Ja, ein Vorbild für die Jugend", ätzte Tiburtius. „Wo ist eine investigative Presse, wenn man sie braucht."

„Vielleicht sollten wir versuchen, weniger zynisch zu sein", ließ sich Holtkotte zweifelnd vernehmen, nur um mit einer Handbewegung dann, wie alle Zweifel wegwischend, unter dem prustenden Gelächter von Tiburtius ein lautes „geh fott" in den Raum zu rufen; das war der Moment, in dem Daniela Oberstein-Haller zur Tür hineinkam und irritiert die beiden Kommissare ansah, die sie zum Gespräch gebeten hatten.

Oberstein-Haller war Mitte vierzig, konservativ gekleidet, sich aber durchaus ihrer nicht unbeträchtlichen Reize noch sicher.

Alles an ihr strahlte Business aus, Geschäft; nicht aber ihr Auftreten, sie schien nervöser, als man es bei einer Befragung bei der Polizei erwarten würde. Der Aufforderung, sich zu setzen, hätte es nicht bedurft, Oberstein-Haller hatte sich den erstbesten Stuhl genommen und sich hingesetzt, ihre Handtasche aufgemacht und durchsucht, schließlich die Zigaretten gefunden. Das Kopfschütteln von Holtkotte und Tiburtius machte ihr klar, dass in den Büros des Polizeipräsidiums Rauchen nicht erlaubt war, und sie steckte die Packung seufzend wieder weg.

„Also“, begann sie formlos, „hier bin ich, wie gewünscht. Wie kann ich helfen?“

Tiburtius und Holtkotte stellten sich vor, fragten, ob man ein Glas Wasser oder einen Kaffee anbieten könne, was Oberstein-Haller dankend ablehnte. Holtkotte fixierte Oberstein-Haller für einen Moment, was sie nur noch nervöser zu machen schien.

„Danke, dass Sie gekommen sind“, begann er dann. „Wir wollen eigentlich nur wissen, wie Ihr Verhältnis zu Ronnekämper war.“

Oberstein-Haller rutschte auf dem Stuhl hin und her.

„Verhältnis? Was meinen Sie damit?“

Holtkotte beschloss, aufs Ganze zu gehen.

„Hatten Sie Sex mit ihm?“ Die Frage stand brutal im Raum und nun ging ein Ruck durch Oberstein-Haller.

„Sind Sie immer so direkt?“ Sie schaute zunächst auf Tiburtius, die sich ein Grinsen nicht verkneifen konnte, dann sah sie Holtkotte in die Augen.

„Ich habe früher mal für ihn gearbeitet und wir haben auch, wie sie es so geschmackvoll ausdrücken, Sex miteinander gehabt. Ganz zu Anfang meiner Arbeit für ihn."

„Wo waren Sie an dem Abend seines Todes?"

„Ich war mit meinem Mann in Kronberg. Wir haben dort im Schlosshotel einen schönen Nachmittag verlebt, abends dort gegessen und auch dort übernachtet."

„Unter Ihrem Namen dort eingecheckt?", fragte Holtkotte.

„Selbstverständlich, was denken Sie denn!"

„Sie waren Ronnekämpers Wahlkreismitarbeiterin. Wie lange?"

„Von 2005 bis 2015. Er hat mich als junge Volljuristin angeheuert und ich bin bei ihm geblieben."

„Warum so lange?"

„Zunächst einmal hat er mir Türen geöffnet. Dann hatte er nichts dagegen, dass ich nebenher eine eigene Rechtsanwaltskanzlei betreibe. Da mein Examen nicht so berauschend war, habe ich zunächst sehr klein angefangen. Durch Ronnekämper habe ich Aufträge bekommen."

„Und warum haben Sie aufgehört?"

„Ich habe vor sieben Jahren meinen jetzigen Mann kennengelernt. Da wollte ich nicht mehr und brauchte mehr Zeit für mich. Ich habe ihn auch, ehrlich gesagt, nicht mehr gebraucht, meine Kanzlei lief ganz gut."

„Und Sie haben gar nicht mehr für ihn gearbeitet?"

„Gelegentlich doch, da kamen noch ein paar Aufträge."

„Welcher Art?"

Er hat mich vor allem für Betreuung osteuropäischer Kunden eingesetzt. Wenn die hier in Frankfurt waren."

„Also weniger als Rechtsanwältin denn als Frau?"

„Sagen wir es so: mit der Hoffnung auf einen Vertragsabschluss. Das habe ich dann auch eingefädelt. Und ihm in Rechnung gestellt. Gelegentlich sind wir auch zusammen noch unterwegs gewesen, strikt beruflich. Wenn er eine Frau an seiner Seite brauchte, für Geschäftsessen etwa. Seine Frau weigerte sich."

„Was waren das für Geschäfte und mit wem?"

„Das war alles legal, wenn sie das meinen."

„Nein, das meine ich nicht", insistierte Holtkotte. „Ich will wissen, was Sie da verkauft haben und an wen."

„Das fällt unter meine anwaltliche Schweigepflicht. Ich kann nur so viel sagen: Wir haben mit großen Firmen aus dem arabischen Raum und Osteuropa gehandelt und es waren keine Waren und Güter, die unter das Exportverbot fallen."

„Staatliche Firmen?"

„Häufig auch Firmen mit staatlicher Beteiligung, ja", erwiderte Oberstein-Haller. „Und es war nicht nur Ronnekämper, der mit am Tisch saß. Er hat bisweilen auch nur im Auftrag gehandelt, aber die Auftraggeber darf ich auch nicht nennen."

Nun schaltete sich Tiburtius ein, die bislang schweigend zugehört hatte.

„Haben Sie ihn geliebt?"

Oberstein-Haller war für einen Moment verblüfft. Der abrupte Wechsel der Gesprächsebene hatte sie auf dem falschen Fuß erwischt.

„Geliebt? Ronnekämper? Der war nicht der Mann dafür", sagte sie endlich. „Ich habe lange gebraucht, um das zu verstehen. Ronnekämper war nur an Ronnekämper interessiert.

Ich, ich, ich. Das war sein Credo. Ein Alphatier, das keinen neben sich dulden konnte, auch keine Frau. Florian Ronnekämper war ein Arschloch, zur Liebe nicht fähig. Aber ein erfolgreiches Arschloch. Und ja, vielleicht hatte ich mich mal in seinen Erfolg verliebt. Aber hinter dem Erfolg, da war nichts. Da war kein Charakter, kein spannender Mensch, wenn Sie verstehen, was ich meine."

Tiburtius nickte. Diesen Typ Mann kannte sie auch. Autoerotische Persönlichkeit. Schon fast ein Soziopath, unfähig, Gefühle zu zeigen oder bei anderen Menschen zu empfinden. Typen, die andere Menschen nur als Mittel zum Zweck sahen. Vielleicht war Ronnekämper auch so einer? Vielleicht musste man da bei der Ehefrau noch einmal nachfassen.

„Und Sie werden jetzt seine Nachfolgerin im Bundestag?"

Oberstein-Haller wirkte nun wieder sicher.

„Ja, Fleischer hat mich gebeten, mir das zu überlegen. Er würde mich dann vorschlagen. Und ich habe ihm zugesagt."

„Die Leiche noch warm, das Fell schon verteilt", murmelte Holtkotte halblaut. „Danke, Frau Oberstein-Haller, das war's erst einmal. Wenn wir noch Fragen haben, kommen wir auf Sie zu."

Holtkotte fühlte sich nach dem Gespräch mit Oberstein-Haller müde und deprimiert.

„Ich halte hier für eine Besoldung meinen Arsch hin, dafür würden diese Herrschaften nicht mal morgens aufstehen", dachte er. Er hatte schon einige unappetitliche Dinge erlebt, aber das hier war schon etwas ganz Besonderes. Konnte man es diesen Leuten übel nehmen? Gut, es war alles legal, es waren keine Geschäfte auch nur am Rande der Legalität, aber dennoch. Er als Beamter musste sich jeden Nebenjob genehmigen lassen. Und hatte auch überhaupt keine Zeit dafür.

„Wie machen die das bloß", grübelte er. Tiburtius schien seine Gedanken zu erraten.

„Auch frustriert?" Das war eine Frage, aber vermutlich auch eine Feststellung. Holtkotte nickte nur.

„Es gibt", so Tiburtius nachdenklich, „eine Anekdote über Friedrich den Großen, die ich irgendwo mal gelesen habe. Da hatte sich ein Beamter an Friedrich gewandt und um eine Pension gebeten. Friedrich hat das abgelehnt und an den Rand des Briefes notiert: *‚Ich habe ihn zur Tränke geführt, warum hat er nicht gesoffen?'* Keine Ahnung, ob das stimmt, aber mir scheint: Die haben alle ihren Friedrich gut gelesen."

Holtkottes Stimmung wurde nicht besser.

„Lass uns irgendwo ein Bier trinken. Ich habe die Schnauze voll", sagte er nur.

Tiburtius nickte und die beiden machten sich auf den Weg zum nächsten Wasserhäuschen. Das Wetter spielte mit und nach einer Stunde machte sich Holtkotte auf den Heimweg. Wenn der Tag schon versaut war, konnte er sich wenigstens noch der Fußballkonferenz im Radio widmen. Vielleicht war es ja für die Eintracht ein guter Tag.

VII

Der Montag versprach, unangenehm zu werden, denn in der Sonntagsausgabe der FAZ war ein großer Artikel im Regionalteil Rhein-Main über das Ableben von Ronnekämper erschienen. Ein Großteil des Artikels befasste sich mit dem Leben und Wirken des verstorbenen Bundestagsabgeordneten, aber ein Teil des Artikels war auch dem Stand der Ermittlungen gewidmet und enthielt Spekulationen über mögliche Motive des Mords und leider auch einige Informationen aus den laufenden Ermittlungen, die auf einen Informanten bei der Polizei selbst hindeuteten. Niemand hatte den Kokainfund gegenüber der Presse offiziell erwähnt, zumal auch nicht klar war, ob dies für die Ermittlungen relevant war, aber nun stand es schwarz auf weiß in der Zeitung. Holtkotte hatte sich schon am Sonntag gewundert, als er zum späten Frühstück die Zeitung las, woher diese Information wohl gekommen war, und ihm schwante ein wenig erfreulicher Montag. Andererseits, er hatte mit keinem Journalisten gesprochen und Tiburtius kannte vermutlich keinen, also waren sie beide aus dem Schneider. Ein seltsamer Fall, in dem stückchenweise Details an die Presse gerieten und zu allerlei Spekulationen einluden. Holtkotte hatte davon abgesehen, Tiburtius am Sonntag anzurufen; man konnte nun ohnehin nichts machen. Holtkotte beschloss, den vielleicht letzten schönen Sonnentag vor dem drohenden Herbstwetter zu genießen und darauf zu hoffen, dass sich durch diese Auszeit seine Gedanken etwas ordnen würden. Nach wie vor fand er keinen Zugriffspunkt bei diesem Fall, überall schien er abzugleiten wie ein Bergsteiger an einer glatten, rutschigen Felswand.

Der Samstag war ebenso wenig erfreulich verlaufen, die Eintracht hatte es nur zu einem Unentschieden gegen Bielefeld gebracht. Ausgerechnet Bielefeld, und dann auch noch in einem Heimspiel, dem Auftaktspiel der neuen Saison. Blamabel. Er hatte sich schon in der vorherigen Saison darüber geärgert, dass es die Eintracht nur auf den neunten Platz geschafft hatte. Und das beim Pokalsieger von 2018! Aber Eintracht-Fan zu sein war eine ewige Leidensgeschichte, immer mal wieder durchbrochen durch spektakuläre Erfolge. Aber eben eine Leidensgeschichte. Wenigstens darin war man geschult.

Holtkotte sah sich ohnehin nur als Freizeitfan, durchaus mit Herzblut dabei, aber Fußball war eben nur eine schöne Nebensache. Er hatte immer wieder gerne die Übertragungen mit Freunden im Fernsehen gesehen, ins Stadion zu gehen war nicht seine Sache. Er mochte keine großen Menschenansammlungen, noch weniger die grölenden Gesänge von Fans, die ein Stadium der Enthemmung vermuten ließen, das ihm allzu häufig in seinem Beruf als Motiv begegnet war. Und schon gar nicht konnte er sich mit den Ultras anfreunden, diesen radikalisierten Fans. Hier stand, so hatten es ihm Kollegen berichtet, die die Szene beobachteten, die Eintracht mit den meisten Ultras an der Spitze der Bundesligatabelle. Keine Führung, über die man sich freuen konnte. Holtkotte gestand sich ein, dass er dies alles auch nicht verstand. Was wollten diese Fans? Was waren das für Menschen, die den Fußball zum Anlass für Gewalt nahmen? In seiner Ausbildung waren einmal kollektive Rauschzustände und Gewalt thematisiert worden und er erinnerte sich noch zu gut an die Bilder aus dem Heysel-Stadion in Brüssel 1985, die in der Ausbildung gezeigt worden waren. Damals hatte es 39 Tote gegeben, als Anhänger von Liverpool in den benachbarten Sektor stürmten und eine Panik verursachten. Ein Lehrbeispiel für polizeiliches Versagen ebenso wie den Zusammenhang von Gewalt und Panik. Dabei sollte Fußball unterhalten, Spannung erzeugen, aber doch nur auf dem Spielfeld. Diese irrationalen Ausbrüche archaischer Instinkte waren Holtkotte unheimlich. Stadionbesuche kamen deshalb nicht infrage, zu tief saß sein Misstrauen in die mögliche urwüchsige Kraft dunkler Gemeinschaftsinstinkte.

Den Abend hatte Holtkotte dann vor dem Fernsehen verbracht, er war zu müde, um noch einmal auszugehen. Prompt war er auch eingeschlafen und erst gegen 2 Uhr nachts wieder aufgewacht; der Apparat lief noch, aber Holtkotte hatte ihn dann achtlos ausgeschaltet und war zu Bett gegangen. Der Sonntag war einer Motorradtour vorbehalten, vielleicht die letzte in diesem Jahr. Er hatte seine Ex-Frau angerufen, weil er seine Tochter sehen wollte, außer der Reihe und eher improvisiert, doch keinen erreicht. So machte er nur eine kleine Runde, drei Stunden gemütlich durch die Wetterau, durch kleine Dörfer und abgelegene Straßen, bis er dann am frühen Abend wieder in Frankfurt war und den Sonntag dann im Fitnessstudio beschloss, nicht, um zu trainieren, sondern weil er wusste, dass dort draußen im Biergarten des Fitnessstudios immer jemand anzutreffen war, mit dem man noch ein oder zwei Bier trinken konnte. Er brauchte ein wenig Unterhaltung, ein wenig Ablenkung durch Gespräche, die nichtssagend waren, die weder mit seinem Fall noch mit Politik zu tun hatten, ein wenig oberflächliches Gebabbel, das den Kopf freimachte.

Am Montag kam er früh ins Büro, aber Tiburtius war schon da. Sie kaute nachdenklich an einer Leberkäse-Semmel und war in die Tageszeitung vertieft, als Holtkotte das Büro betrat.

„Na, liest du die Besprechung deines Opernabends?", fragte Holtkotte sichtlich aufgeräumt.

„Hast du die Sonntagszeitung gelesen?", erwiderte sie, ohne aufzusehen. „Mir scheint, da treibt jemand ein Spiel mit uns."

Holtkotte ließ sich schwungvoll auf seinen Bürostuhl fallen, lehnte sich leicht zurück und ließ seine Füße auf den Schreibtisch fallen.

„Gut beobachtet. Aber was folgt daraus? Wir wissen nicht, wer da durchsticht und zu welchem Zweck, aber für unsere Ermittlungen ist es nicht hilfreich."

Tiburtius nickte.

„Was machen wir nun? Wie machen wir weiter?"

Holtkotte kratzte sich verlegen am Kopf. Eine gute Frage, die ihn das Wochenende über beschäftigt hatte.

„Wir haben noch einiges ausstehen. Zunächst einmal ist morgen die Beerdigung von Ronnekämper. Da werden die beiden Kinder auch da sein, aber die sind wenig interessant für uns. Reden werden wir mit Ronnekämpers Mitarbeitern, die heute Nachmittag ankommen werden. Und dann hoffe ich, dass uns die Berliner Kollegen ein wenig Aufschluss darüber geben können, was in den Büros so alles liegt und in

Ronnekämpers Wohnung in Berlin. Und ich werde mit unserem Kollegen von der Wirtschaftskriminalität ein Gespräch haben. Oder besser wir" – Holtkotte nickte Tiburtius aufmunternd zu – „Das ist ja dein altes Jagdrevier. Ich bin mal gespannt, ob wir da etwas finden. Und ich suche mal die Oberhäuptlinge der Autonomen hier auf. Ich kann mir zwar nicht vorstellen, dass die etwas mit dem Mord zu tun haben, aber nachprüfen müssen wir es schon. Und ich will doch mal sehen, ob unsere Computerfuzzis was herausgefunden haben. Du weißt schon, die verschlüsselten Daten, den Code, das Darknet. Irgendwo muss es doch etwas Greifbares geben, einen Anhaltspunkt, in den wir uns verbeißen können."

„Das war in der Oper einfacher. Da wusste man sehr schnell, wer der Mörder ist", stichelte Tiburtius. „Übrigens war Koch auch dort, mit seiner Frau. Die machte einen sehr resoluten Eindruck. Und hatte Hosen an."

„Ja, warum auch nicht?", fragte Holtkotte und war sich nicht sicher, ob Tiburtius ihn jetzt auf den Arm genommen hatte.

„In die Oper gehen mit einem Hosenanzug, der aussieht, als sei er für das Fitnessstudio gekauft worden? Sorry, da bin ich schon etwas konservativ. Aber, wie dem auch sei: Vermutlich hätte ein Abendkleid bei Kochs Frau bei mir eher zu Irritationen geführt, als es der Hosenanzug dann tat. Leicht adipös, die Frau Kriminalrat. Resolut, aber leicht adipös."

Holtkotte schmunzelte. „Das würde einiges erklären", dachte er bei sich. „Und du hast natürlich ein Abendkleid getragen?"

„Natürlich“, erklärte Tiburtius bestimmt, und Holtkotte konnte sich seine Partnerin, die er nur in Jeans und Lederjacke kannte, kaum vorstellen in einem Abendkleid. Aber eine reizende Vorstellung, ohne Zweifel.

Müller-Riehm hatte das Wochenende offenbar auch gutgetan. „Koch will uns sehen“, sagte er und wedelte mit einigen Papieren. „Es gibt einige Neuigkeiten.“

Koch saß schon an dem kleinen Konferenztisch in seinem Büro, als die Drei hineinkamen. Er nickte nur und machte eine Handbewegung, die zum Setzen aufforderte, ohne dass er das intensive Studium einer Akte zu unterbrechen schien. Dann räusperte er sich und schloss die Akte, legte sie auf einen Stapel weiterer Akten, die sich rechts von ihm befanden.

„Der Präsident ist unzufrieden“, begann er leise. „Ich kann es ihm nicht verdenken. Wir haben nichts in der Hand, aber permanent landet irgendetwas in der Presse, was da nicht hingehört. Ich kann mir das nicht erklären. Die Durchstechereien, meine ich. Von uns hat keiner ein Interesse daran, das erschwert nur die Aufklärung. Das habe ich dem Präsidenten auch gesagt. Aber der Präsident erwartet Ergebnisse. Wir müssen also jetzt noch einen Zahn zulegen.“ Koch pausierte, als ob er die anderen ermutigen wolle, Vorschläge zu machen. Müller-Riehm ergriff die Gelegenheit und legte seine Akten auf den Tisch.

„Wir haben noch ein wenig gefunden. Es ist nicht viel, aber scheint mir wichtig zu sein. Lassen Sie mich aber zunächst sagen, was wir nicht gefunden haben. Wir wissen immer noch nicht, wozu die 17-stellige Zahl verwendet wird. Aber wir sind dran."

Koch knurrte unwillig, aber Müller-Riehm ließ sich nicht aus seinem Konzept bringen.

„Geknackt haben wir die verschlüsselten Dateien auf Ronnekämpers PC. Und das war eine ziemlich schwierige Nummer, hat sich aber gelohnt."

Müller-Riehm pausierte, als ob er einen Tusch erwartete. Ein Blick in das Gesicht von Koch belehrte ihn jedoch eines Besseren.

„Offenbar war Ronnekämper beteiligt an Geschäften mit dem Iran, und zwar unter Verletzung des Embargos. Die Geschäfte betrafen sogenannte Frequenzumformer, die verwendet werden können, um Gaszentrifugen zu bauen, die der Anreicherung von Nuklearmaterial dienen. Geschäftspartner war die in Teheran ansässige Parto Sanat Co., die seit 2010 auf der Embargoliste steht. Wie im Übrigen auch die Teile, deren Lieferung Ronnekämper vermittelt hat."

„Und das wissen wir woher?", fragte Koch.

„Gute, alte Polizeiarbeit. Die Korrespondenz enthielt die Warenbeschreibung und die Lieferanschrift. Das haben wir dann mit der EU-Embargoliste abgeglichen. Treffer. Aber es kommt noch besser. Der deutsche Geschäftspartner ist eine OH-GmbH aus Frankfurt. Und ratet mal, wer laut Eintrag in das Handelsregister dahintersteht?"

Holtkotte und Tiburtius schüttelten den Kopf, ebenso Koch.

„Machen Sie es nicht so spannend", raunzte Koch.

„Frank Haller, der Ehemann von Daniela Oberstein-Haller."

Koch pfiff durch die Zähne.

„Das geben Sie sofort mal an die Abteilung Wirtschaftskriminalität. Die sollen sich die Geschäfte von Haller einmal etwas genauer ansehen. Und auch die seiner Frau. Und informieren Sie das Bundesamt für Wirtschaft und Ausfuhrkontrolle. Und wenn die Unterlagen aus Berlin kommen, bitte die Kollegen von der Wirtschaftskriminalität eng einbinden. – Und nun: Wie gehen wir weiter vor, Holtkotte?"

„Ich werde mal einen alten Kontakt aktivieren. Maurus Denninger. Der kennt sich in der CDU gut aus und kann vielleicht weiterhelfen, uns zusätzliche Infos geben."

„Der Werbefachmann?"

„Er ist mehr als das, aber ja. Wir kennen uns seit vielen Jahren. Schillernd, aber immer gut informiert. Danach knöpfe ich mir mal die autonome Szene vor, inoffiziell. Glaube nicht, dass das zu etwas führt, aber sicher ist sicher."

„Prima", erwiderte Koch. „Und morgen ist Beerdigung. Da sollten Sie beide hingehen und ein wenig die Stimmung erkunden. Nach der Beerdigung nehmen wir uns die Mitarbeiter von Ronnekämper einmal vor. Ich will wissen, was Ronnekämper in Berlin alles auf dem Herd hatte."

Holtkotte nickte kurz und schob sich dann mit Tiburtius aus dem Büro heraus. Es würde nicht schaden, Tiburtius zu Denninger mitzunehmen, dachte er, und zückte sein Handy. Es klingelte nur kurz und Denninger war am Telefon. Er schien schon auf den Anruf von Holtkotte gewartet zu haben. Oder er hatte eine Ahnung, dass er erfolgen würde.

Jedenfalls sollten beide doch sofort zu ihm kommen, er sei zu Hause.

Auf dem Weg zu Denninger nutzte Holtkotte die Zeit, um Tiburtius mit den wichtigsten Informationen zu versorgen. Denninger war Mitte fünfzig, hatte als junger Mann eine Kommunikationsagentur gegründet und hatte exzellente Kontakte in die Politik – nicht nur in Frankfurt. Er hatte zahlreiche auch nationale Berühmtheiten beraten, war der Liebling der Boulevardpresse, weil er um einen flotten Spruch nie verlegen war. Holtkotte hatte ihn einige Male bei Ermittlungen, die die Frankfurter Upper class betrafen, zurate gezogen. Denningers Urteile waren knallhart und mitunter verletzend, aber auch sehr zielgenau. Einen korrupten Lumpen nannte er auch so, und ebenso wenig scheute er davor zurück, Frauen mit markigen Worten zu beurteilen. Daraus hatte sich ein gutes Verhältnis zwischen beiden entwickelt, sie trafen sich mitunter bei Gregorelli in der Freßgasse und tauschten Klatsch aus. Holtkotte überlegte noch, ob er Tiburtius vor dem bisweilen chauvinistischen Tonfall warnen sollte, aber er beschloss, den ersten Kontakt möglichst nicht zu beeinflussen.

Als sie in die Zeißelstraße einbogen, war es Tiburtius, die verwundert war.

„Warum fährst du zu mir nach Hause? Muss ich mich umziehen oder was?“, frage sie ein wenig quengelig. Holtkotte verneinte. Denninger wohne hier in der Nähe, man könne aber hier besser parken, erklärte er. Sie lachte und entschuldigte sich.

„Frankfurt ist halt ein kleines Nest“, murmelte Holtkotte nur, bevor er die Klingel betätigte. Schon kurz nach dem ersten Klingeln öffnete sich die Tür und der Hausherr ließ die beiden Besucher ein.

„Holtkotte, du hättest mir sagen können, dass du in Begleitung kommst.“

„Ich darf vorstellen: Kriminaloberkommissarin Tiburtius, meine neue Partnerin.“

Holtkotte machte eine kurze Handbewegung zu Tiburtius hin, die den Kopf grüßend verneigte, ebenso wie Denninger.

„Und dieses männliche Prachtexemplar ist Maurus Denninger, Ehrenprofessor, Ehrendoktor, Senator von irgendwas, vor allem aber: die Augen und Ohren in Frankfurt.“

Tiburtius murmelte irgendetwas von „geschmeichelt“, aber das ging im dröhnenden Lachen von Denninger unter.

„Alter Schwede, kannst du auf die Trommel hauen. Kommt rein.“

Der Raum, in den Denninger die beiden führte, war unterkühlt möbliert, an Bauhaus angelehnt, wie Tiburtius sofort bemerkte. Holtkotte kam sofort zur Sache.

„Wir ermitteln im Fall Ronnekämper. Ehrlich gesagt, wir tappen im Dunkeln. Zu viele Motive, aber keine manifesten Spuren. Ich denke, wir wissen noch zu wenig über Ronnekämper und sein Umfeld.“

Denninger lächelte.

„Ronnekämper war der Dukatenscheißer der CDU. Deswegen war er unangreifbar. Fehlte irgendwo Geld, Ronnekämper hat für Spenden gesorgt. Niemand wollte dann genau wissen, woher das Geld kam. Aber es war ein offenes Geheimnis, dass er Geschäftsbeziehungen nach Osteuropa und in den arabischen Raum unterhielt, die nicht immer ganz sauber rochen."

„Waren sie sauber?", fragte Holtkotte.

„Naive Frage, mein Lieber. Das hängt vom Betrachter ab. Ich stecke da nicht tief drin, nur so viel: Wenn die Amerikaner auf einmal Probleme haben mit einer Gaspipeline, die von Russland nach Deutschland führt, ist das ein anderes Geschäft, als wenn die Amerikaner kein Problem damit haben."

„Und konkret? Ronnekämper war doch nicht bei Nord Stream 2 aktiv."

„Meines Wissens nicht", erwiderte Denninger, „aber schon im Bereich Rüstungsexporte, etwa bei Dual-Use-Gütern. Die sind schwieriger zu fassen. Und hinzukommt: Die USA haben da mitunter andere strategische Interessen als wir."

„Wo sollen wir tiefer graben?", hakte Holtkotte nach.

Denninger schaute nachdenklich.

„Ich weiß nichts Genaues. Aber Ronnekämper war ein großer Freund Israels. Da hatte er exzellente Beziehungen. Er war regelmäßig dort. Ich kann nichts beweisen, aber ich vermute, er hat auf Bitten Israels die Saudis unterstützt."

„Wie bitte? Auf Bitten Israels?"

„Holtkotte, sei nicht naiv. Den Israelis liegt daran, dass Saudi-Arabien stabil bleibt. Als Schutz gegen den Iran."

„Und was bedeutet das?"

„Vom Hörensagen nur, Holtkotte. Ronnekämper hat über Mittelsmänner die Saudis beliefert. Oder besser formuliert: Ronnekämper hat die Kontakte gemacht. Ich weiß nicht, was da gehandelt wurde, aber ich habe eine Vorstellung. Und er hatte Kontakte zur Opposition im Iran."

„Wie denn das?", fragte Holtkotte verblüfft.

„Ronnekämper war vor zwanzig Jahren das erste Mal im Iran. Seinen Status als Abgeordneter hat er immer mal wieder benutzt, um dort hinzufliegen. Er war ja Mitglied im Wirtschaftsausschuss und das war dann unverfänglich. Einigen Bemerkungen nach, die er mal in fortgeschrittenem alkoholisiertem Zustand gemacht hat, war er aber auch mit Vertretern der Opposition in Kontakt gekommen. Die Israelis und Saudis haben das sicherlich sehr unterstützt, aber hier spekuliere ich nur."

„Wäre das ein Grund, um im Darknet unterwegs zu sein?"

„Natürlich!", versetzte Denninger, „Wo denn sonst? Über Facebook unterhält man keine Kontakte mit der Opposition in Ländern wie dem Iran."

Tiburtius war abgelenkt von der ihr gegenüberliegenden Wand, wo sich etwa ein Dutzend moderne Grafiken, Gemälde, Fotografien angeordnet befanden. Denninger bemerkte es.

„Das sind alles Arbeiten aus der Städelschule", erklärte er, offenbar froh, das Thema wechseln zu können. „Ich fördere die Schule sehr. Einmal im Jahr bekomme ich einen Schwung von neuen Arbeiten geliehen, die ich hier ausstelle. Hier ist mein Büro, mein Besprechungsraum, und der eine oder andere findet Gefallen an einem Werk und kauft es. Ich habe selbst eine recht stattliche Sammlung im Depot, als Vermögensanlage. Ich gestehe freimütig: Ich verstehe wenig von moderner Kunst. Aber vermutlich gibt es da auch nichts zu verstehen. Was meinen Sie?"

Denninger zwinkerte Tiburtius zu, ein wenig provozierend, aber Tiburtius ging nicht darauf ein. Sie nickte nur.

„Alles stark durch den Markt getrieben und vermutlich weniger durch ästhetische Erwägungen“, erwiderte sie. „Ich bin da raus. Aber der moderne Kram ist ja sehr chic für Büros. Sparkassenmöblierungskunst.“

Denninger lachte laut auf.

„Schätzchen, der war gut, aber normalerweise bin ich für Sprüche zuständig!“

„Na dann“, sagte Tiburtius. „Was erzählt man sich unter Männern denn so über die Virilität von Ronnekämper?“

„Virilität? Ach so, wen er gevögelt hat“, erwiderte Denninger und beobachtete genau, ob die brutale Wortwahl bei Tiburtius Wirkung zeigte. Tat sie nicht.

„Nun, grundsätzlich haben Sie recht, man versteht Parteien nicht, wenn man nicht weiß, wer es mit wem treibt. Das traf zum Teil auch auf Ronnekämper zu. Aber man versteht Parteien auch nicht, wenn man nicht weiß, wer das Geld bringt.“ Holtkotte grunzte zustimmend.

„Über das Geld wissen wir schon ein wenig. Wie schaut es mit der anderen Quelle der Freude denn aus?“, legte Tiburtius nach.

„Hier in Frankfurt? Wenig. Ronnekämper hat sich zurückgehalten. Er hatte mal was mit seiner Assistentin, mit Oberstein-Haller, aber das ist lange her. Man soll nie in den eigenen Vorgarten scheißen, das tut nicht gut.“

„Halten sich alle anderen auch daran?“

„Gott bewahre, aber Ronnekämper hatte ja Berlin, um sich auszutoben. Hier hat er den Vorzeigeehegatten gespielt. Ein brauchbares Arrangement, das er mit seiner Ehefrau hatte.“

„Und Fleischer?“, hakte Tiburtius nach.

„Fleischer? Hat wohl was laufen mit Oberstein-Haller. Aber nichts, was die Ehen der beiden gefährden würde."

„Und was ist mit Bärlach?", wollte Holtkotte wissen.

„Bärlach? Trocken wie ein Brötchen. Über den gibt es kaum etwas. Lässt sich auf Partys nicht sehen, es gibt noch nicht einmal Gerüchte über Untreue. Der Mann ist langweilig. Beherrscht, trinkt auch nur sehr wenig, hält sich von Geschäften jeder Art fern. Ist aber ganz gut vernetzt."

„Kannst du uns was über Frau Ronnekämper sagen?", wollte Holtkotte noch wissen. „Was ist das für eine Ehe, wie haben die sich kennengelernt?"

„Witzigerweise bei mir, vor knapp 20 Jahren, in einem meiner Salons. Sie hatte bei mir als Studentin ein wenig Geld verdient und an dem Abend ausgeholfen. Sie wusste, was sie wollte."

„Inwiefern?"

„Zielstrebig. Ich will nicht sagen, dass sie es von Anfang an auf Ronnekämper abgesehen hatte, aber dann hat sie sich ihn, sagen wir, geangelt. Und sie hat ihn auch ein wenig geerdet."

„Geerdet?", fragte Holtkotte nach.

„Ja, Ronnekämper wurde, sagen wir, ruhiger. Seriöser. Die erste Zeit im Bundestag war für ihn ein großes Abenteuer. Das hat sie ihm ausgetrieben. Das Leichtfertige, das Unfertige. Er wurde fachlich dann auch zunehmend anerkannt. Aber die gelegentlichen Berliner Eskapaden blieben."

„Und die Ehe war glücklich?"

„Sie hat gehalten. Was ist denn das Maß von Glück?" Denninger lachte, und es war ein ironisches Lachen, kein befreiendes, kein zufriedenes.

„Welche Ehe ist schon glücklich? Sind nicht alle in sehr unterschiedlicher Weise unglücklich, wenn man nicht das Glück der Gleichgültigkeit hat?“

Holtkotte nickte. Das klang wahr und vertraut. Zumindest traf es seine Erfahrung. Seit er nicht mehr verheiratet war, mochte er seine Ex-Frau sogar. Aber das war eine andere Geschichte. Er hatte genug gehört.

„Danke Maurus für deine Zeit. Das war hilfreich.“

Beide verabschiedeten sich und Tiburtius hatte den Eindruck, dass Denninger sie in einer Art und Weise ansah, die sich nicht gehörte. Sie ließ sich aber nichts anmerken. Holtkotte wollte noch mit den Autonomen oder der Antifa reden, was auch immer. Tiburtius beschloss, die Nähe zu ihrer Wohnung zu nutzen, und verabschiedete sich in den Feierabend.

VIII

Am Dienstag waren sowohl Holtkotte als auch Tiburtius früh im Büro. Holtkotte berichtete über seinen Besuch am vorherigen Abend im Klapperfeld, einem stadtbekannten Treffpunkt für Autonome. Dort hatte er Bommermann gefunden, eine der Berühmtheiten der Szene, und mit ihm ein Gespräch geführt, „von Mann zu Mann“, wie Holtkotte betonte.

„Die sind misstrauisch gegenüber neuen Leuten“, hatte er zu Tiburtius gesagt und sie deswegen nicht mitgenommen. Tiburtius hatte es hingenommen. Sie vermutete, dass dort ähnliche Männlichkeitsrituale eine Rolle spielten wie bei der berühmten Putztruppe um Joschka Fischer, über die sie gelesen hatte. Da dienten Frauen allenfalls der Freizeitgestaltung. Was Holtkotte aber von dem Abend mitbrachte, war wenig ergiebig. Ronnekämper war eine Hassfigur, ein korruptes CDU-Schwein, wie sich Bommermann ausdrückte, aber er machte auch deutlich: Es gehe um die Systemfrage und nicht darum, einzelne Vertreter des Systems auszutauschen. Insofern gehöre der gezielte Mord sicherlich nicht zum Repertoire seiner Truppe, auch nicht die Drohung. Bommermann hielt das Drohschreiben für gefälscht.

„Ihr Bullen macht doch so etwas, um einen Grund zu haben, hier alles auf den Kopf zu stellen“, hatte er Holtkotte entgegengehalten, und Holtkotte hatte Mühe gehabt, Bommermanns Nase nicht mit der Tischplatte zu vermählen. Freilich musste er eingestehen, ein fingiertes Drohschreiben, das konnte auch ein guter Grund sein, die Szene einmal wieder aufzumischen und das sogenannte *„Kulturzentrum“* Klapperfeld endgültig zu räumen. Das war der CDU schon seit Langem ein Anliegen. So unwahrscheinlich es auch war, aus Sicht der Autonomen klang es plausibel. Dann wiederum: Ronnekämper hatte das Schreiben offenbar freundlich ignoriert. Er hielt es wohl für einen dummen Scherz, sonst hätte er doch sicherlich die Polizei hinzugezogen oder den Staatsschutz?

Pünktlich um 9 Uhr gingen Holtkotte und Tiburtius zur Besprechung zu Koch. Müller-Riehm wartete schon. Koch war offenbar in keiner guten Laune. Zwar hatte es heute in den Zeitungen keine neuen Spekulationen über den Tod von Ronnekämper gegeben, aber Koch schien dies eher als Ruhe vor dem Sturm zu interpretieren. Vermutlich war der Boulevard einer größeren Sache auf der Spur und die Polizei hatte – nichts. Das war die eigentliche Quelle des Missmuts. Selbst einen Phlegmatiker wie Koch brachte das aus dem Gleichgewicht. Fast eine Woche war Ronnekämper nun tot und es gab nichts, nichts. Bis auf die Gewissheit, dass er ermordet worden war.

„Nur gute Nachrichten, bitte“, knurrte er Holtkotte und Tiburtius an, als sie in sein Büro kamen. Müller-Riehm schüttelte den Kopf.

„Wir haben nichts. Kein Fortschritt bei den möglichen Zugangsdaten zum Darknet. Sonst auch nichts. Vielleicht ist der Laptop aus Ronnekämpers Büro in Berlin ergiebiger.“ Koch nickte seufzend und erwiderte, die Sachen aus Ronnekämpers Büro und seiner Wohnung in Berlin seien unterwegs. Er erwarte sie im Laufe des Tages. Dann schaute er Holtkotte und Tiburtius an.

„Sie gehen nachher beide mit auf die Beerdigung. Aber vorher ziehen Sie sich beide etwas Passendes an." Jetzt erst fiel Holtkotte auf, dass Koch einen dunklen Anzug und eine dunkle Krawatte trug. Und dass er und Tiburtius sicher negativ auffallen würden, so wie sie gekleidet waren. Also gut.

„Gute Nachrichten habe ich keine. Oder vielleicht doch. Die Autonomen sind nach meiner Auffassung raus. Die reden zwar viel, machen auch mal Randale, aber Mord ist eine andere Dimension. Das werde ich nicht mehr weiterverfolgen."

Koch nickte zustimmend.

„Und dann die Sache mit dem Iran. Ich habe eher Zweifel daran, dass Ronnekämper mit dem Regime Geschäfte gemacht hat. Nur so ein Gefühl. Der war da anders aufgestellt. Und mittlerweile glaube ich auch eher, dass er das Darknet nicht für finstere Machenschaften gebraucht hat, sondern Kontakte zur iranischen Opposition hatte."

„Was ja den Kreis der möglichen Verdächtigen um iranische Regierungsstellen erweitert", warf Koch leicht frustriert ein. „Aber wie können wir Ihre Vermutung belegen? Haben Sie irgendetwas Konkretes?"

Holtkotte verneinte. Vielleicht hatte er sich zu weit hervorgewagt. Aber seine Erfahrung sagte ihm – welche Erfahrung eigentlich? Er hatte Erfahrung mit Kriminellen, mit den Abgründen der menschlichen Natur, das hier war aber etwas anderes. Und er musste zugestehen: Dieser Ronnekämper, der auf den ersten Blick jedem Klischee entsprach, das man über einen Politiker haben konnte, dieser Typ könnte vielleicht

Gutes im Sinn gehabt haben. Ein ungewöhnlicher Gedanke. Aber nichts, was er belegen konnte. Es sei denn – aber das wäre riskant. Vielleicht sollte er doch besser seine Gedanken mit dem Staatsschutz teilen? Sollten die sich drum kümmern. Er würde darüber nachdenken müssen.

Die Beerdigung sollte um 14 Uhr beginnen. Koch hatte um angemessene Kleidung gebeten und das hatten beide auch umgesetzt; Tiburtius trug einen schwarzen Hosenanzug und Pumps, und für einen Moment war Holtkotte fasziniert von der eleganten Erscheinung, die aus der Wohnung in der Zeißelstrasse wieder in sein Auto einstieg. Holtkotte brauchte nur wenige Minuten – schwarze Jeans, schwarzes Jackett –, bevor es weiter ging zur Laurentiuskirche in Enkheim und dem kleinen sich anschließenden Friedhof. Es hatte sich eine stattliche Trauergemeinde eingefunden, aber wegen der nach wie vor grassierenden Coronapandemie durfte nur ein Bruchteil von ihnen und mit Abstand in die Kirche hinein. Es war ein sehr warmer Septembertag. Die Trauergemeinde vertrat sich vor der Kirche die Füße, nutzte die Zeit, sich zu unterhalten, die Erinnerung an Ronnekämper zu pflegen. Holtkotte sah einige lokale Politikberühmtheiten, auch Oberstein-Haller und Fleischer; sie waren also nicht in der Kirche selbst, was sich Holtkotte mental vermerkte. Als die Kirchentüren aufgingen und sich der Trauerzug hinter dem Sarg formierte, sah er zum ersten Mal die beiden Jungs von Ronnekämper neben ihrer Mutter, die stolz und gefasst ihre Rolle spielte. Die beiden Jungs mochten 14 und 16 Jahre alt sein, hoch gewachsen überragten sie ihre Mutter um einen Kopf. Dahinter wohl

Verwandte. Ronnekämper hatte eine jüngere Schwester, die mit ihrem Mann und zwei Kindern in München lebte. Hinzu kamen die beiden Brüder von Frau Ronnekämper, die mit ihren Familien irgendwo in Norddeutschland lebten. Zu Holtkottes Überraschung war auch Farzan Tawakkoli in der Kirche gewesen, ein Bundestagsabgeordneter der Grünen. Tiburtius hatte ihn darauf hingewiesen. Das war deshalb überraschend, weil Holtkotte angesichts der bekannten Abneigung von Ronnekämper gegen alles, was grün war, weder einen prominenten grünen Politiker auf der Beerdigung vermutet hätte, geschweige denn im engeren Kreis der Trauernden, die Zugang zur Kirche hatten. Mit in der Kirche waren offenbar auch die drei Mitarbeiter aus Berlin, die für den nächsten Tag im Präsidium vorgeladen waren.

Mit Tiburtius reihte er sich hinten in den Trauerzug ein und ging den Weg zur offenen Grabstelle.

Er hasste Beerdigungen, zumindest dann, wenn es nicht die richtigen getroffen hatte. Das erinnerte ihn an die Beerdigung seiner Eltern, die vor etwas mehr als zehn Jahren bei einem Autounfall ums Leben gekommen waren. Ein Geisterfahrer auf der A 661. Seine Erinnerung sprang wieder zurück zu jenem Tag im Sommer 2010.

Seine Eltern hatten in Sachsenhausen gelebt, in einer wunderschönen Wohnung am Ufer. Dort hatten sie sich vor wenigen Jahren eingemietet, um näher an der Stadt zu sein. Sein Elternhaus in Maintal hatten sie vermietet, es war zu groß geworden. Holtkotte hatte kurz mit dem Gedanken gespielt, dort mit seiner Frau einzuziehen, zumal es für Familienzuwachs gut ausgelegt war. Seine Eltern hatten aber auf eine marktübliche Miete bestanden, um die Wohnung in Sachsenhausen finanzieren zu können, und Holtkotte konnte es ihnen nicht einmal verübeln. Sein Vater war Buchhalter gewesen, seine Mutter Krankenschwester. Und so langweilig der Beruf des Buchhalters auch klang, sein Vater war es nicht. Er war immer sehr sportlich, wie seine Mutter auch. Unmittelbar nach dem Rentenbeginn 2005 waren seine Eltern zu Fuß nach Santiago de Compostela aufgebrochen, ein Jugendtraum, wie sein Vater immer versichert hatte. Sechs Wochen waren sie wandernd durch halb Europa gezogen, und während dieser Zeit hatte Holtkotte das Haus in Maintal bewacht und dort gewohnt. An dem Haus hingen einige Jugenderinnerungen.

Der Sportplatz am Fechenheimer Weg, der Gänseweiher ganz in der Nähe, viele Stunden, die er als Kind und Jugendlicher mit dem Familienhund Lorbass dort verbracht hatte. Ein alberner Name für einen Schäferhund, hatte er immer empfunden, doch die Familie seiner Mutter stammte aus Ostpreußen, und die dortige Bedeutung erfasste den Charakter des Hundes wohl ganz gut. In Maintal war er auch zur Schule gegangen. Eine künstliche Stadt, die durch das administrative Zusammenwerfen von vier kleinen Orten geschaffen worden war, ohne Geschichte, ohne Identität. Hinzu kam das monumentale Neubaugebiet in Bischofsheim, das sich schnell zu einem sozialen Brennpunkt entwickelt hatte: Wohnsilos mit einer gesichtslosen Architektur.

Das Haus der Eltern befand sich im alten Ortsteil von Bischofsheim, an der Straße nach Bergen-Enkheim, das 1977 zu Frankfurt gekommen war. Als Zeichen alter Unabhängigkeit hatte Bergen-Enkheim bis zum heutigen Tag nicht die

Telefonvorwahl von Frankfurt angenommen, sondern war mit Maintal immer noch durch eine gemeinsame Vorwahl miteinander verbunden. Und Bergen-Enkheim gehörte zum Bistum Fulda, während der Rest von Frankfurt entweder zu Mainz oder Limburg gehörte. Holtkotte war katholisch erzogen, er praktizierte aber nicht. Freilich, einen gewissen Reiz übten die Riten nach wie vor auf ihn aus, auch wenn er sich dies nur widerwillig eingestehen wollte.

Mit seiner Frau Karin, die als Protestantin ohnehin wenig reich beschenkt war, wenn es um das Zeremonielle ging, hatte er einmal eine lateinische Messe in der Deutschordenskirche in Sachsenhausen besucht. Zwar hatte er das Lateinische leidlich in der Schule gelernt, doch war er nicht undankbar für die Übersetzungshilfen, die mit angeboten wurden. Eine völlig andere Stimmung als bei den normalen Messen, die er aus seiner Jugend kannte, sehr viel feierlicher, würdevoller, erbaulicher auch; nicht so locker und unverbindlich, wie er es kannte. Seine Frau hatte ihn damals einen autoritätsgläubigen Transmontanisten geschimpft, mehr im Spaß als in aller Ernsthaftigkeit, doch hatte der alte Ritus in ihm eine Saite zum Klingen gebracht, die er vorher nicht an sich gekannt hatte.

Beerdigungen hingegen waren ihm verhasst, schon wegen der am Grab gehaltenen Reden. Über Tote soll man nicht schlecht sprechen, das ist wahr; doch machten die am Grab gehaltenen Elogen durchweg den Eindruck, als sei auch der schlimmste Lump wegen guter Führung unmittelbar auf dem Weg in das Himmelreich.

Vor der Beisetzung seiner Eltern hatte ihn der Pfarrer aufgesucht. Er brauchte Inhalt für die Grabrede. Holtkotte hatte sich verweigert und darauf bestanden, es selbst zu machen. Der Pfarrer dürfe seinen Segen geben und all das, was notwendig sei, aber mehr auch nicht. Seine jüngere Schwester hatte ihn unterstützt. Und so war es eine damals denkwürdige Beerdigung, in der Holtkotte auf dem Hauptfriedhof, nicht weit von seiner heutigen Arbeitsstelle, eine sehr kurze Rede hielt.

„Meine Eltern", so sagte er damals, „haben mich und meine Schwester geliebt. Und wir haben sie geliebt. Es waren gute Menschen, ehrliche Menschen. Und deswegen bin ich überzeugt, dass auch Gott sie geliebt hat." Mehr hatte er damals nicht gesagt, obwohl er sich mit der Sache mit Gott nicht mehr so sicher war, aber das hing an seinem Beruf und all dem, was er dort erlebte und gesehen hatte. Heute, da war er sich sicher, würde er nicht so kurz davonkommen und damit hatte er recht.

Der Geistliche beklagte wortreich den Verlust, den die Familie und auch das Gemeinwesen zu beklagen hatten, ließ die Laufbahn von Ronnekämper Revue passieren, mehr aber noch dessen Rolle als liebender Ehemann und Vater.

„Klar doch", dachte Holtkotte, „deswegen hat er die Bälger auch in ein Internat abgeschoben und seine Frau vergnügte sich auf Mallorca. Eine wirkliche Vorzeigefamilie, die den Begriff der Familienbande völlig neu definierte."

Fleischer würdigte Ronnekämper als aufrechten Demokraten, vor allem natürlich als Christdemokraten, der sich unermüdlich für das Gemeinwesen eingesetzt habe, ein Kämpfer für das Gute und Gerechte. Holtkotte konnte sich den Gedanken nicht verkneifen, dass Ronnekämper vor allem ein Kämpfer für die Finanzen der Frankfurter CDU gewesen war, aber er rechnete nicht damit, dass Fleischer dies auch erwähnen würde. Und er behielt recht.

Zu seiner Überraschung war Farzan Tawakkoli der dritte Redner. Und der würdigte Ronnekämpers Einsatz für die Menschenrechte im Iran, würdigte ihn als einen guten Freund, trotz gelegentlicher politischer Differenzen. Holtkotte traute seinen Ohren nicht. Tawakkoli erweckte den Anschein, nein, es war mehr: Er hatte Ronnekämper auch privat sehr gut gekannt. Denn Frau Ronnekämper nahm Tawakkoli nach seinem Nekrolog in den Arm, nicht wie einen Liebhaber, sondern wie einen alten Freund. Auch Tiburtius war das nicht entgangen; sie stupste Holtkotte in die Seite und schaute ihn fragend an. Holtkotte schüttelte den Kopf.

„Keine Ahnung", murmelte er, „da müssen wir wohl noch nacharbeiten."

Unter dem ernsten Gesang eines Männergesangvereins aus dem Wahlkreis von Ronnekämper wurde dann der Sarg in die Erde gelassen. Holtkotte verzichtete darauf, sich dem Grab zu nähern oder sich in die Schar derer einzureihen, die eine Blume oder eine Schaufel Erde auf den Sarg warfen, aber er wartete ab, bis sich Tawakkoli aus der Trauergemeinde löste und sich dem Ausgang zuwandte. Dort passte er den Abgeordneten ab.

„Holtkotte, Kripo Frankfurt", stellte er sich vor, „und das ist meine Partnerin Frau Tiburtius. Eine eindrucksvolle Rede.

Können wir uns sprechen, sagen wir morgen?", fragte er und überreichte Tawakkoli seine Visitenkarte.

Tawakkoli schien nicht überrascht, nickte nur und sagte:

„Ich melde mich, ich muss zu Hause meinen Terminplan etwas umwerfen. Ich freue mich, dass Sie sich bei mir gemeldet haben."

Dann verließ er die Beerdigung, vor allen anderen und offenbar nicht mit der Absicht, dem anschließenden Empfang noch beizuwohnen. Holtkotte und Tiburtius hatten ebenfalls genug gesehen. Holtkotte beschloss, heute nicht mehr zum Präsidium zu fahren, sondern gleich in Enkheim zu bleiben. Seine Einladung, noch in der Pizzeria draußen ein Bier zu trinken, lehnte Tiburtius freundlich, aber bestimmt ab. Sie werde dann mit der U-Bahn nach Hause fahren, beschied sie ihn, und er war insgeheim erleichtert, weil er doch lieber bei einigen Glas Bier seinen Gedanken nachhängen und die Ereignisse ordnen wollte. Da störte Tiburtius nur. Nur noch ein kurzer Anruf bei Koch, dann war der Arbeitstag vorüber.

IX

Holtkotte genoss die Sonne im Hofgarten seiner Pizzeria. Und dazu ein Bier. Und eine Pizza. Kein gesundes Abendessen, aber unkompliziert. Holtkotte war gerne hier, drinnen gab es eine Theke, wo man auch in Ruhe sitzen konnte, um etwas zu trinken. Die meisten Gaststätten hier in Enkheim waren Restaurants ohne Theke. Keine einzige klassische Kneipe, wo es nur ein Bier gab und vielleicht eine Frikadelle. Die gab es in Bergen, aber wer fuhr schon den Berg hoch, nur um ein Bier zu trinken? Holtkotte hatte schon oft bedauert, dass es in Enkheim keine Kneipe gab, aber die Pizzeria tat es auch. Zumal sie auch eine Art Treffpunkt für die Nachbarschaft geworden war. Von hier aus konnte auch er zu Fuß wieder nach Hause gehen. Betrunken mit dem Auto zu fahren, hatte er sich seit Beginn seiner Zeit bei der Polizei abgewöhnt. Zu gefährlich. Gerade als Polizist.

Tawakkoli hatte ihm imponiert. Er mochte etwa 40 Jahre als sein, ein hochgewachsener, schlanker Mann mit schwarzem Haar, das er kurz trug. Holtkotte hatte ihn unmittelbar nach der Beerdigung gegoogelt. Tawakkoli war in Deutschland geboren, in Frankfurt. Seine Eltern waren kurz nach der iranischen Revolution nach Deutschland geflohen, sein Vater war Arzt und hatte ein Unterkommen im Nordwest-Krankenhaus gefunden, die Familie war nach Bergen gezogen. Tawakkoli hatte eine ältere Schwester, über die Google allerdings keine Auskunft geben konnte. Nach seinem Abitur an der Ziehenschule hatte Tawakkoli angefangen, sich politisch zu betätigen – eben bei den Grünen. Gleichzeitig hatte er sich immer wieder für Menschen im Iran eingesetzt, hatte ein Praktikum bei der Internationalen Gesellschaft für Menschenrechte gemacht, die in unmittelbarer Nähe in der Edisonstraße zu Hause war. Tawakkoli hatte dann in Marburg studiert, Volkswirtschaftslehre und Iranistik und 2006 mit einem Diplom abgeschlossen. Im Anschluss war er in ein Trainee-Programm der Deutschen Bank eingestiegen mit dem Schwerpunkt Asset Management und danach von der Bank fest übernommen worden. Bei den Bundestagswahlen 2013 war er über die Landesliste seiner Partei in den Deutschen Bundestag eingezogen; zuvor hatte er in einer Kampfkandidatur um einen der vorderen Plätze einen langjährigen „Platzhirsch" aus dem Rennen geschlagen. Im Bundestag selbst war er im Ausschuss für Menschenrechte aktiv und im Ausschuss für Wirtschaft. Hier war vermutlich der Anknüpfungspunkt an Ronnekämper.

Holtkotte musste sich eingestehen, dass er über die ganze geopolitische Lage im arabischen Raum nur unzureichend informiert war. Die iranische Revolution war ihm ein Begriff, auch die Auseinandersetzung mit den USA hatte er noch einordnen können. Aber schon bei der Frage, was Sunniten und Schiiten voneinander trennte, musste er passen. In seiner einfachen Vorstellung war das etwa so wie der Unterschied von Katholiken und Protestanten, und hier hatte es ja auch blutige Kriege gegeben, bis es zu einem Ausgleich gekommen war. Er hatte eine vage Vorstellung, dass der Konflikt zwischen Saudi-Arabien und dem Iran damit zu tun hatte, aber wie Israel genau dort hineinpasste und welche Rolle die Hisbollah und die Hamas spielten, war ihm nicht ganz klar. Für einen Außenstehenden zu verworren. Vermutlich musste man Teil des Konflikts sein, um ihn zu begreifen. Holtkotte wusste, dass religiöser Eifer ein sehr starkes Mordmotiv sein konnte, war aber gleichzeitig dankbar, dass dies in Deutschland sehr selten passierte. Wobei er sogenannte Ehrenmorde darin nicht einbezog, das war eine andere, eine archaische Welt, die ursprünglicher schien als der religiöse Konflikt. Zumindest für den Mord an Ronnekämper spielte das alles wohl überhaupt keine Rolle.

Holtkotte selbst war zwar katholisch erzogen worden, aber seine Mutter war protestantisch. Sein Vater hatte ihm erzählt, dass er eine Verpflichtung eingehen musste, die gemeinsamen Kinder katholisch zu erziehen. Tatsächlich hatte aber seine Mutter vieles von der religiösen Vermittlung in den frühen Kindheitstagen geleistet, ohne freilich die Unterschiede zwischen katholischen und evangelischen Ansätzen zu betonen. Für Kinder spielen diese Feinheiten ohnehin keine Rolle. Auch später hatte er die Unterschiede und mehr noch den Eifer, mit dem diese Unterschiede akzentuiert worden sind, immer belächelt. Seine eigene Tochter war schon nicht mehr katholisch getauft worden. Seine Frau hatte darauf bestanden, dass Nelly evangelisch wird. Aber das war eigentlich keine große Diskussion gewesen.

Was war eigentlich Ronnekämper? Holtkotte googelte erneut, Ronnekämper war katholisch. Praktizierend? Er wusste es nicht. Und er wusste auch nicht, ob es eine Rolle spielte. Es war nur seine Neugierde. Er würde einmal nachfragen. Wenn Ronnekämper praktizierend war, musste er sicherlich häufig zur Beichte. Holtkotte amüsierte der Gedanke, dass ein Beichtvater dem Abgeordneten wegen seiner sexuellen Eskapaden und seiner nicht ganz astreinen Geschäfte immer und immer wieder den Rosenkranz zur Buße auftrug, sodass die Perlen des Rosenkranzes schon ganz abgegriffen sein mussten. Ob man zur Buße für Seitensprünge ein ‚Gegrüßet seist Du, Maria', auftragen durfte? Holtkotte lächelte, es war ein ungehöriger Gedanke. Er praktizierte zwar selbst nicht, doch tief im Inneren hatte der Kinderglaube seine Spuren hinterlassen, als Grenzziehungen, als Tabu, als Gewohnheit. So aß er traditionell am Karfreitag nichts, er fastete; wie er auch in der Fastenzeit meist völlig auf Alkohol verzichtete. Ein religiöses Bekenntnis als Grund anzugeben war ihm peinlich, und wenn ihn jemand fragte, sagte er nur, das sei die einzige Zeit im Jahr, in der man auf Alkohol verzichten kann, ohne sich dem Verdacht auszusetzen, man sei gerade aus der Betty-Ford-Klinik entlassen worden. Abstinenz als Lifestyle.

Holtkotte sah sich nicht als sündigen Menschen, aber das war nicht der Grund, warum er nach der Firmung nie wieder zur Beichte gegangen war. Er machte seine Fehler lieber mit sich selbst aus, und das waren einige. Ehebruch hatte nicht dazu gehört, seiner Karin war er treu geblieben. Zumindest hatte er nichts mit anderen Frauen. Aber mit seinem Job. Er hatte es nicht geschafft, die Arbeit im Büro zu lassen. Irgendwann war es Karin zu bunt geworden und sie war aus der gemeinsamen Wohnung ausgezogen, mit der Kleinen.

„Du bist mit deiner Arbeit verheiratet, nicht mit mir", hatte sie gesagt. Und das stimmte.

Jetzt, wo Karin und die kleine Nelly in Marburg wohnten, war es anders. Er freute sich auf seine Tochter und sogar auf seine Ex-Frau, nahm sich Zeit, ließ die Arbeit hinter sich. Und er mochte Marburg, die verwinkelten Gassen in der Oberstadt, die Studenten-Cafés, die imposante Universitätskirche, die lauschigen Lahnwege. Nicht auf Dauer, vielleicht, aber immer mal zum Entspannen, zum Abschalten.

Karin hatte eine kleine Wohnung nicht unweit vom Juridicum, wo sie eine Stelle als Verwaltungsmitarbeiterin gefunden hatte. Er hatte sich schon häufiger vorgestellt, dass sie wieder zusammenkommen würden, dass sich plötzlich der Knoten wieder lösen würde, und einige Male war es kurz davor. Dann aber waren beide zurückgeschreckt wie vor einer unliebsamen Erinnerung. Er vermisste es, ihren Körper zu spüren, aber er wusste auch: Das kam nicht umsonst. Vielleicht später einmal wieder.

Holtkottes Blick schweifte zu den anderen Tischen. Viele der üblichen, der bekannten Gesichter, dazwischen der unentbehrliche Mario, der geschäftig die Bestellungen aufnahm und an die Tische brachte. Die blonde, alleinstehende Mittfünfzigerin, die häufig da war, trank nun schon ihr drittes Glas Rotwein; Holtkotte prostete ihr freundlich, aber distanziert zu, auf ein Gespräch hatte er heute keine Lust. Vor einigen Wochen waren die beiden einmal ins Gespräch gekommen, sie hatte ihm ihre Lebensgeschichte erzählt, am Ende waren beide betrunken. Das war's dann aber auch. Es wäre ihm damals leichtgefallen, die Frau abzuschleppen, aber das lag ihm nicht. Wie überhaupt sein Sexualleben seit Karins Weggang eher einer großen Dürre ähnelte. Biblisch gesprochen. Zu einer neuen Beziehung fehlte ihm die Kraft, zu einer Affäre die Lust und Gelegenheiten hatte es auch nicht allzu viele gegeben, dafür sorgte schon sein Beruf. So war es bei einigen folgenlosen Abenteuern geblieben, die über die neuen Dating-Plattformen vermittelt worden waren. Keines dieser Treffen hatte ihn besonders beeindrucken können.

„Tiburtius. Interessante Frau", dachte Holtkotte. Rätselhaft bisweilen, aber sehr professionell. Und sehr aufbrausend, wenn er an seine Hoden dachte. War sie eigentlich ...? Darüber hatten sie noch nicht ausführlicher gesprochen. Lesbisch? Hetero? Vergeben? Hatte sie einen Partner, eine Partnerin? Eine Beziehung? Sicherlich, sie hatte die Karten auf den Tisch gelegt: Hetero, nicht auf der Suche – aber stimmte das auch oder war es eine bloße Schutzbehauptung, um nicht weiter Auskunft geben zu müssen?

Was machte eine Frau wie Tiburtius am Feierabend? War sie alleine? War sie sein Typ? Da musste Holtkotte wirklich nachdenken. Äußerlich passte sie nicht in sein Beuteschema, aber als Charakter, als selbstbewusste Frau: schon. Nein, man fing nichts unter Kollegen an, das war klar, aber wie wäre es, wenn? Wie war Tiburtius beim Sex? Dominant, fordernd? Holtkotte schüttelte den Kopf, wie um den Gedanken abzuschütteln, der so unvermittelt von ihm Besitz ergriffen hatte. Vielleicht wäre es doch besser mit einem männlichen Partner.

Mit dem konnte man abends bei einem Bier auch über Frauen reden. Das würde man mit Tiburtius nicht können. Und er hatte auch keine Ratschläge parat, was den Umgang mit anderen Männern anging. Eine schwierige Partnerschaft. Zumindest eine, die er so noch nicht erlebt hatte. Aber die Frau war hoch professionell. Alles was er in den vergangenen Tagen mit ihr erlebt hatte, war vielversprechend, sie schienen sich gut zu ergänzen. Vielleicht musste er sich einfach noch ein wenig daran gewöhnen. Tiburtius war nicht Sauer, das war richtig.

Nun denn, es war an der Zeit, nach Hause zu gehen. Holtkotte winkte Mario heran, um die Rechnung zu bezahlen. In diesem Moment klingelte sein Handy. Tiburtius.

X

Tiburtius war nach der Beerdigung auch nicht nach Hause gegangen, sondern hatte sich um die Ecke von ihrer Wohnung in der Weinstube im Nordend niedergelassen. Sie mochte die Weinstube, nicht nur, weil es dort auch Weine von zu Hause gab. Als sie auf der Karte gesehen hatte, dass die Weinstube Graacher Himmelreich führte, Bernkasteler Doktor und Trittenheimer Apotheke, war klar: Das wird ihr neues Wohnzimmer. Sie mochte auch Weine von der Saar und der Nahe, aber Mosel war ihr Gebiet, nicht nur, was den Weinbau betraf. Auch nach all den Jahren war die Mosel, Trier, das Dreiländereck Deutschland, Luxemburg, Frankreich noch immer ihr Zuhause. Sie vermisste die sanften, hügeligen Landschaften, den Trierer Singsang, das Letzeburgische, das nahe Frankreich. Sie vermisste die Selbstverständlichkeit, mit der Französisch gesprochen wurde. Die französische Küche, mehr aber noch den leichten Lebensstil der Menschen in der Region. Genussmenschen, keine puritanischen Büßer.

Ein wenig, so schien es, wie Ronnekämper. Schmierig, vielleicht, was das Geldverdienen anging, aber ansonsten eher der Typus Barockmensch. Nicht vom Äußeren, aber von der Lebenseinstellung her. Je mehr sie aber über Ronnekämper wusste, desto mehr verschwamm das zunächst eindeutige Bild. Eine instinktive Abneigung hatte sie zu Frau Ronnekämper entwickelt. Vielleicht war sie als Moselanerin zu sehr Familienmensch, zu sehr erdgebunden, als dass sie eine solche Mesalliance zwischen Frau Ronnekämper und ihrem

Gigolo akzeptieren konnte. Obwohl ihr die Chuzpe der Frau doch Respekt abnötigte. Aber die Kinder nach Schottland abschieben, um seinen Begierden in Mallorca frönen zu können, das war vor allem verantwortungslos. Sie musste sich aber einen professionellen Blick auf den Fall bewahren und das bedeutete: Nicht die moralische Verfehlung war im Fokus, sondern die Straftat. Und die moralische Verfehlung konnte nur mit Blick auf die Straftat gewertet werden. Das spielte hier aber keine Rolle.

Tiburtius sah gerne dem geschäftigen Treiben auf der Eckenheimer Landstraße zu, den Menschen, die vorbeihuschten. Sie versuchte dann häufig, durch Beobachtung Aussagen über die Menschen zu machen. Ob sie verheiratet waren, welchen Beruf sie wohl hatten, ob sie Kinder hatten und Ähnliches. Heute aber war sie zu derlei Kombinatorik nicht aufgelegt. Die Beerdigung ging ihr durch den Kopf. Da gab es Gewinner und Verlierer, was das Ableben von Ronnekämper anging. Schwer einzuschätzen war Frau Ronnekämper. Das Testament war ebenso wenig bekannt wie mögliche Lebensversicherungen – und ob, wenn es diese gab, Frau Ronnekämper begünstigt war. Das musste man erfragen, notierte sie sich mental. Ansonsten konnte sie nun unbeschwert ihre Zeit auf Mallorca verbringen. Es sei denn, es hätte eine Gütertrennung gegeben. Oder der Begünstigte der Lebensversicherung war ein Dritter, beispielsweise die Kinder. Konnte sich Frau Ronnekämper denn dann noch ihres Lebensunterhaltes sicher sein, im ungünstigsten Fall?

Verlierer war Bärlach, weniger wegen des Nebenverdienstes als Wahlkreismitarbeiter, als vielmehr wegen der Folgeaufträge an die Kanzlei seiner Frau. Es sei denn, es wäre bereits ein fester Stamm von Kunden vorhanden, die auch ohne Ronnekämper bei der Stange bleiben würden. Andererseits, Ronnekämper hatte die Kontakte und war der Türöffner, Bärlach hatte weder Kontakte, noch konnte er Türen öffnen. Also, eine Sackgasse.

Gewinner war auf den ersten Blick Oberstein-Haller, weil sie nun Ronnekämper beerben konnte. Allerdings hatte Koch die Erkenntnisse aus den verschlüsselten Dateien an die Wirtschaftskriminalität weitergegeben und die hatten sich vermutlich mit der Steuerfahndung verkoppelt, um den Geschäften der Eheleute einmal auf den Grund zu gehen. Wenn es schlecht lief, war Oberstein-Hallers politische Karriere dann schneller zu Ende, als sie begonnen hatte. Aber das war pure Spekulation.

Und dann dieser Perser, dieser Tawakkoli. Ein aufregender Typ, gestand sich Tiburtius. Gutaussehend, charmant. Ob er verheiratet war? Das konnte man doch googeln. Nein, war er nicht. Und nun? „Dummer Gedanke", tadelte sich Tiburtius selbst. Überdies war das wieder genau die Sorte Mann, auf die sie schon allzu häufig hereingefallen war. Sie hatte sich nach ihrer letzten Beziehung geschworen, dass ihr das nicht wieder passierte. Sie war belogen worden und der Kerl hatte mit einer gemeinsamen Freundin geschlafen. Das hatte sie bis ins Mark getroffen, aber ihre Entscheidung erleichtert, in die USA zu gehen, um beim FBI noch ein wenig zu lernen. Das eine Jahr hatte ihr richtig gutgetan. Es war ein sehr konzentriertes Jahr, mit netten Kollegen und Kolleginnen aus aller Welt in dem Kurs und dann ebenso netten FBI-Kollegen während des Praktikums. Kein Sex, keine Beziehung. Das war zwar ein Vorsatz, aber auch die Realität: Die Dating-Praktiken der Amerikaner fand sie etwas undurchschaubar, ungelenk und steif und es war keine rechte Begeisterung in ihr aufgekommen, die diesbezüglichen Spielregeln zu lernen.

„Sabbatical without sex", hatte sie gelästert, lange bevor das Jahr vorüber war, und was ursprünglich eine ironische Vorhersage war, hatte sich zu einer tristen Zustandsbeschreibung entwickelt.

In gewisser Weise hatte Tiburtius auch schon die Chance aufgegeben, eigene Kinder zu haben. Dazu gehörte ein Mann und nicht nur ein Samenspender. Sie war jetzt 35, hatte keine feste Beziehung, war vor Kurzem erst in Frankfurt angekommen und ihr soziales Leben hier war bislang noch überschaubar. Wo lernte man hier Männer kennen? Es war doch alles kompliziert. Nicht auf der Arbeit jedenfalls. Niemals im Job. Eherner Grundsatz, mit dem sie bislang gut gefahren war. Aber wo sonst? In Clubs gehen? Das empfand sie als nicht mehr altersgemäß. Und als Polizeioberkommissarin auch ein wenig problematisch. In Ausstellungen? Vielleicht, aber falsche Spezies Männer, die sich dort blicken ließ. Klar, sie wollte schon einen Partner, der sich auch für Kunst interessierte, aber was sind das für Typen, die allein in eine Ausstellung gehen? Vergreistigte Männer, und Tiburtius lächelte ob des Wortspiels. Sie wusste aber auch, dass sie ein schwieriger Fall war. Sie wollte einen richtigen Mann, der gleichzeitig kulturell interessiert ist, einen Mann, der ihre eher ausgefallenen sexuellen Vorlieben teilte oder zumindest bedienen konnte, aber gleichzeitig auch beziehungsfähig war, verlässlich, bodenständig. Bislang hatten sie immer nur eine Seite erfüllt, also entweder einen verlässlichen Langweiler oder einen experimentierfreudigen Hallodri.

„In der Stadt wachsen aber die wunderlichsten Blüten", hatte sie sich gesagt, vermutlich sehr viel wunderlicher als in Wiesbaden oder in Trier. Und bislang musste sie sagen: Alleine schon bei der Betrachtung der Menschen, mit denen sie in diesem Fall zusammengekommen war, stimmte es. Ein buntes Panoptikum, wie sie es so an ihren bisherigen Wohnorten noch nicht kennengelernt hatte. Allein schon Denninger – so ein Exemplar hätte Trier nie hervorgebracht, da bedurfte es der Großstadtluft.

Nun gut, Frankfurt war mit weniger als einer Million Einwohner ziemlich überschaubar, doch quirliger, lebendiger, internationaler als das verschnarchte München oder die Partymeile Köln. Berlin hätte sie noch gereizt, aber das war zu weit weg von Trier. Frankfurt bot die Möglichkeit, am Wochenende schnell mal hinzufahren und die Eltern zu treffen, und natürlich den kleinen Bruder, der jetzt im väterlichen Betrieb arbeitete und den Laden irgendwann einmal übernehmen würde. Der würde auch für die Enkel im Hause Tiburtius sorgen, mit seiner luxemburgischen Frau Josiane. Tiburtius mochte ihre Schwägerin, ein frisches, fröhliches Mädchen aus Echternach, das sich schnell in die Familie eingefügt hatte. Ihre Eltern waren ebenfalls im Weinbau tätig, für Josiane war es also keine allzu große Umstellung. Und manchmal hatte sie ihre Schwägerin beneidet, die so unbekümmert schien, wo bei ihr selbst alles zum Problem wurde, sie sich selbst häufig im Weg stand.

Wie war das, wenn man keine Selbstzweifel hatte? Wenn es aus Naivität geschah, war es vermutlich ein Glück, eine Grundeinstellung zum Leben, um die man Menschen beneiden konnte. Tiburtius war aber ein Grübler, ein Zweifler, und der einzige Weg aus dieser Misere hinaus führte über die Elimination der Selbstzweifel. Abgekocht sein, abgebrüht, selbstsicher, überlegen: Wie häufig hatte sie sich das gewünscht. Und sich dann immer wieder gesagt:

„Vielleicht sind es gerade die Selbstzweifel, das Grübeln, die mich in meinem Job erfolgreich machen."

Aber musste es denn unbedingt auch auf ihr Privatleben durchschlagen? Da brauchte sie jemanden als Partner, der ihr die Selbstzweifel nahm, der sie stützte und unterstützte. Psychologisch zumindest, denn in der Regel war sie schon allein in der Lage, ihr Leben zu meistern. Wie machten das die anderen? Oder war das eher ein Problem von Frauen, die sich in einer Männerwelt behaupten mussten? Tiburtius verstand sich nicht als Emanze oder Vorkämpferin von Frauenrechten, aber manchmal war es schon mühsam. Der Tritt in die Hoden von Holtkotte war ein Reflex gewesen, der sie erschreckt hatte, keine geplante Aktion. Was musste Holtkotte jetzt von ihr denken? Männerfeindliche Lesbe? Tiburtius grinste. Holtkotte war eigentlich ganz o.k. sieht man mal von dem misslungenen Auftakt ab. Ein guter Polizist, hartnäckig, nachdenklich und vielleicht auch mit jenem Schuss Brutalität, den man bei der Polizei gut gebrauchen konnte.

Er erinnerte sie an den amerikanischen Kollegen, mit dem sie zusammengearbeitet hatte. Robert Glavan, ein Mann Mitte vierzig, ein Spezialist für Wirtschaftsstrafrecht mit einer Ausbildung als Buchhalter! Das hatte sie sehr erstaunt, aber Glavan hatte ihr immer wieder eingebläut, dass die Spur des Geldes häufig die Spur des Verbrechens ist. Geld kann man besser verstecken als Leidenschaften. Aber wenn man die Spur des Geldes aufgenommen hat, findet man am anderen Ende häufig eine überraschende Einsicht. *„Follow the money"*, hatte Glavan immer gesagt, *„follow the money!"* Und mit dieser Devise hatte er einige spektakuläre Fälle geknackt. Im Kampf gegen das organisierte Verbrechen waren in den USA mitunter Buchhalter erfolgreicher als klassische Kriminalisten oder Spurenermittler. Follow the money. Und plötzlich durchfuhr es sie. All die kleinen Geschäfte, die Ronnekämper hatte, vielleicht waren sie nur Steinchen in einem größeren Mosaik, in einer Gesamtschau, die sich enthüllte, wenn man genau wusste, woher das Geld kam und wohin es ging. Sie nahm ihr Handy und wählte Holtkottes Nummer. Follow the money, das mussten sie in den nächsten Tagen tun. Vielleicht führte genau das zu einem guten Motiv.

XI

Follow the money – das hatten Tiburtius und Holtkotte im Briefing Koch nahegelegt. Da mussten die Kollegen der Wirtschaftskriminalität ran, auch die Steuerfahndung. Die entsprechenden Unterlagen waren ohnehin schon zur Sichtung ins Präsidium verbracht worden; es war die vermutlich beste Spur, die der Fall zu bieten hatte. Etwas Licht in die finanziellen Transaktionen von Ronnekämper zu bringen konnte vermutlich auch erhellend sein für die Frage, wer als Täter infrage kommen könnte. Für den Nachmittag hatte sich Tawakkoli angekündigt, mit seiner Schwester, was bei Holtkotte zu einem leichten Stirnrunzeln geführt hatte. Warum brachte ein Bundestagsabgeordneter zu einer Zeugenaussage seine Schwester mit? Anwaltliche Hilfe? Auch Tiburtius war verblüfft, hatte sich aber nichts anmerken lassen. Nach der Besprechung mit Koch warteten erst einmal die drei Berliner Mitarbeiter von Ronnekämper im Büro.

„Ich darf vorstellen", eröffnete der Älteste der drei das Gespräch, „Marla Würzbach, sie ist bei uns zuständig für die Termine, Dr. Thomas Niemöller, der Fachmann für Wirtschaft, und mein Name ist Udo Müller, ich bin der Büroleiter."

Tiburtius taxierte die Gruppe. Müller war vermutlich Ende dreißig, untersetzt, mit kurzen Haaren. Sein Anzug hatte mal gepasst, nun aber war der Stoff kaum noch in der Lage, der Körpermasse Form zu geben. Niemöller sah nach Mitte dreißig aus, von Typ eher ein Nerd, ein Tüftler, ein Denker, weniger ein Macher. Und Würzbach dürfte Mitte zwanzig sein, hochgewachsen, sehr schlank, kurze, braune Haare.

„Eine interessante Truppe", dachte sie. „Mal sehen, wie die Dynamik innerhalb der Gruppe so ist."

„Danke, dass Sie gekommen sind", begann Holtkotte. „Mir ist klar, dass Sie jetzt auch Ihre eigenen Probleme haben. Wie geht es bei Ihnen weiter?"

„Wir sind jetzt wieder in ruhigem Gewässer", entgegnete Müller. „Wir haben sofort Kontakt zu dem Nachrücker aufgenommen und der beschäftigt uns bis zum Ende der Legislaturperiode weiter. Es lohnt für ihn nicht, ein eigenes Büro aufzubauen, das sich erst einarbeiten muss. Mit uns hat er ein eingespieltes Team."

Offenbar war Müller der Chef der Gruppe, denn Würzbach und Niemöller nickten nur. Klare Verhältnisse also.

„Wie ist bei Ihnen denn genau die Arbeit verteilt gewesen? Ich kann mir das nur schlecht vorstellen", intervenierte Tiburtius.

Dankbar schaute Müller auf Tiburtius, wer weiß, mit welchen Erwartungen er zu der Befragung gekommen war. Er machte einen leicht nervösen Eindruck, aber der verflog mit der ersten Antwort.

„Im Grunde ist es recht einfach", setze er an. „Ich leite das Büro und habe Florian – Herrn Ronnekämper – auch strategisch beraten, in Parteiangelegenheiten ebenso wie in Parlamentssachen. Thomas ist der Fachmann für Wirtschaft und hat die Inhalte aus dem Wirtschaftsausschuss bearbeitet, auch Kontakte zu den Verbänden gehalten, vor allem zum Arbeitgeberverband, zum Handwerk, zur Industrie, meist auf

Referentenebene; da kann man sich schnell austauschen. Zu seinen Aufgaben gehörte, die Ausschusssitzungen vorzubereiten und Reden zu schreiben. Und Marla war für den Terminkalender zuständig, also die Abklärung der Termine, die Einzelheiten. Zum Beispiel wer noch bei einem solchen Termin dabei war bis hin zu Fragen, wo Florian denn parken konnte. Jeder Termin macht eine Menge Arbeit, und Florian hatte viele. Und Marla organisiert die Besuchergruppen, die aus dem Wahlkreis nach Berlin kamen."

„Und der Terminkalender ist vollständig?"

„Nein", erwiderte Müller, „er enthält nur die offiziellen Termine. Die privaten Termine waren da nicht drin, auch nicht Termine, die Ronnekämper außerhalb unseres Büros machte. Da stand dann nur eine Terminblockierung im Kalender, ohne sonstige Hinweise. Dafür hatte Florian dann einen eigenen Kalender, ganz analog."

Holtkotte grinste. Er hatte sich selbst auch nie an digitale Terminkalender gewöhnen können und trug immer seinen Taschenkalender mit sich.

„Wie ist es mit Terminen etwa mit Unternehmen oder Wirtschaftsverbänden?"

„Wenn die in Berlin stattfanden, war in der Regel ein Eintrag da. Fast alle Termine in Berlin laufen über den Terminkalender. Ausnahmen hat er nur gemacht, wenn er sich privat mit jemandem traf."

„Und in Frankfurt oder sonst wo?"

„Offizielle Termine standen drin, so etwas wie Unternehmensbesichtigungen oder Ähnliches. Die wurden auch von uns vorbereitet."

„Aber das war nicht alles, oder?"

„Nein, wir wussten, dass er sich auch ohne Spuren im Terminkalender mit Wirtschaftsvertretern traf. Manchmal ist es sinnvoll, keine Spuren zu hinterlassen."

„Wann zum Beispiel?"

„Florian hatte noch eine Firma nebenher, Ronnekämper Global Consult. Da hatte er Klienten. Da findet sich aber nichts in unseren Terminkalendern, weil das auch keine mandatsbezogene Arbeit war. Das hat er ziemlich penibel getrennt."

„Und das empfanden Sie nicht als problematisch?"

„Nein, wieso? Dass ein Bundestagsabgeordneter nebenher noch eine Tätigkeit ausübt, ist nicht selten. Entscheidend ist, dass er Nebeneinkünfte dem Präsidenten des Bundestags meldet und Mandat und Nebenjob strikt trennt."

„Das heißt, Sie können auch keinerlei Auskünfte über die Klienten geben?"

„Nein, darüber wissen wir nichts. Das hat er über Bärlach oder Oberstein-Haller abgewickelt."

„Wie war sein Verhältnis zu seinen Kollegen in Berlin?"

„In der eigenen Fraktion hatte er engere Beziehungen vor allem im Umfeld des Wirtschaftsausschusses. Da hat es vermutlich auch Überschneidungen zu seinem Nebenjob gegeben, zumindest ist er häufiger mit den gleichen Leuten gereist. Zum Koalitionspartner hatte er wenig Kontakt, außer den beruflichen. Die Grünen hat er gehasst, mit einer Ausnahme: Tawakkoli aus Marburg. Mit dem hat er sich hin und wieder in der Parlamentarischen Gesellschaft zum Mittagessen getroffen."

„Und die AfD?“

„Er kannte zwei wichtige Abgeordnete der AfD noch aus der Frankfurter Zeit, als die noch in der CDU waren. Da hat er sich auch nicht abbringen lassen, mit ihnen zu verkehren und sich auch beim Mittagessen sehen zu lassen. Ansonsten aber ist mir nichts bekannt.“

„Gab es irgendjemanden, der Ronnekämper so gehasst hat, dass er ihn umbringen könnte?“

Müller stutzte, schaute seine beiden Kollegen an, als ob er sich rückversichern wollte.

„Ihr könnt ja ergänzen oder mir widersprechen, aber ich meine nein.“

Würzbach schaltete sich nun in das Gespräch ein.

„Es gab immer mal Drohungen, anonym, aber die bekommen beinahe alle Abgeordneten. Richtige Morddrohungen hatten wir aber nicht, stimmt's, Udo?“

Müller schüttelte den Kopf.

„Nein, bei Morddrohungen hört der Spaß auf. In den Jahren, die ich bei Ronnekämper war, gab es vielleicht drei oder vier, und wir haben bei jeder Morddrohung sofort die Polizei und den Staatsschutz eingeschaltet. Da ist nie was rausgekommen.“

„Und könnte seine Tätigkeit im Wirtschaftsausschuss einen Anlass gegeben haben, ihn umzubringen?“

Holtkotte schaute Niemöller an, weil er von ihm eine Antwort erwartete.

„Darüber haben wir uns auch schon den Kopf zerbrochen“, antwortete dieser. „Nein, absolut nicht. Florian war Berichterstatter für energiewirtschaftliche Fragen, da steckt zwar viel

Musik drin, aber kein Motiv. Die Energiewirtschaft war immer gut eingebunden, da gab es eine enge Zusammenarbeit. Und selbst die alternativen Energien kamen bei Ronnekämper nicht zu kurz. Da kann ich mir keinen handfesten Konflikt vorstellen."

„Frauengeschichten?"

Die Drei schauten sich verlegen an. Wer sollte darauf antworten? Schließlich fasste Würzbach den Mut.

„Ab und an hat er mir mal was erzählt, ich glaube, er wollte mich ein wenig beeindrucken. Er hatte so seine Affären. Aber alles sehr diskret. Nichts Festes, nichts, was von Dauer war."

„Und nicht im Büro? Mit Ihnen etwa oder Praktikantinnen?"

„Der Florian hätte mein Vater sein können. Nein, da lief nichts. Außerdem legte er großen Wert darauf, dass das Büro funktionierte. Und das geht nicht, wenn der Chef keine Distanz hält."

Nun schaltete sich Tiburtius ein.

„Was haben Sie drei sich denn zusammengereimt? Also, was vermuten Sie, was steckt hinter dem Mord an Ronnekämper?"

„Am ehesten noch so eine Eifersuchtskiste", sagte Würzbach. „Das hätte ich vermutet. Aber von dem, was man hört, war das ja alles ziemlich gut geplant. Und wenn, hätte ich so etwas eher in Berlin vermutet, ein gehörnter Ehemann etwa. Aber in Frankfurt? Da hat er selbst gesagt, müsse er aufpassen, weil die Stadt doch sehr klein und klatschsüchtig sei."

Müller nickte.

„Ein vollkommenes Rätsel. Er war zwar bei einigen unbeliebt, aber nicht so, dass es zu einem Mord hätte reichen können. Wir sind noch völlig aufgelöst."

„Noch eines", fragte Tiburtius, „war Ronnekämper ein guter Chef?"

Holtkotte schaute sie überrascht an. Es war Würzbach, die antwortete.

„Irgendwie schon. Zu seinem Geburtstag hat er uns immer groß eingeladen, er war großzügig. Zu Weihnachten und zu unseren Geburtstagen haben wir gefeiert. Und er hat Fehler akzeptiert. Er hat sich vor uns gestellt, wenn mal etwas schiefgegangen war. Ja, er war ein guter Chef. Er hat uns viel Freiraum gelassen." Müller nickte, Niemöller deutete mit einer Handbewegung an, dass er zustimmte.

„Es mag albern klingen", sagte Würzbach, „aber wir waren ein tolles Team." Und sie fing an zu weinen.

Tiburtius tat nichts, um die nun entstehende peinliche Situation aufzulösen. Sie sah zu, wie Müller und Niemöller die junge Frau in den Arm nahmen und versuchten, sie zu trösten. Sie bedankte sich und entließ die drei Mitarbeiter. Während sie und Holtkotte sitzen blieben, verließen die drei das Büro wie eine im Spiel geschlagene Mannschaft.

Am Nachmittag kam Tawakkoli mit seiner Schwester. Die Schwester war eine bildhübsche, groß gewachsene, schwarzhaarige Frau mit dunklen Augen, die beinahe feurig wirkten. Sie musste Mitte vierzig sein, und Holtkotte wagte sich nicht auszumalen, was für eine Schönheit sie mit Mitte zwanzig gewesen sein musste. Sie war elegant gekleidet, wie ihr jüngerer Bruder auch, und jeder Zoll in ihr steckte voll mit Selbstbewusstsein, ohne arrogant oder überheblich zu wirken. Auch Tiburtius war unmittelbar von ihr eingenommen.

Tawakkoli und seine Schwester begrüßten Tiburtius und Holtkotte mit dem üblichen Coronagruß und setzten sich dann. Tawakkoli begann.

„Sie werden sich wundern, warum ich meine Schwester Kira heute mitgebracht habe. Eines vorweg, sie ist keine Juristin, also kein rechtlicher Beistand. Aber sie kann ein wenig Licht in Ronnekämpers Leben bringen. Wir haben verabredet, dass ich zuerst rede, dann Kira, einverstanden?"

Holtkotte und Tiburtius nickten.

„Ich habe Ronnekämper vor meiner Zeit im Bundestag nicht gekannt. Nicht persönlich jedenfalls, als Name war er mir geläufig, weil ich mich natürlich politisch interessiert habe. Ich hielt ihn für einen typischen CDUler: steif, ein wenig arrogant, nahe der Wirtschaft, kein Empfinden für ökologische Fragen oder für Menschenrechte. Also eben ein Reaktionär, der mit unsereinem nicht viel zu tun hat.

Nun muss ich etwas über unsere Familie erzählen. Ich bin hier in Deutschland geboren und natürlich auch deutscher Staatsbürger. Meine Eltern sind 1979 unmittelbar nach der iranischen Revolution geflohen. Nicht, dass sie große Sympathien für den Schah gehabt hätten, aber ihnen schwante, dass diese Mischung aus Straßenmob und religiösem Fundamentalismus ein Frontalangriff auf ihr bisheriges Leben sein würde. Meine Eltern gehörten zu den wichtigen Familien in Teheran, zum einen durch unsere Großeltern, die es zu Reichtum und Ansehen gebracht hatten, zum anderen auch deshalb, weil mein Vater ein angesehener Arzt im größten Krankenhaus in Teheran war. Alles sah also blendend aus für unsere Familie, bis eben die Geschichte mit der Revolution unsere Familiengeschichte massiv geändert hat.

Wir sind nach Deutschland gekommen und konnten einen Teil unseres Vermögens retten. Mein Vater hat dann im Nordwest-Krankenhaus eine Stelle angenommen, nachdem er die Sprache ausreichend beherrschte und sich nachqualifiziert hatte; später hat er eine Privatpraxis betrieben. Kira war, als die Familie geflohen ist, 4 Jahre alt. Sie ist hier in den Kindergarten gegangen, die Schulen, und war schnell assimiliert. Meinen Eltern fiel das schwerer, vor allem meiner Mutter, zumal sie nicht gearbeitet hat. Das ist bei uns nicht üblich."

Tawakkoli unterbrach sich für einen Augenblick und grinste.

„*‚Bei uns'*" sage ich so ganz selbstverständlich, als ob ich den Iran noch persönlich in meiner Jugend kennengelernt hätte. Es zeigt aber etwas anderes: Meine Eltern waren in der Exilcommunity fest verwurzelt und wir haben selbstverständlich die persischen Feste auch in Deutschland gefeiert, Nowruz, Sizdah Bedar, den Tag der guten Omen, die Yalda-Nacht und natürlich auch Ramadan und das danach folgende Fastenbrechen. Meine Eltern waren nicht sonderlich religiös und deswegen war beispielsweise der Ramadan bei uns nicht so streng, eher wie das katholische Fasten in Deutschland. Man verzichtet für einige Tage auf etwas, Süßigkeiten oder Alkohol, nicht so wie das strenge Fasten, das viele Muslime bevorzugen. Wie dem auch sei, auch in Deutschland waren wir Perser, eingebunden in persische Traditionen, Riten, soziale Beziehungen. Natürlich kannten und verkehrten unsere Eltern auch mit Deutschen, aber das war etwas anderes. Heimat gab es dort, wo die Sprache gesprochen wurde, Geschichten ausgetauscht werden konnten, wo man sich über kulturelle Kontexte einig war, ohne groß erklären zu müssen. Wie dem auch sei, wir haben uns beide davon ein wenig emanzipiert, ich jedenfalls fühle mich eher als Deutscher, bei Kira bin ich mir da manchmal nicht so sicher." Er schmunzelte, schaute seine Schwester an. „Ich denke, jetzt solltest du übernehmen."

„Fangen wir von hinten an", begann Kira mit einer überraschend samtigen Stimme. Mein Name ist Kira Nadapour, geborene Tawakkoli. Ich lebe und arbeite seit etwa fünfundzwanzig Jahren in Berlin, bin Ärztin an der Berliner Charité, spezialisiert auf Nephrologie, also Nierenerkrankungen, auch Hochdruckprobleme. Ich bin seit zehn Jahren mit dem Unternehmer Navid Nadapour verheiratet, einem Unternehmer, der weitreichende Geschäftsbeziehungen in der Region hat. Navid stammt ebenfalls aus einer Exilfamilie, ähnliches Schicksal wie wir.

Und nun zu Ronnekämper. Ich bin nach dem Abitur 1994 nach Berlin gegangen zum Studium. Ich habe Ronnekämper 2001 kennengelernt, da war ich im AiP, also Arzt im Praktikum, an der Charité. Ich habe damals schon Nephrologie gemacht, und Ronnekämper kam zu uns auf Empfehlung der Parlamentsärztin, damit wir seinen Bluthochdruck einstellen. Es hatte ziemlich schnell zwischen uns gefunkt, und um eine lange Geschichte kurz zu machen: Wir hatten eine Beziehung. Allerdings haben meine Eltern das mit Argwohn gesehen und mir deutlich zu verstehen gegeben, dass eine Heirat nicht infrage kam. So haben wir uns nach wenigen Monaten wieder getrennt, freundschaftlich. Mir war klar: Ohne den Segen meiner Eltern hatte die Beziehung keine Zukunft. Und Florian hat es akzeptiert.

Wir haben uns dann vier oder fünf Jahre nicht gesehen und als wir uns wiedersahen, war ich verheiratet und Florian auch. Aber wir haben uns gut verstanden und ich habe Florian dann einmal zu einem Fest zu uns nach Hause eingeladen. Er verstand sich gut mit Navid, ich habe natürlich auch nicht gesagt, welche Vorgeschichte wir hatten.

Um es kurz zu machen: Navid ist nicht nur ein erfolgreicher Geschäftsmann, er ist einer der wichtigsten Verbindungsleute der iranischen Opposition in Deutschland. Stück für Stück hat er Florian eingebunden, es war ein beiderseitig nützliches Arrangement. Über Navid hat Florian Aufträge bekommen und er hat sich im Gegenzug politisch für die Oppositionellen im Iran eingesetzt, nicht offiziell und mit großem Tamtam, aber so, dass man immer mal wieder einen politischen Gefangenen frei bekam. Das lief alles unter der Decke, mit Interventionen durch das Auswärtige Amt oder über die geschäftlichen Interessen der Iraner. Alles sehr diskret und deswegen durfte da auch nichts an die Öffentlichkeit geraten. Die Geschäfte, die Florian mit dem Iran machte, dienten alle dem Ziel, einen Hebel zu haben für die Interessen der Opposition."

„Musste das nicht die Saudis oder die Israelis nervös machen?", fragte Tiburtius.

„Eigentlich ja. Und jetzt kommt der eigentlich sensible Teil. Navid hat gute Kontakte zu den Israelis und ich nehme an: auch zum israelischen Geheimdienst. Die wussten, was er tat, und die wussten auch, wie Florian unterwegs war. Aber darüber kann ich nichts sagen. Und mein Mann würde ihnen sicherlich auch nichts sagen. Dazu hängen zu viele Menschenleben davon ab."

„Und was Ronnekämper genau gemacht hat, das können Sie nicht sagen?" Tiburtius konnte einen ungläubigen Eindruck nur schwer verbergen. Was war das denn für eine Räuberpistole?

„Nein, nicht aus eigenem Wissen. Ich kann es nur vermuten. Aber ehrlich gesagt: Ich halte mich auch aus den Geschäften meines Mannes raus. Ich weiß, er tut es für gute Zwecke. Aber manchmal muss man dafür auf krummen Zeilen versuchen, gerade zu schreiben, wenn Sie wissen, was ich meine. Ich glaube nicht, dass Florians Tod damit etwas zu tun hat, aber ausschließen will ich nichts. Und Sie auch warnen: Die arabischen Geheimdienste fackeln nicht lange. Da nehmen sich Saudis und Iraner nichts. Passen Sie also auf, in welches Wespennest Sie stechen wollen."

„Das müsste sich doch von den Geldflüssen alles nachweisen lassen? Wie hat Ronnekämper das alles mit dem Bundestag geregelt? Ich meine, er muss doch seine Nebeneinkünfte angeben?" *„Follow the money"* war Tiburtius wieder eingefallen. Aber Kira Nadapour schaute sie nur mitleidig an.

„Glauben Sie ernsthaft, wir würden solche Spuren hinterlassen? Das Geld wird über ausländische Banken abgewickelt und taucht in keiner Bilanz auf, auch in keiner Steuererklärung oder einer Erklärung gegenüber dem Bundestag. Florian wusste das, und er wusste auch, dass ein Großteil des Geldes wieder in den Iran zurückfließt, um die Arbeit der Opposition zu unterstützen. Er hat seinen Schnitt mit Geschäften gemacht, die sich daraus ergeben haben, als Abfallprodukt gewissermaßen."

„Also war Ronnekämper ein barmherziger Samariter der iranischen Opposition?", warf Holtkotte ein.

Nadapour schaute ihn ernst an. „Wenn sie wüssten, wie es in iranischen Gefängnissen zugeht, würden Sie nicht so reden. Wir sind dankbar um jeden Menschen, der vor diesen Bestien gerettet werden kann."

„Können wir mit Ihrem Mann sprechen?"

„Nein, auf keinen Fall. Ich bitte Sie, meinen Besuch hier bei Ihnen als inoffiziell zu betrachten. Ich fand, das war ich Florian schuldig, damit Sie verstehen ..." Sie zögerte einen Moment und ergänzte dann: „Damit Sie verstehen, was für ein Mensch er war und in welchem Revier Sie sich als Ermittler jetzt bewegen. Meinen Mann können Sie nicht sprechen, weil Sie uns und unsere Arbeit damit gefährden."

Sie erhob sich, das Gespräch war damit beendet. Sie nahm ihren Bruder am Arm und ging mit ihm hinaus, nicht ohne Holtkotte und Tiburtius noch einen ganz besonderen Blick zuzuwerfen, von dem Holtkotte später sagen würde: „Da hatte ich den Eindruck, dass Jahrhunderte persischer Kultur und Geschichte auf mich herabschauen."

Als die beiden gegangen waren, herrschte für einen Moment Stille im Büro. Das waren völlig neue Dimensionen, die sich hier auftaten. Und es änderte auch das Bild auf Ronnekämper. Schließlich sagte Holtkotte:

„Die hat uns für absolute Amateure gehalten. ‚Meinen Mann können Sie nicht sprechen, weil Sie uns gefährden.' Hält die uns für Idioten?" Holtkotte schien weniger erregt oder wütend als vielmehr völlig irritiert. Er fühlte sich eiskalt abserviert. Und zwar auf eine Art und Weise, die ihm erst im Nachhinein klar wurde. Tiburtius schien das ähnlich zu sehen.

„Ein bemerkenswerter Auftritt", murmelte sie vor sich hin, und beide waren sich schnell einig darüber, dass Koch über diese Wendung der Dinge umgehend informiert werden musste.

XII

Holtkotte und Tiburtius saßen im Sprinter von Frankfurt am Main nach Berlin. Sie sprachen wenig miteinander. Der frühe Sprinter nach Berlin hatte dafür gesorgt, dass beiden noch ein wenig die Nacht in den Knochen steckte. Am Abend zuvor hatten sie Koch Bericht erstattet. Koch hatte sich das alles gefasst angehört, hin und wieder den Kopf geschüttelt. Welche Wendung würde dieser Fall nehmen? Es war verblüffend.

„Ich hatte heute Nachmittag ein Gespräch mit dem Polizeipräsidenten", eröffnete er dann den beiden Ermittlern, als sie ihren Bericht abgegeben hatten. „Der hatte einen Anruf des israelischen Botschafters Issacharoff. Es gibt die Bitte der Israelis, dass sie mit den ermittelnden Beamten im Fall Ronnekämper ein Gespräch führen. Der Präsident hat dem natürlich zugestimmt. Ich habe mir die Freiheit genommen, für Sie beide ein Bahnticket zu bestellen. Sie fahren morgen früh. Darüber hinaus werden Sie beide die Kollegen von der Berliner Polizei kontaktieren und die Berichte über das durchgehen, was in Ronnekämpers Wohnung gefunden wurde. Ich habe mit den dortigen Kollegen gesprochen, Sie haben auch Zutritt zu Ronnekämpers Wohnung. Sie schauen sich da bitte einmal genau um. Die Kollegen aus Berlin werden wohl nicht so genau wissen, was wir suchen oder was wichtig ist. Und ich will, dass Sie sich im Kollegenkreis von Ronnekämper umhören. Ich habe im Büro des Geschäftsführers der Unionsfraktion nachgefragt, die organisieren Gespräche mit zwei oder drei Kollegen, die ihn gut kannten. Es ist Sitzungswoche in Berlin, also haben wir Glück. Und ich habe mir die Freiheit genommen, Sie beide in einem Hotel unterzubringen. Eine Übernachtung, das muss reichen; ich erwarte Sie in drei Tagen am Samstag wieder zurück, und zwar morgens zum Bericht."

„Und wer macht unsere Arbeit hier?", fragte Tiburtius.

„Was haben Sie denn noch im Sinn?", fragte Koch. „Sie haben in den letzten Tagen alle möglichen Spuren untersucht, mit allen möglichen Leuten gesprochen. Haben Sie beide irgendeine heiße Spur? Irgendein Anhaltspunkt, in welche Richtung Sie überhaupt ermitteln wollen?"

Holtkotte und Tiburtius schüttelten den Kopf.

„Meine ich doch", sagte Koch. „Wir wissen noch zu wenig und deshalb müssen wir auch die Seite von Ronnekämper in Berlin unter die Lupe nehmen. Vielleicht gibt es hier einen Anhaltspunkt, von dem aus wir weitermachen können. Sollte sich in Berlin etwas ergeben, das eine längere Anwesenheit nötig macht, informieren Sie mich. Und eines noch: Sie arbeiten mit den Kollegen in Berlin zusammen. Keine Extratouren, verstanden?"

Holtkotte schaute überrascht. „Extratouren? Wir doch nicht", sagte er mit einem betont unschuldigen Ton. Tiburtius schloss daraus, dass Koch seine Pappenheimer kannte. Was aber bedeutete dieser Gesprächswunsch der israelischen Botschaft?

„Herr Koch, was wollen eigentlich die Israelis von uns?", fragte sie nun betont professionell.

Koch zuckte mit den Schultern. „Hat mir der Präsident auch nicht gesagt. Vermutlich tappt er ebenso im Dunkel. Es war nur die dringende Bitte, mit uns zu sprechen. Keine Andeutungen, keine weiteren Informationen. Alles, was wir wissen: Die wollen nicht nur Kaffee trinken, sondern haben was zum Fall Ronnekämper, das uns vielleicht weiterhilft. Seien Sie beide da diplomatisch, ich brauche keinen Ärger, wenn einer von Ihnen sich nicht anständig benehmen kann."

„Jawohl, Herr Koch!", schnarzte Holtkotte. „Ich werde mir auf dem Weg dorthin beibringen, mit Messer und Gabel zu essen. Was halten Sie eigentlich von uns?"

„Sie wissen, was ich meine, Holtkotte", erwiderte Koch und fügte dann hinzu: „Gute Reise." Das Gespräch war damit beendet.

Holtkotte und Tiburtius saßen im Großraumwagen erster Klasse, saßen sich gegenüber. Holtkotte döste vor sich hin und fiel immer wieder in einen leichten Schlaf, der durch das gleichmäßige leichte Rattern der Räder auf den Schienen befördert wurde. Im Traum erschien ihm Kira Nadapour, überdimensional, wie eine strenge Lehrerin. Ihre schwarzen Haare waren streng nach hinten gebunden, sie trug eine Lederjacke und eine Lederhose.

„Holtkotte, das ist eine Liga zu hoch für Dich", sagte sie mit warmer Stimme. „Du hast keine Ahnung, auf was du dich einlässt. Halt dich da raus."

Dann erschien ihm im Traum Tiburtius, die zu einem Tritt gegen Nadapour ausholen wollte. Mit einer Handbewegung fegte Nadapour Tiburtius von den Beinen.

„Kindchen", sagte sie, „halt dich raus, wenn Erwachsene sich unterhalten."

Holtkotte hätte gerne gewusst, wie es weitergegangen wäre, aber er verschluckte sich vor Lachen im Schlaf, wachte mit einem Schreck auf und blinzelte in das erstaunte Gesicht von Tiburtius. Die hatte sich während der ganzen bisherigen Fahrt mit einem Buch beschäftigt, das sie noch schnell am Bahnhof gekauft hatte: Ein Buch über Psychopathen mit dem Untertitel: *Was man von Heiligen, Anwälten und Serienmördern lernen kann.*

Holtkotte griff über den Tisch, hob das Buch an, sodass er den Titel lesen konnte.

„Kommen Politiker auch vor?“, brummte er noch im Halbschlaf. Er hoffte, schnell wieder wegzudösen, in die warme Decke des Halbschlafs zu entgleiten, aber Tiburtius nahm den Ball auf.

„Politiker könnten auch vorkommen, ebenso Kriminalkommissare. Aber keine Bange, nicht du.“

„Wir jagen Psychopathen, wir sind es aber nicht“, murmelte Holtkotte.

„Wir reden hier nicht über Verbrecher wie Hannibal Lecter“, dozierte Tiburtius, „sondern über Psychopathie als eine Persönlichkeitsstörung. Ein Psychopath kann äußerst charmant sein ...“

„War Lecter auch“, warf Holtkotte müde ein.

„... und sozial sehr gut funktionieren. Es ist die innere Einstellung, die ihn gefährlich macht. Er hat keine Gewissensbisse, sucht nur seinen eigenen Vorteil. Manchmal lässt es sich gut kanalisieren und Psychopathen werden erfolgreiche Wirtschaftsführer, ...“

„Würde einiges erklären ...“

„... aber manchmal morden sie auch oder begehen andere Verbrechen. Du bist jedenfalls kein Psychopath, du machst dir viel zu viel Gedanken über das, was richtig ist und was nicht."

Holtkotte hatte nun die Schläfrigkeit abgeschüttelt und streckte sich.

„Richtig wäre jetzt eine Tasse Kaffee", sagte er wie zu sich selbst. „Ich schaue mal, ob ich was besorgen kann. Du auch?"

Tiburtius nickte. Im Aufstehen fragte Holtkotte noch:

„Ob Ronnekämper ein Psychopath war?", dann wankte er Richtung Speisewagen.

Er kam mit zwei Bechern Kaffee und zwei Croissants zurück. Der Zug hatte gerade den Bahnhof in Göttingen verlassen.

Tiburtius schaute ihn dankbar an.

„Kann ich auch ganz gut gebrauchen. Du hast eben gefragt, ob Ronnekämper ein Psychopath war. Ich hatte nach den ersten Gesprächen schon ein wenig den Eindruck. Und dann kam Frau Nadapour. Das passte dann auf einmal nicht mehr. Da schien auf einmal ein Schimmer von Altruismus auf."

„Du scheinst dich ja mit Psychologie auszukennen", murmelte Holtkotte leicht anerkennend.

„Nein, ich bin da Amateur. Ich habe mich in dem Jahr in den USA mit einer Frau angefreundet, die dort in der Psychologischen Abteilung beim FBI arbeitete. So ein bisschen wie in der Fernsehserie ‚Criminal Minds'. Die erstellen Täterprofile, und das fand ich total spannend."

„Und wir versuchen gerade, ein Opferprofil zu erstellen. Ich bin mir auch nicht schlüssig über Ronnekämper. Da ist eine öffentliche Figur und eine verdeckte, geheime. Ich habe nicht den Eindruck, dass Ronnekämper ein Psychopath war. Eher ein Mann mit sehr vielen Geheimnissen. Öffentlichen Geheimnissen wie seinen Affären und wirklichen Geheimnissen wie seinem Einsatz für die iranische Opposition."

„Die spannende Frage ist: Hat es mit diesen Geheimnissen zu tun, warum er ermordet worden ist? Und dann: Was für eine Art Täter suchen wir? Ich tappe da völlig im Dunkeln."

„Ein wenig wissen wir doch schon", sagte Holtkotte. „Wir suchen jemanden – Mann oder Frau –, der sehr überlegt handelt, vermutlich mit dem Tötungsvorsatz ins Haus gekommen ist, die Örtlichkeiten kannte, von der Abwesenheit der Familie wusste und auch die Kaltblütigkeit hatte, Spuren zu verwischen und andere Spuren zu platzieren. Entweder kannte derjenige die Gewohnheiten von Ronnekämper und seine Lebensumstände ohnehin oder er hat sie gut ausgekundschaftet."

Tiburtius nickte. Die Landschaft flog am Zug vorüber, sie schaute versonnen nach draußen. Flaches Land. Deprimierend. Sie mochte den nördlichen Teil Deutschlands nicht und der begann für sie an der Stadtgrenze von Frankfurt. Nun gut, Mittelhessen war niedlich, aber alles nördlich davon, das war nicht ihr Fall. In Gedanken sagte sie sich immer wieder:

„In Trier haben wir schon mit Messer und Gabel gegessen, da haben die hier noch christliche Missionare erschlagen." Apropos, das würde sie Holtkotte fragen müssen.

„Was meinte Koch damit, als er dich ermahnte, dich anständig zu benehmen? Als du dann geantwortet hast, du würdest lernen, mit Messer und Gabel zu essen? Das fand ich rätselhaft."

Holtkotte schaute sie verwundert an und konnte sich nicht erklären, wie dieser plötzliche Themenwechsel zustande kam. Hatten sie nicht eben noch über Psychopathen gesprochen? Nun gut, Frauen halt. Er war zunächst versucht, ihr zu sagen, das gehe sie nichts an, dann besann er sich aber.

„Eine alte Geschichte. Wir hatten vor drei Jahren einen Fall im Rauschgiftmilieu mit einem Totschlag, und da war ein Honorarkonsul aus Frankfurt drin verwickelt. Ich habe ihn damals etwas hart rangenommen und Koch musste mir die Feinheiten des Wiener Übereinkommens über diplomatische Beziehungen erklären. Wusste ich, aber der Kerl war ein Gauner, der sich hinter seinem Titel versteckt hat. Wir haben ihn trotzdem am Ende an den Eiern gehabt. Entschuldige die Ausdrucksweise."

„Du lernst dazu", lachte Tiburtius. „War das der Fall mit den falschen Pässen?"

Holtkotte nickte.

„Es könnte sein, dass ich ihm im Verhör erklärt habe, ich wüsste, was für ein Drecksack er ist. Und es könnte auch sein, dass ich ihn etwas härter angefasst habe als nötig. Aber am Ende ist er in den Bau gewandert. Ganz ohne diplomatischen Schutz. Ich hatte nämlich in der Botschaft angerufen und ihnen mit einem Skandal gedroht, wenn sie den Kerl nicht entbinden. Er hatte ohnehin nur Immunität im Rahmen seiner Amtshandlungen, aber genau das war das Problem mit den ausgestellten Pässen. Als ich dann den Botschafter an der Strippe hatte und ihm erklärte, in welche Geschäfte sein Honorarkonsul verwickelt war, haben die schnell die Notbremse gezogen. Und sich später beim Auswärtigen Amt über mein forsches Vorgehen beschwert. Und dann ging das seinen Weg. Der Staatssekretär im Auswärtigen Amt hat den Polizeipräsidenten in den Senkel gestellt und der mich. Aber ich könnte schwören, er hat gegrinst, als er mich zusammengestaucht hat."

„Wegen gefälschter Pässe in den Bau?"

„Nein, das war nur der Hebel, ihn abzuschießen. In den Bau gewandert ist er letztlich wegen Beihilfe zum Totschlag und diverser Drogendelikte."

„Und Koch schätzt solche robusten Methoden nicht?"

„Hängt davon ab. Koch will Erfolge. Und dann wägt er ab. Die offensichtlich rechtswidrigen Dinge gehen nicht, das ist klar. Also keine Gewalt und so etwas. Aber ansonsten hatte ich immer den Eindruck, er nimmt die Vorschriften zwar ernst, aber nicht allzu wörtlich. Es ist der Geist der Vorschriften, der bei ihm zählt."

„Hattest du nie das Verlangen, aus einem Verdächtigen einmal ein Geständnis rauszuprügeln? Ich muss da manchmal meiner Fantasie Zügel anlegen."

Holtkotte nickte.

„Ich weiß, was du meinst. Wir hatten ja vor etwas mehr als 15 Jahren diesen Fall mit dem entführten Jungen. Unser damaliger Vizepräsident stand vor einem Dilemma. Er war überzeugt, dass der Junge noch lebte, aber der Verdächtige wollte nicht reden. Damals hat er dem Verdächtigen Gewalt androhen lassen, um den Jungen zu retten. Das hat riesige Wellen geschlagen."

„Ich erinnere mich", sagte Tiburtius. „Die Geschichte mit der Rettungsfolter."

„Genau. Und am Ende ist der Vizepräsident noch verurteilt worden. Wir waren damals hin- und hergerissen. Aber wir standen alle auf der Seite des Vizes. Eine tragische Geschichte."

Holtkotte hielt einen Moment inne. Den Vizepräsidenten hatte er kaum gekannt, aber einen der Kollegen, der damals in den Fall verwickelt war. Es war ein Albtraum. Ein Albtraum für die Eltern des Jungen, aber auch für die beteiligten Kollegen. Sie wussten, sie hatten den Richtigen, und sie befürchteten, dass der Junge nun irgendwo versteckt gehalten wurde und vielleicht qualvoll starb. Sie wollten die Scheiße aus dem Verdächtigen rausprügeln, wie man sagt. Aber sie durften es nicht. Sie würden mitschuldig werden am Tod des Jungen, aber sie konnten nichts daran ändern. Natürlich wussten sie damals nicht, dass der Junge längst tot war. Sie waren wie ein mit Vollgas laufendes Auto, dessen Reifen aber die Erde nicht berühren durften. Das Thema hatte ihn noch monatelang beschäftigt und er hatte den Rechtsstaat manchmal verflucht. Dann aber hatte er sich gesagt, dass auch für die Polizei das Ziel nicht alle Mittel rechtfertigen könne. Aber manchmal ging ihm die übertriebene Rücksichtnahme auf die Täter schon auf die Nerven. Er sah sich als Anwalt der Opfer, die keinerlei Rücksichtnahme erlebt hatten.

„Bist du für die Todesstrafe?", fragte Tiburtius unvermittelt. „Ich meine, das wäre doch so ein Fall gewesen, oder?"

„Nein, auf gar keinen Fall. Ich ertappe mich bei schlimmen Verbrechen häufig mit Rachegedanken. Und dennoch."

„In den USA wird das alles anders gesehen", sagte Tiburtius. Und manchmal denke ich ..." Sie ließ den Satz unvollendet.

„Möchtest du Zeuge sein, wie ein Mensch hingerichtet wird? Vielleicht die Verantwortung für das Urteil übernehmen? Was ist, wenn du dich irrst?“

Tiburtius erwiderte nichts darauf. Diese Frage hatte sie sich in den USA immer und immer wieder gestellt. Einerseits konnte man Menschen wie Jeffrey Dahmer oder Ted Bundy nicht einfach nur ins Gefängnis stecken. Sie hatte volles Verständnis dafür, solche Menschen hinzurichten. Andererseits gab es die weniger eindeutigen Fälle, die sich dann später als Justizirrtümer herausstellten. Sie hatte einmal das Angebot bekommen, bei einer Hinrichtung als Zeugin anwesend zu sein, das aber ausgeschlagen. Sie hatte sich davor gefürchtet und sich in gewisser Weise gefragt, was für Menschen denn bei der Vollstreckung der Todesurteile mitwirkten.

„Vielleicht muss man ein Psychopath sein, um an einer Hinrichtung beteiligt zu sein“, antwortete sie und war sich klar, dass diese Antwort meilenweit entfernt war von der Frage, die Holtkotte gestellt hatte. „Aber es gibt eine Form des Unrechts, die vielleicht nur durch den Tod gesühnt werden kann. Da kann es keine Vergebung geben. Und manchmal wünsche ich dann, dass irgendeine Kraft, ob himmlisch oder irdisch, dieses Urteil dann vollstreckt. Sehr archaisch, ich weiß, und vermutlich auch ziemlich unkorrekt für eine Polizistin. Und ja, ich verlange etwas von anderen Menschen, das ich selbst nicht könnte. Bei mir ist das fünfte Gebot tief eingegraben. Katholisches Mädchen halt“, sagte sie lächelnd, wie um die Ernsthaftigkeit aus dem Thema zu vertreiben und ein anderes Thema zu eröffnen. Das war ihr jetzt persönlich sehr nahegekommen. Das Thema Strafe, Vergeltung, Sühne und Wiedergutmachung beschäftigte sie seit vielen Jahren. Vielleicht war das auch der Grund, warum sie zur Polizei gegangen war: Gerechtigkeit, auch gegenüber den Opfern.

Die Durchsage im Zug brachte sie auf andere Gedanken. Der nächste Halt war schon Spandau, danach folgte der Hauptbahnhof.

„Ich hoffe, Koch hat wenigstens ein akzeptables Hotel für uns gebucht", sagte sie mit lauernder Vorfreude.

„Kenne das Hotel zwar nicht, aber es liegt in Charlottenburg in der Nähe der Wilmersdorfer Straße", klärte Holtkotte auf. „Wir nehmen am besten die S-Bahn nach Charlottenburg, von dort sind es nur ein paar Schritte."

Der Zug hielt und spie die Passagiere auf die Bahnsteige aus.

„Ein beeindruckender Bahnhof", dachte Holtkotte noch, bevor die beiden sich dann auf dem Bahnsteig Richtung Westkreuz wiederfanden und in einen halb leeren Waggon einstiegen.

XIII

Das Hotel war eines aus der Best-Western-Kette an der Kantstraße in Charlottenburg, unweit der S-Bahn, ein gutes Hotel, und beide wunderten sich über die Großzügigkeit, mit der sie bedacht worden waren. Koch hatte ihnen eine Nummer des israelischen Kontakts gegeben und sie instruiert, dort nach ihrer Ankunft sofort anzurufen. Das hatten sie getan und sich eine Stunde später zum Mittagessen im nahe gelegenen Thomaseck verabredet, einer gut bürgerlichen Gaststätte nicht einmal fünf Minuten entfernt von ihrem Hotel. Es war ein noch sehr warmer Tag und draußen waren viele Tische leer. Tiburtius und Holtkotte setzten sich an einen schattigen Tisch und schauten dem Treiben in der Straße mit trägem Interesse zu. Die Krumme Straße war sicherlich keine Hauptstraße, aber doch geprägt von Flaneuren, Geschäftigen, Bohemiens, Gelangweilten und Alt-68ern – eine bunte Mischung, wie sie so in Frankfurt nicht zu finden war. Nicht lange nachdem sie beide eine Fassbrause auf dem Tisch stehen hatten – ein beliebtes Berliner Getränk, wie die blonde Bedienung mit den eng anliegenden Leggins versicherte, die Touristen auf den ersten Blick erkannte –, gesellte sich eine junge Dame, etwa Mitte dreißig, zu ihnen.

„Herr Holtkotte und Frau Tiburtius, wie ich annehme? Daniela Bielski von der israelischen Botschaft. Schön, dass Sie beide es einrichten konnten, nach Berlin zu kommen.“

Holtkotte schaute die junge Frau verwundert an. Eine ausgesprochene Schönheit mit kurzen, roten Haaren, elegant gekleidet, sehr selbstbewusst und mit – konnte das stimmen? –grünen Augen, die ihrem Gesicht etwas Geheimnisvolles verliehen. Ihre Stimme klang zwar mädchenhaft, es lag aber etwas Seltsames darin; vielleicht die Tatsache, dass das Deutsche nicht ihre Muttersprache war? Zumindest die Vokale klangen phonetisch etwas anders, als es im Deutschen üblich ist. Aber ihr Deutsch schien beinahe muttersprachlich, von der Sprachverwendung ebenso wie vom Satzbau.

„Danke, Frau Bielski, für die Möglichkeit des Gesprächs“, erwiderte Holtkotte. „Wir sind gespannt, was Sie uns zu sagen haben.“

„Zunächst einmal werden wir etwas essen“, erwiderte Bielski. „Ich kann das Stammessen hier sehr empfehlen. Und dann kommen wir zum Kern unserer Zusammenkunft. Wie war Ihre Anreise?“

„Zu früh aufgestanden“, schaltete sich Tiburtius in das Gespräch ein. „Aber sonst ganz in Ordnung, im Zug reist es sich gut. Wir sind aber auch multitaskingfähig. Wir können essen und zuhören, beides gleichzeitig.“

„Nun gut“, sagte Bielski, „lassen Sie mich so beginnen. Wir hatten enge Beziehungen zu Ronnekämper. Wie weit sind denn Ihre Ermittlungen?“

„Nicht sehr weit“, entgegnete Holtkotte, „wir stehen irgendwie im Dunkeln. Es gibt kein vernünftiges Motiv, keine Tatverdächtigen, keine Geschichte, die uns diesen Mord irgendwie erschließt.“

„Ich bin mit den Einzelheiten einigermaßen vertraut", sagte Bielski. „Herr Koch war so freundlich, mich ein wenig vorzubereiten."

Holtkotte und Tiburtius schauten erstaunt, sagten aber zunächst nichts, weil die Bedienung das Mittagessen auftrug: Dreimal Rindfleisch in Meerrettich-Soße mit Bouillon-Kartoffeln. Und während sie schon den ersten Bissen zu sich nahm, fing Bielski an, den ungewöhnlichen Informationsfluss zu erläutern.

„Sie müssen wissen, Ronnekämper hatte wirklich sehr enge Beziehungen zu uns. Deswegen hat der Botschafter den Polizeipräsidenten gebeten, uns sehr genau zu informieren, damit es keine, sagen wir, diplomatischen Verwicklungen auf deutschem Boden gibt. Wir sind durch die Mordwaffe hellhörig geworden."

„Die Caracal?", fragte Tiburtius mehr feststellend.

„Ja, genau die. Dazu will ich zunächst etwas sagen. Eine solche Waffe nicht nur zu benutzen, sondern sie demonstrativ zu platzieren ist aus unserer Sicht vielleicht kein Zufall. Die Caracal ist die Waffe der Sicherheitskräfte der Vereinigten Arabischen Emirate. Sie wird auch in Jordanien verwendet, aber das braucht uns nicht zu interessieren. Teilweise wird sie auch nach Libyen geliefert, die Emirate unterstützen die Gruppe um General Haftar mit Waffen. Das könnte hier auch von Bedeutung sein. Wir sind uns ziemlich sicher, dass die Caracal eben auch an General Haftar und seine Truppen geliefert worden ist und im Bürgerkrieg dort verwendet wird. Wie dem auch sei, die Emirate sind ein wichtiger Player in der ganzen Nahostsituation. Wir haben seit etwa sechs Wochen diplomatische Beziehungen mit den Emiraten und haben vor wenigen Tagen, kurz vor Ronnekämpers Ermordung, einen Friedensvertrag mit den Emiraten unterzeichnet."

Holtkotte und Tiburtius schauten sich verwundert an. Das war ihnen bisher nicht bekannt gewesen. Aber Ronnekämper war doch nicht in diesen Prozess mit eingebunden? Als könnte sie Gedanken lesen, griff Bielski diesen Einwand auf. „Ronnekämper hatte damit natürlich nichts zu tun, aber die zeitliche Koinzidenz hat uns aufgeschreckt. Wir haben uns gefragt: ‚Hat die Ermordung Ronnekämpers damit etwas zu tun?' Fangen wir einmal mit der strategischen Gesamtsituation an. Israel hat gute Beziehungen zu Saudi-Arabien, weniger wegen der politischen Nähe als vielmehr wegen einer ganz banalen Überlegung: Die Saudis sind ein Puffer zwischen uns und dem Iran. Und die Saudis haben bisher auch immer gerne unsere Hilfe angenommen, um sich in der Region zu behaupten. Das geht ein wenig nach dem Motto: ‚Der Feind meines Feindes ist mein Freund', aber es funktioniert."

„Trotz der religiösen Differenzen?", warf Tiburtius ein. „Immerhin ist doch Saudi-Arabien die Stätte der großen Heiligtümer des Islam."

„Wie Jerusalem in gewisser Weise auch", antwortete Bielski, „aber es gibt natürlich einen unversöhnlichen Gegensatz von Sunniten und Schiiten. Der Iran versucht seit 1979, die Region in seinem Sinn zu gestalten. Dazu gehören immer wieder die Infiltration nach Saudi-Arabien und der Versuch, die dortigen Machthaber zu demontieren. Vergessen Sie nicht, das saudische Königshaus ist unter erheblichen Druck geraten, nachdem 1979 eine Gruppe von Extremisten die Große

Moschee in Mekka gestürmt hat. Das saudische Königshaus hat dem Spuk mithilfe von französischen Elitesoldaten ein Ende bereitet, ist aber dadurch angreifbar geworden: Ungläubige an der heiligsten Stätte der Muslime! Das war die Geburtsstunde des islamischen Terrorismus, der Urknall gewissermaßen."

„Und was hat das alles mit Ronnekämper zu tun?" Tiburtius fand das alles zwar sehr lehrreich, aber ihr fehlte der Bezug zu dem Fall aus Frankfurt.

„Wir sind uns nicht sicher. Deswegen wollten wir mit Ihnen sprechen und noch einige zusätzliche Informationen geben."

„Nun aber mal raus damit", ermutigte Holtkotte die junge Israelin.

„Nun, da war also die Waffe aus den Emiraten und die zeitliche Nähe zu unserer Normalisierung des Verhältnisses zu den Emiraten. Nun komme ich zu dem etwas sensiblen Teil."

Tiburtius unterbrach und bestellte Kaffee – die beiden anderen schlossen sich dem Wunsch an. Sie saßen allein, an den umliegenden Tischen störte kein anderer Gast. Dann, als der Kaffee auf dem Tisch stand, setzte Bielski erneut an.

„Ronnekämper ist uns vor einigen Jahren auf den Schirm geraten, und zwar im Zusammenhang mit Kira Nadapour und ihrem Mann Navid. Es war Navid, der uns dann empfohlen hat, mit Ronnekämper Kontakt aufzunehmen, und das haben wir getan. Kurz gesagt, er hat für uns gearbeitet. Nicht in dem Sinn, dass er ein Arbeitsverhältnis mit uns hatte, auch keine Verpflichtungserklärung wie ihr Deutschen das so gerne habt, sondern es war eine informelle Zusammenarbeit.

Ronnekämper hat mit unserem Wissen und unserer Unterstützung Technologien in den Iran geliefert, um das Vertrauen der dortigen Regierung zu erlangen. Er konnte aus dieser Position dann auch etwas für die iranische Opposition tun, das ist richtig, hat Kontakte vermittelt, hat auch geholfen, Menschen aus den Gefängnissen zu bekommen. Viel wichtiger aber war etwas anderes, das Navid Nadapour und seine Frau nie wussten. Er hat uns mit Informationen über die wichtigen Player versorgt und die Beschaffungsprogramme, die dort die Regierung verfolgt. Wir haben ihm dann geholfen, bestimmte Technologien in den Iran zu liefern, die wir vorher, sagen wir, sorgfältig geprüft hatten."

„Sorgfältig geprüft? Ob die auf der Sanktionsliste stehen?"

„Nein, die standen alle auf der Liste. Wir haben dafür gesorgt, dass wir bei einigen Hintertüren einbauen konnten."

Holtkotte schaute so erstaunt, dass sein Gegenüber deutlicher werden musste.

„Wir haben die Software in bestimmten Steuerungselementen manipuliert, also Hintertüren eingebaut. Mehr müssen Sie nicht wissen."

„Und wie ist das abgerechnet worden?"

„Ausschließlich über ausländische Nummernkonten. Und damit die Legende plausibel war, haben wir Ronnekämpers andere Geschäfte mit arabischen Staaten unterstützt. Er sollte ja auch unabhängig agieren können, brauchte dafür natürlich Geld. Er hat seine ehemalige Mitarbeiterin mit ihrem Mann eingebunden und seinen jetzigen, also seinen aktuellen Mitarbeiter. Bärlach. Aber beide nur in die offiziellen Geschäfte, nie in die inoffiziellen Geschäfte. Die liefen über uns."

„Warum ausländische Nummernkonten?“

„In Deutschland gibt es ein Geldwäschegesetz. Da muss gerade auch bei sogenannten politisch exponierten Personen wie Abgeordneten eine Bank sehr genau hinschauen und bei Verdacht auf Geldwäsche oder Schwarzgeld das sofort den Behörden melden. Das gilt EU-weit. Deswegen: Nummernkonto außerhalb der EU.“

„Und über welchen Weg ist solche Ware dann verschifft worden? Das fällt doch auf.“

„Meist über Armenien. Die fallen nicht unter das Embargo, sind aber mit dem Iran gut verbandelt. Dann wurde die Ware umgepackt und weiter in den Iran geliefert.“

„Wir haben da eine Quittung gefunden auf seinem PC über die Lieferung von Frequenzumformern mit einer Parto Sanat Co. im Iran. Lief das auch über Israel?“, Tiburtius fragte, als ob ihr Weltbild ins Wanken geraten sei.

„Ja, diese Frage finde ich spannend“, sagte Bielski. „Davon haben wir natürlich durch Koch gehört und noch einmal gecheckt. Über unseren Tisch lief das nicht. Das lässt zwei Folgerungen zu: Entweder hat Ronnekämper nebenher noch Geschäfte gemacht, an uns vorbei. Oder der Beleg ist gefälscht. Ich glaube persönlich, das ist eine Fälschung. Wir hätten das bemerkt, wenn da etwas über Ronnekämper ohne unser Wissen geliefert worden wäre. Und wir waren uns auch in einem einig: Alles, was er mit dem Iran macht, läuft auch über unseren Tisch. Ronnekämper wusste, wie gefährlich das war und dass er unseren Schutz brauchte.“

„Hat ja geholfen“, warf Holtkotte ein.

„Nicht so sarkastisch, Herr Holtkotte. Nichts im Leben ist garantiert. Aber Ronnekämper hätte sich nie gegen uns gestellt, weil er wusste: Wir lassen ihn dann hochgehen. Und das galt auch für Geschäfte mit dem Iran an uns vorbei."

„Also mit Schutz meinen Sie vor Bedrohungen durch – ja, durch wen eigentlich?", sinnierte Tiburtius.

„Die Welt der internationalen Politik ist sehr vielschichtig, überall lauern Verrat und Tod", erläuterte Bielski. „Vor allem im arabischen Raum. Sie sollten das wissen. Sie sollten aber auch unsere Einschätzung kennen zu dem Fall.

„Und was ist ihre Einschätzung?", fragte Holtkotte.

„Dass der Abgeordnete Ronnekämper nicht einer internationalen Verschwörung oder einem Komplott oder einem Mordanschlag mit politischem Hintergrund zum Opfer gefallen ist, sondern dass die Gründe woanders zu suchen sind. Nur so ein Gefühl ...", Bielski lächelte hintergründig, „... ein Gefühl von jemandem, der gute Polizeiarbeit schätzt und in einem sehr verwandten Bereich arbeitet."

Holtkotte stutzte. „Wollen Sie verhindern, dass wir in diese Richtung weiter ermitteln?"

„Lieber Herr Holtkotte, wie käme ich dazu. Wenn ich das wollte, hätte ich Sie doch nicht in unsere sensiblem Geheimdienstoperationen eingeweiht. Lassen Sie mich es so formulieren. Wir haben ja selbst das Umfeld ein wenig untersucht und sind zu dem Ergebnis gekommen: Es gibt zwar Anhaltspunkte, die eine arabische Beteiligung an dem Mord nahelegen könnten, aber eben nichts Belastbares. Und glauben Sie mir, unsere Möglichkeiten, das auszuleuchten, sind erheblich besser als Ihre. Deswegen unser freundschaftlicher Rat: Da finden Sie nichts. Wir glauben, dass es eher lohnt, im persönlichen Umfeld von Ronnekämper zu suchen. Aber Sie können natürlich machen, was Sie für richtig halten."

Dann stand sie auf, hinterließ eine Karte, auf der lediglich stand *„Daniela Bielski"*, dazu eine Telefonnummer, kein Hoheitszeichen, kein Hinweis auf die israelische Botschaft, nichts.

„Und bitte, wenn Sie Fragen haben, zögern Sie nicht. Und lassen Sie mich Ihnen heute das Mittagessen bezahlen. Keine Bestechung, sondern eine kleine Entschädigung für die weite Anreise." Dann nickte sie zum Abschied beiden zu, zahlte bei der Bedienung und war verschwunden.

„Weiß die etwas, was wir nicht wissen?", fragte Tiburtius nach einer Weile in das entstandene Schweigen hinein. „Erst füttert sie uns an mit Informationen über Ronnekämper und den Iran, über die Emirate, um dann zu erklären: Da sucht ihr mal besser nicht. War das jetzt eine versteckte Warnung oder eine subtile Aufforderung, genau dort zu suchen?"

Holtkotte nickte.

„Ich will überhaupt nicht wissen, was für ein Schlamassel das ist, den wir jetzt an der Backe haben. Ich will es nicht wissen. Das ist vermutlich alles über meiner Gehaltsgruppe."

Er rieb sich mit beiden Händen über das Gesicht, als ob er sich wünschte, aus einem bösen Traum zu erwachen. Hatte Kira Nadapour recht, als sie sagte, das alles könne gefährlich für sie und ihren Mann werden? Wollte sie uns damit warnen, es könne auch für uns gefährlich werden? Trotz der Hitze des Tages fröstelte Holtkotte plötzlich.

„Lass uns kurz mal ins Hotel gehen, dann fahren wir in den Bundestag", sagte er zu Tiburtius. Er hatte das dringende Bedürfnis, sich jetzt unter die Dusche zu stellen, um das Gespräch mit Daniela Bielski gewissermaßen aus seinen Poren herauszuwaschen.

XIV

Nachdem Holtkotte geduscht hatte, war noch Zeit bis zum nächsten Termin; erst gegen 17 Uhr hatten sie sich im Büro des Parlamentarischen Geschäftsführers der CDU/CSU-Fraktion verabredet. Sie beschlossen, die Sonne noch ein wenig zu genießen und sich in eines der vielen Straßencafés zu setzen, die in der Umgebung auf Gäste warteten.

„Was war das gerade für ein Auftritt", stöhnte Holtkotte. „Jetzt wissen wir gar nicht mehr, woran wir sind. Hältst du es für möglich, dass die Israelis Ronnekämper umgebracht haben?"

Tiburtius schüttelte den Kopf.

„Wie kommst du denn da drauf?"

„Was ist, wenn Ronnekämper an den Israelis vorbei Geschäfte gemacht hat? Hat diese Frau Bielski nicht gesagt, das sei gefährlich? Warum war sie so fest davon überzeugt, dass die Rechnung über die Frequenzumformer gefälscht gewesen ist? Ich sage dir, warum: Wenn sie nicht gefälscht war, kommen die Israelis als Täter infrage."

„Wäre es dann nicht einfacher gewesen, den Iranern das Doppelspiel von Ronnekämper zu stecken? Dann brauchen sich die Israelis die Finger nicht schmutzig zu machen."

Holtkotte versank in verzweifeltes Brüten. Es gab ja nicht viel, an das er glaubte, aber er glaubte schon daran, dass Israel einen gerechten Kampf um sein nationales Überleben führt. Und er bewunderte die Israelis dafür. Für ihre Durchsetzungsfähigkeit, für ihr technisches Know-how, für ihre verdeckten Operationen. Kein Terrorist konnte sicher sein, dem langen Arm Israels zu entgehen. Er fand das beruhigend, beinahe schon in einem übergeordneten, moralischen Sinn, dass in den Augen Israels kein Verbrechen ungesühnt blieb.

„Meine erste Freundin war Jüdin“, sagte er dann plötzlich. „Völlig säkularisiert, sie ging nie in die Synagoge, hat auch auf die Rituale und Feste nichts gegeben, hat Weihnachten gefeiert, wie ich auch, aber wie gesagt: Die Eltern waren da schon etwas anders unterwegs. Und da spielte Eretz Israel immer eine große Rolle. Da habe ich einiges mitbekommen.“

Das Interesse von Tiburtius war geweckt.

„Was denn?“, fragte sie mit offener Neugier.

„Josi, also meine Ex-Freundin, hat zuerst darüber kaum gesprochen, aber das hat sich geändert, als ich ihre Eltern kennengelernt habe. Ihre Großeltern von mütterlicher Seite waren Schindlerjuden. Du weißt, was das ist?“

Tiburtius nickte beklommen. Sie hatte natürlich den Film von Steven Spielberg gesehen mit Liam Neeson. Und sie wusste auch, dass der wirkliche Oskar Schindler seine letzten Jahre in Frankfurt am Main verbracht hatte, in einer kleinen Wohnung in der Nähe des Hauptbahnhofs.

„Jedenfalls, die Großeltern väterlicherseits waren rechtzeitig abgehauen und haben die Kriegsjahre in den USA verbracht. Josis Eltern waren zwar gläubig, aber auch irgendwie misstrauisch. Israel war für sie immer eine Option. Und ihre Tochter hatten sie mit einem unverdächtigen Namen getauft, Josefine nämlich, der auch in anglofonen und frankofonen Ländern funktioniert. Für alle Fälle.“

„Und deine Freundin hatte da nichts mitgenommen?“

„Religiös? Nein. Sie wollte damit nichts zu tun haben. Ich fand aber die Geschichten ihrer Eltern immer spannend. Eine für mich fremde Welt in Frankfurt. Wir haben uns zwar nach einigen Jahren getrennt, aber ich habe immer noch Kontakt zu ihren Eltern. Wir mochten uns.“

„Und das hat dich jetzt deshalb so mitgenommen?“

„Israel war für mich immer der Inbegriff der gerechten Sache. Ich habe die Israelis bewundert, weil sie Eichmann in Argentinien festgenommen und nach Israel gebracht haben, wo der vor Gericht gestellt wurde. Ich fand bemerkenswert, wie die Israelis die Attentäter von München einen nach dem anderen aufgespürt und bestraft haben. Ermordet, um es genauer zu sagen, aber das fand ich mehr als gerecht. Ich habe großen Respekt vor dem Selbstbehauptungswillen der Menschen dort. Aber Frau Bielski hat für mich zum ersten Mal eine moralische Ambivalenz in mein Bild von Israel gebracht, die ich nur schwer ertragen kann.“

„Und deshalb hältst du für möglich, dass die Israelis Ronnekämper ermordet haben könnten?“

„Ausschließen kann ich es nicht, auch wenn ich es für sehr unwahrscheinlich halte. Aber wenn die damit etwas zu tun haben, ist das tatsächlich eine Angelegenheit, die sich in einer völlig anderen Liga abspielt. Da haben wir nichts verloren. Wir sind kein Geheimdienst. Und über die sonstigen Verwicklungen wage ich gar nicht nachzudenken. Kannst du dir vorstellen, was passiert, wenn wir auch nur den Verdacht äußern, der israelische Geheimdienst stecke hinter dem Mord an Ronnekämper? Oder schlimmer noch, das kommt in die

Presse? Dann werden wir bis zu unserem Lebensende im Westerwald Geschwindigkeitsübertretungen ahnden, das kann ich dir versprechen."

„Siehst du das nicht ein wenig zu schwarz?"

„Catta, das ist Frankfurt. Die Stadt, die auf ihre jüdische Gemeinde stolz ist. Und zwar zu Recht. Die hervorragende Beziehungen zu Israel pflegt. Die Stadt, deren Bürgermeister öfter in Israel zu sein scheint als in Frankfurt. Was glaubst du, wäre dann los?"

„Hat die Gemeinde so viel Einfluss?"

„Darauf kannst du wetten."

„Aber ein Mord ist ein Mord und muss bestraft werden. Auch wenn es der israelische Geheimdienst war."

„Schon richtig. Ich glaube ja nicht, dass die es waren. Aber ich sage dir: Wenn wir das Koch erzählen, kriegt er am ganzen Körper Pickel."

„Alleine das wäre ja schon ein guter Grund, es zu tun", sagte Tiburtius vergnügt. „Ein gestreuselter Koch." Sie lachte herzhaft und schaffte es mit ihrem Lachen, die dunklen Wolken bei Holtkotte ein wenig zu verscheuchen. Jorge von Burgos hatte schon recht, als er im Roman *„Der Name der Rose"* sagte: *„Lachen tötet die Furcht"*. Das war lange einer von Holtkottes Lieblingssentenzen. Und es stimmte. Dann bezahlten beide den Kaffee und machten sich auf den Weg in den Deutschen Bundestag, wo sie mit dem Fraktionsgeschäftsführer verabredet waren.

Das Jakob-Kaiser-Haus des Deutschen Bundestages ist eigentlich mehr als nur ein Haus: Es ist ein zusammenhängendes

Ensemble von mehreren Häusern links und rechts der Dorotheenstraße und zieht sich vom Friedrich-Ebert-Platz bis zur Wilhelmstraße, verbunden durch unterirdische Gänge und zwei Skywalks. Der Eingang an der Dorotheenstraße öffnete sich sofort zu einer kathedralenartig wirkenden Lobby, an dessen Decke zur Überraschung von Holtkotte vier Ruderboote herabhingen, in den Farben Schwarz, Rot, Gelb und Blau. Er machte Tiburtius darauf aufmerksam, aber die winkte nur ab.

„Vermutlich Kunst am Bau", sagte sie, „und noch nicht mal gute."

Die Mitarbeiterin des Fraktionsgeschäftsführers, die beide am Eingang abgeholt hatte, widersprach.

„Eine Installation von Christiane Möbus aus dem Jahr 2001. Die Luftachter ..." – „Hatte sie tatsächlich Luftachter gesagt?", fragte sich Tiburtius und hatte Mühe, ein Lachen zu unterdrücken – „... werden nach dem Zufallsprinzip auf und ab bewegt, ganz so, wie es in der Politik auch ist."

Sie gingen den Gang hinab zu den Fahrstühlen, die sie in den fünften Stock brachten, dort, wo die Unionsfraktion ihre Zentrale hatte. Das Büro des Fraktionsgeschäftsführers bot einen Panoramablick nach Norden, über die Spree hinweg in Richtung Charité. Auf der anderen Seite der Spree sah man das unvollendete Lüders-Haus mit der auffälligen Rotunde, eine Baustelle seit vielen Jahren. Das Büro selbst war schlicht gehalten: Ledersessel, ein sehr aufgeräumter Schreibtisch, der nicht vermuten ließ, das an ihm gearbeitet wurde, moderne Kunst an der Wand, wie bei jedem Sparkassendirektor auch. Tiburtius erinnerte sich an den Begriff, mit dem sie Denninger zum Lachen gebracht hatte: Sparkassenmöblierungskunst. Genau das war es. Unpersönlich, sollte den Bewohner des Büros als modernen Menschen ausweisen, kunstsinnig und nicht nur der Macht verpflichtet – oder dem Geld, wenn die Bilder in einer Sparkasse hingen.

Der Geschäftsführer hätte auch im Management eines Unternehmens beschäftigt sein können: dynamisch, zuvorkommend, aber unterschwellig aggressiv, bereit, jede Schwäche auszunutzen. Er fixierte Tiburtius und Holtkotte kurz, begrüßte sie aber sehr freundlich in Berlin, „im Herzen der Demokratie“, wie er sich ausdrückte. Holtkotte konnte Pathos noch nie leiden, und diese Form der Selbstdarstellung war ihm zuwider. Er beschloss, sofort einzusteigen.

„Danke, dass Sie es ermöglicht haben, dass wir mit Ihnen sprechen. Wir tappen immer noch sehr im Dunkeln. Ronnekämpers Tod ist rätselhaft. Nein, weniger der Tod als die Gründe für seine Ermordung. Ich will einmal mit einer Frage anfangen, die uns beiden schon von Anfang an auf den Nägeln brennt. Wenn jemand in den Bundestag gewählt wird, dann ist das doch ein Vollzeitjob. Der fordert mehr als vierzig Stunden. Wie kann es dann sein, dass jemand wie Ronnekämper noch so viel Geld nebenher verdient? Ist das üblich?“

„Ja, warum nicht?“, entgegnete der Geschäftsführer mit der gelassenen Langeweile eines Mannes, der diese Frage vermutlich schon viele Male beantwortet hatte.

„Das ist eine Frage der Organisation. Und darüber hinaus: Der Abgeordnete ist frei. Er darf nicht nur nebenher verdienen, es ist ja häufig auch sinnvoll. Abgeordneter ist eine Tätigkeit auf Zeit. Übrigens: Die beiden anderen Kollegen, die ursprünglich an dem Gespräch teilnehmen sollten, müssen sich entschuldigen. Sie haben Dienst im Plenum, ich habe aber vorher mit beiden gesprochen."

„Ich verstehe ja", erwiderte Holtkotte und kam wieder auf das Thema zurück, „wenn jemand eine Firma oder ein Unternehmen hat, dass er das dann nicht wegen vier oder acht Jahren Bundestag aufgibt. Völlig in Ordnung. Aber bei Ronnekämper scheint das Geldverdienen ja neue Dimensionen angenommen zu haben, seitdem er im Bundestag war. Der hat also Geld gemacht, weil er im Bundestag war."

„Scharf beobachtet, Herr Holtkotte. Aber weder unüblich noch rechtswidrig. Ein Abgeordneter muss angeben, was er verdient, und das wird dann veröffentlicht. Nicht auf Heller und Pfennig, aber in Korridoren. Und das hat Ronnekämper getan. Da ist ihm kein Fehlverhalten anzukreiden."

„Und sonst?"

„Geschäftlich auch nicht. Seine Reisen hat er entweder selbst bezahlt oder über den Bundestag laufen lassen, wenn es offizielle Angelegenheiten des Parlaments oder der Fraktion betraf. Das haben wir noch einmal überprüft. Er hat sich nie von ausländischen Staaten oder Machthabern seine Reise bezahlen lassen, wie das so manche jungen Kollegen im Überschwang der Naivität tun."

Der Geschäftsführer hielt inne, als ob er Tiburtius und Holtkotte Gelegenheit geben wollte, sich an die Namen der drei Abgeordneten zu erinnern, deren Reise jüngst für Schlagzeilen gesorgt hatte.

„Welche Rolle hat er in der Fraktion gespielt?", intervenierte Tiburtius.

„Er war eine Zeit lang einer unserer wichtigsten Wirtschaftspolitiker, auch zwei Legislaturperioden lang Vorsitzender des Ausschusses. Nach der letzten Wahl kam er zu mir, er wolle etwas kürzertreten. Er hat dann keine Funktion mehr in der Fraktion oder im Bundestag übernommen, war aber noch Mitglied im Fraktionsvorstand. Und wir haben ihn in den Ältestenrat geschickt."

„War er dafür nicht zu jung?", fragte Tiburtius arglos.

„Junge Frau, Ältestenrat ist lediglich ein etwas antiquierter Begriff für ein Gremium, das den Bundestagspräsidenten unterstützt. Keine in Ehren ergrauten Männer und Frauen sitzen darin, sondern erfahrene Manager des Parlaments. Und das war Ronnekämper ja zweifellos. Aber ich habe vermutet, dass er gesundheitlich bedingt auch etwas kürzertreten wollte."

„Wussten Sie von seine Geschäftsbeziehungen in den Iran?", fragte Holtkotte.

„Nein", erwiderte der Geschäftsführer, „er hat darüber nichts erzählt. Und ehrlich gesagt: Es geht mich auch nichts an, solange es alles sauber abläuft. Ich habe mir aber die Freiheit genommen, für Sie beide morgen ein Gespräch mit dem Geschäftsführer der deutsch-arabischen Kammer für Handel und Industrie zu vereinbaren. Den Präsidenten, den dunklen Lord" – er lächelte wissend – „können Sie leider nicht treffen."

„Der dunkle Lord? Gilt das für alle ehemaligen Minister aus Bayern?", fragte Tiburtius belustigt nach.

„Ich sehe, Sie haben ihre Hausaufgaben gemacht."

„Ja. Und wir würden gerne noch wissen: Was ist dran an den Geschichten über sexuelle Eskapaden von Ronnekämper?"

„Ich habe ihm die Laterne nicht gehalten“, entgegnete der Geschäftsführer, und er schien leicht verärgert zu sein. „Es gibt immer Klatsch und Tratsch, aber damit beschäftige ich mich als Geschäftsführer eigentlich nicht.“

„Aber Sie kennen den Klatsch und Tratsch?“, Tiburtius war ganz Ohr.

„Natürlich. Aber, wie es bei Klatsch und Tratsch so ist, ich kann über den Wahrheitsgehalt nichts sagen.“

„Schon klar, über Tote soll man nicht schlecht reden. Aber es scheint, Ronnekämper war kein Kind von Traurigkeit, oder?“ Tiburtius war nicht gewillt, locker zu lassen.

„Ich will es mal so formulieren: Er hat in den letzten Jahren den Ruf mehr gepflegt als tatsächlich gelebt. Das Alter hat auch bei ihm seinen Tribut gefordert. Er hat seine Prioritäten neu geordnet, würde ich sagen.“

„Hatte er hier eine feste Beziehung?“

„Neben seiner Ehe? Schwer zu sagen. Er ist häufiger mit derselben Frau bei Veranstaltungen aufgetaucht, eine Wissenschaftlerin hier an der Humboldt-Universität. Er hat behauptet, sie kennten sich aus der Schule. Vielleicht zwei Jahre jünger als Ronnekämper, aber eher eine Frau für gesellschaftliche Anlässe. Ob er da eine Beziehung hatte, ich kann es nicht sagen.“

„Wer kann uns da weiterhelfen?“

„Vielleicht sein Büroleiter. Früher oder später kriegen die guten Büroleiter sowieso alles mit, was ihre Chefs hier so treiben.“

„War Ronnekämper unter seinen Kollegen beliebt?“, fragte Holtkotte.

„Durchaus. Es kam hinzu, dass er keine Karriereambitionen mehr hatte. Er wollte nicht Staatssekretär oder Minister werden, auch keine Funktion mehr in der Fraktion übernehmen. Er war also keine Konkurrenz und das steigert die Beliebtheit. Er hat aber die Kontakte genutzt, die er hier hatte, wie ich höre."

„Inwiefern?" Holtkotte hatte eine Idee, was gemeint war, aber er wollte die Perspektive des Geschäftsführers herauskitzeln.

„Er hat im arabischen Raum Geschäfte gemacht. Und da hat er alle anderen, die daran ein Interesse hatten, natürlich gekannt und auch eingespannt. Aber, wie gesagt, nichts, was illegal war."

„Haben Sie Ronnekämper vertraut?" Tiburtius' Frage kam direkt und vermutlich auch unerwartet, denn der Geschäftsführer hielt einen Moment inne.

„Sagen wir es so. In meiner Arbeit als Parlamentarischer Geschäftsführer hat er mir keinen Ärger gemacht. Aber trauen? Würde ich nicht sagen. Seine Geschäfte waren undurchsichtig und es war klar, dass er diese Geschäfte seinem Mandat verdankte. Ich habe nie Anlass gehabt, daran zu zweifeln, dass er alles nach Recht und Gesetz abwickelt. Aber vielleicht war es genau das, was dazu geführt hat, dass ich ihm nicht getraut habe."

„Wie dem dunklen Lord?", fragte Tiburtius lächelnd.

„Auf dem Parkett werde ich nicht mit Ihnen tanzen, Frau Tiburtius, obwohl die Vorstellung reizvoll wäre. – Ich habe übrigens dafür gesorgt, dass der Büroleiter von Ronnekämper noch da ist und Sie sich Ronnekämpers Büro einmal ansehen können. Vielleicht haben Sie ja noch Fragen an Udo Müller."

Holtkotte und Tiburtius verstanden den Wink; das Gespräch war beendet. Der Geschäftsführer hatte im Hinausgehen noch seine Mitarbeiterin gebeten, die beiden zu Ronnekämpers Büro zu führen. Als sich die Bürotür hinter ihnen schloss, mussten Holtkotte und Tiburtius sich eingestehen, dass sie keinen Schritt weiter waren.

Müller erwartete sie, nach einem verwirrenden Marsch durch schier endlose Gänge, die sich alle glichen, im Büro von Ronnekämper. Tiburtius hatte bisweilen den Eindruck eines riesigen Gefängnisses.

„Da wollen einige immer die Abgeordneten ins Gefängnis werfen und die Architektur hier ist bereits danach", dachte sie im Stillen. Müller war ein wenig verschwitzt, kleine Schweißperlen auf der Stirn deuteten auf körperliche Arbeit und die Tatsache, dass dies ein ungewohnter Operationsmodus für Müller war. Halb entschuldigend sagte er, man ordne und verpacke gerade die Unterlagen und persönlichen Dinge von Ronnekämper. Nächste Woche komme eine Umzugsfirma und transportiere das alles ab nach Frankfurt. Schließlich wolle ja Ronnekämpers Nachfolger ein besenreines Büro übernehmen und der komme auch nächste Woche, um die Formalien klarzumachen.

Tatsächlich waren in Ronnekämpers Büro die Aktenordner bereits verpackt, die Regale leer. An der Wand hingen zwei Gemälde, eines von dem Frankfurter Künstler Volker Reiche, eine ins Groteske überhöhte Szene am Badesee; das zweite war eine Reproduktion eines Goethe-Porträts von Tischbein, das im Frankfurter Städel hängt. Tiburtius erkannte es sofort wieder und musste immer noch lachen, denn Tischbein hatte dem armen Goethe zwei linke Füße gemalt. Der Schreibtisch war schon ausgeräumt, ansonsten stand in Ronnekämpers Büro noch ein Fernseher. Insgesamt waren es vier ineinander übergehende Büros, sodass das Team eine abgeschlossene räumliche Einheit zur Verfügung hatte.

Müller führte die beiden durch die Büros. „Bundestagsstandard“, sagte er, „18 Quadratmeter für jeden Abgeordneten und zwei Mitarbeiter. Wir haben noch einen zusätzlichen Büroraum, den hat sich Ronnekämper organisiert, als er nicht mehr Ausschussvorsitzender war. Ein Ausschussvorsitzender hat zwei Büros, eines als Abgeordneter, eines als Vorsitzender.“

„Haben Sie denn die Unterlagen von Ronnekämper noch einmal gesichtet?“, fragte Tiburtius.

„Ja, klar. Aber es waren im Wesentlichen operative Vorgänge aus dem Bundestag, nichts, was sich in irgendeiner Weise mit dem Mord in Verbindung bringen ließe. Alles Geschäftliche hat Ronnekämper hier aus dem Büro herausgehalten. Ich vermute, dass Sie da einiges in seiner Wohnung finden werden.“

„Und den Schlüssel zu seiner Wohnung …“

„… habe ich hier“, sagte Müller. „Ein Altbau in der Fritschestraße in Charlottenburg, nicht weit von Ihrem Hotel.“

Tiburtius nahm den Schlüssel an sich.

„Machen wir morgen früh“, sagte sie zu Holtkotte. Der nickte. Die Polizei Berlin hatte die Wohnung zwar schon durchsucht, aber die wussten auch nicht, wonach sie Ausschau halten sollten und hatten nichts Ungewöhnliches gefunden.

„Herr Müller“, sagte Holtkotte dann, „in Frankfurt waren ja noch die beiden anderen Kollegen dabei. Vielleicht konnten Sie da nicht so sprechen, wie sie es wollten – wie wir es wollten. Jetzt aber mal die Karten auf den Tisch. Was müssen wir noch über Ronnekämper wissen?“

Müller öffnete eine Schreibtischschublade und zog eine Karaffe Whisky heraus und drei Gläser. „Sie sind zwar im Dienst“, sagte er, „aber es ist ja auch schon spät.“

Holtkotte und Tiburtius nickten. Ein Glas Whisky wäre jetzt eine gute Idee.

Nachdem er den ersten Schluck genommen hatte, begann Müller zu reden.

„Ronnekämper hatte bis vor wenigen Jahren viele üble Gewohnheiten. Er soff, er war permanent auf Frauenjagd und wir wussten, er verdiente sich nebenher eine goldene Nase. Letzteres war ok, er hat ja, wie gesagt, das Geschäftliche und das Politische strikt voneinander getrennt. Dass er trank, war schon schwieriger, weil er dann unzuverlässig wurde, Termine kurzfristig absagte, schlicht nicht auf seiner Höhe war. Das haben wir dann ausgleichen müssen. Und die Geschichte mit den Frauen: Na ja, Berlin ist ein großes Jagdrevier. Er hat wenig ausgelassen, aber nie etwas Ernstes.“

„Drogen?“, fragte Holtkotte wie beiläufig.

„Nein, davon hat er die Finger gelassen. ‚*Warum Drogen, wenn es Alkohol gibt*‘, hatte er öfter mal gesagt. Da war er nach meinem Dafürhalten völlig clean.“

„Haben Sie seine Eroberungen gekannt?“

„Gute Güte, nein! Weiss der Himmel, wo er die Frauen kennengelernt hat. Im Büro selbst hat er nichts angefangen, wenn Sie das meinen. Auch nicht im Umfeld seiner Landesgruppe. Aber das hat sich vor der letzten Wahl ziemlich einschneidend geändert. Ronnekämper hat dann nach der Wahl den Vorsitz im Ausschuss aufgegeben und sich auch sonst ziemlich geändert."

„Und was war der Grund?", frage Holtkotte.

„Ich denke, zunächst einmal ein medizinischer. Diabetes im Anfangsstadium. Das hat ihm einen riesigen Schreck eingejagt. Er hat mit dem Saufen aufgehört. Ich meine, dem exzessiven Trinken. Hat ein Glas Wein oder ein Bier nicht verschmäht, sich aber dann sehr diszipliniert. Und hat sich ein Fahrrad gekauft, damit ist er dann häufig ins Büro gekommen. Hat also deutlich seine Lebensgewohnheiten umgestellt. Und auch die Frauengeschichten wurden weniger."

„Und das wissen Sie woher?"

„Er hat darüber Scherze gemacht, das war ein Hinweis. So von wegen den Segnungen sexueller Enthaltsamkeit. Ich vermute mal: Medikamente, die auf die Libido schlagen. Das konnte er natürlich nicht zugeben. Und dann hat er sich häufiger mit einer ganz bestimmten Frau getroffen, Moment einmal, ich schaue mal nach ... Ja, Professor Uta Altenkamp von der Humboldt-Universität. Die beiden kannten sich wohl aus der Schule, hatten sich mehr zufällig wiedergetroffen und Ronnekämper hat sie in fast jeder Sitzungswoche gesehen. Ja, und er ging sogar mit ihr in die Oper, in Ausstellungen. Wir – nein, ich – war da ziemlich verblüfft, denn das war eine völlig neue Seite an ihm."

„Also vom Saulus zum Paulus?“

„Wohl der Not gehorchend. Der Lebensstil, den er vorher hatte, war selbstzerstörerisch. Das scheint er auch gemerkt zu haben.“

„War er schon immer so, sagen wir, selbstzerstörerisch?“

„Das kann ich nicht sagen, ich war ja nicht von Anfang an bei ihm. Ich hörte aber, das hätte sich langsam entwickelt. Er schien in den ersten Jahren seiner Tätigkeit als Abgeordneter recht unbefangen gewesen zu sein. Erst in der zweiten Legislaturperiode hat er ernsthaft angefangen zu arbeiten. Und auch nebenher Geld zu verdienen. Aber ansonsten das leichte Leben beibehalten.“

„Und warum hat er dieses Image des Schürzenjägers und Partyhengstes immer noch, wenn er damit ja schon ein paar Jahre aufgehört hatte?“

„Ich kann es nicht sagen, aber ich vermute, er genoss seinen Ruf. Er hat jedenfalls keine Anstrengungen unternommen, das zu korrigieren, im Gegenteil. Er hat mit seinem schlechten Ruf kokettiert.“

„Danke, Herr Müller“, beendete Holtkotte das Gespräch, „Sie haben uns sehr geholfen. Wenn Sie uns jetzt noch den Weg weisen würden in diesem Labyrinth, damit wir hier rauskommen …“

Müller lachte, führte sie zur Tür und zeigte ihnen den Weg nach draußen. Als Holtkotte und Tiburtius das Jakob-Kaiser-Haus verließen, liefen sie Richtung Pariser Platz. Dort gab es eine Currywurstbude, genau gegenüber vom Eingang zum Hotel Adlon. Bei einer Currywurst und einem Bier im Freien ließen sie das Gespräch Revue passieren. Es hatte, darin waren sich beide einig, mehr Fragen aufgeworfen als beantwortet. Und sie riefen Uta Altenkamp an. Holtkotte war unsicher, ob sie bei den Ermittlungen weiterhelfen konnte, aber versuchen sollte man es schon. Sie verabredeten sich für den Freitagnachmittag. Und sie beschlossen, Koch kurz zu informieren – es würde noch einen Tag länger dauern in Berlin. Koch hatte zwar gemault, aber sein Einverständnis gegeben. Spätestens Montag würden sie sich dann treffen, in aller Frühe.

XV

Am nächsten Morgen trafen Holtkotte und Tiburtius erst zum Frühstück zusammen. Tiburtius hatte sich, nachdem sie wieder im Hotel waren, in ihr Zimmer zurückgezogen. Holtkotte war noch in einer nahe gelegenen Kneipe eingekehrt und hatte den Tag Revue passieren lassen. Er hatte an einem langen Holztresen in einer südamerikanisch aufgemachten Kneipe gesessen und sich von der Redewolke der anwesenden Gäste einhüllen lassen. Aber auch nach dem vierten Hefeweizen hatte er sich keinen Reim auf Ronnekämper machen können und beschlossen, ins Hotel zurückzugehen.

„Dieser Fall macht mich wahnsinnig", begrüßte er Tiburtius. „Gut geschlafen? Ich übrigens nicht."

Tiburtius grummelte nur etwas Unverständliches und trank erst einmal einen Kaffee. Holtkotte störte sie nicht weiter. Als sie dann auch noch ein Croissant mit Butter und Marmelade im Bauch hatte, reagierte sie.

„Tschuldigung. Morgens, nicht meine Zeit. Ich bin mir auch nicht klar über diesen Ronnekämper. Vielleicht lernen wir ja was aus seiner Wohnung."

Der Weg zur Wohnung Ronnekämpers war nach 15 Minuten Fußmarsch erreicht. Ein wunderschöner Altbau mit Loggien und einer kleinen Eingangshalle, wie sie wohl nur in Berlin zu finden sind. Die Wohnung war in der ersten Etage. Der erste Eindruck der drei Zimmer: sehr aufgeräumt, nicht penibel, aber doch von einem erkennbaren Ordnungswillen durchdrungen. Ein Zimmer war das Wohn- und Arbeitszimmer, ein Schlafzimmer, dann ein Gästeraum. Die Küche sah nicht so aus, als ob darin regelmäßig gekocht würde, eher schien es, als sei die Mikrowelle dort wichtiger als alles andere gewesen. In der Geschirrspülmaschine befanden sich noch einige Teller und Tassen, ungespült. Eine Kapselmaschine für den Kaffee, der Kühlschrank war bis auf Milch und einige Flaschen Weißwein leer.

Im Schlafzimmer befanden sich ein Bett und ein Schrank, einige Anzüge darin und sonstige Kleidungsstücke wie Unterwäsche, Hemden, Krawatten, Pullover, Socken, nichts Ungewöhnliches. Auf dem Nachttisch die Bettlektüre, der neueste Roman von Donna Leon. Im Wohn- und Arbeitszimmer Bücher, vor allem über arabische Staaten, daneben eine beachtliche Sammlung von Kriminalromanen, meist Taschenbücher. Im Regal ein Bild seiner beiden Kinder, aber nirgendwo ein Bild seiner Frau. Auf dem Schreibtisch befanden sich einige Unterlagen und Dokumente. Der Laptop war bereits in der Spurensicherung in Frankfurt. Wie auch andere wichtige Unterlagen. Hier war vermutlich nicht mehr zu finden. Aber, festgeklebt über dem Schreibtisch, entdeckte Holtkotte einen gelben Post-it-Zettel mit einer 17-stelligen Zahl.

„Tiburtius, wie lautete noch einmal die Zahl, die wir bei Ronnekämper zu Hause gefunden haben? Du weißt schon, die lange Zahl, von der wir vermutet haben, es sei ein Zugang zum Darknet.“

Tiburtius zog ihr Handy heraus; wichtige Beweisstücke hatte sie fotografiert. Die Nummern stimmten überein. Vielsagend schauten sie sich an. Tiburtius fotografierte den kleinen Zettel. Sonst war nirgendwo etwas Auffälliges. Die Wohnung war kein Liebesnest, auch kein subversiver Geheimdiensttreffpunkt. Beinahe waren beide enttäuscht: Hier gab es nichts, was die Fantasie anregen und helfen könnte, den Mord zu klären. Ein letzter Blick galt dem Briefkasten: Nur ein Brief von dem Stromversorger, der zum Ablesen kommen wollte.

Auf dem Weg in die Innenstadt, zum Termin mit der deutsch-arabischen Kammer für Handel und Industrie, blieben Holtkotte und Tiburtius schweigsam, jeder in seinen Gedanken verfangen. Tiburtius war beinahe enttäuscht. Sie hatte etwas völlig anderes erwartet, aber diese Wohnung war durchschnittlich, völlig normal. Es sah eher spießig aus. Aber eine Kleinigkeit hatte doch ihre Aufmerksamkeit erregt: Weder in Ronnekämpers Büro noch in seiner Wohnung hatten sie ein Bild seiner Frau gefunden. Hatte das etwas zu bedeuten? Es gab auch keine sonstigen privaten Bilder, abgesehen von dem einen Bild, das seine Kinder zeigte. Weder seine Eltern noch seine Geschwister – gut, die Eltern waren tot, aber seine Schwester war mit ihrem Mann extra aus Frankreich angereist, wo beide wohnten. Gab es da familiäre Zwietracht? Das war nicht zur Sprache gekommen, weil es offensichtlich keine Rolle spielte, aber gehörte das nicht auch zum Bild von Ronnekämper? Sie hatte überall in ihrer Wohnung Bilder ihrer Familie, ihrer Eltern, ihres Bruders, ihrer Schwägerin. Oder war das eher typisch für Frauen?

„Holtkotte?“, unterbrach sie das Schweigen.

„Hm?“

„Hast du Bilder von deiner Frau und deiner Tochter in der Wohnung? Oder in der Brieftasche?“

„Seit wann interessiert dich meine Frau?“

„Nur so.“

„Nein, in der Brieftasche nicht. Aber zu Hause. Im Album. Und ein paar auf dem Handy. Willst du sehen?“

„Nein. Würdest du mal bei Müller-Riehm nachfragen, ob Ronnekämper Fotos auf seinem Handy hatte?“

„Ich schicke ihm eine SMS.“

„Danke.“

Danach schwiegen beide, bis sie an den Hackeschen Höfen aussteigen mussten. Von dort war es nur ein kurzer Fußweg zu deutsch-arabischen Kammer.

Der Generalsekretär der Kammer war ein agiler Mittvierziger; eine Frau hatten weder Tiburtius noch Holtkotte in dieser Position ernsthaft erwartet. Im Besprechungsraum wartete Tee. Der Generalsekretär lächelte.

„Wie kann ich Ihnen helfen?“

Holtkotte nippte ein wenig an dem Tee. Heiß und ungesüßt, so mochte er es.

„Wir sind Ihnen zu Dank verpflichtet, dass Sie sich Zeit nehmen“, begann er. „Wir ermitteln, wie Sie wissen, im Mordfall Ronnekämper. Er war ja hier im Vorstand. Was genau tun Sie hier? Was war Ronnekämpers Rolle?“

„Nun“, begann der Generalsekretär, „wir fördern den Handel und den Austausch mit arabischen Ländern. Das ist etwas anderes als beispielsweise Handel mit den USA. Warum? In den arabischen Ländern zählen persönliche Beziehungen sehr viel. Es ist eine beziehungsorientierte Kultur. Das ist häufig für deutsche Investoren, die in arabischen Ländern investieren wollen, eine hohe Hürde. Da helfen wir. Zum einen durch Seminare. Die Unternehmer hier sollen verstehen, was die arabische Kultur bedeutet. Dann aber auch über Netzwerkveranstaltungen. Und wir machen Delegationsreisen und Messen."

„Und Ronnekämper?"

„Der hatte schon gute Kontakte in die Region, als er zu uns in den Vorstand kam. In den letzten Jahren hat er vor allem Kontakte in den Iran weiter ausgebaut. Über seine Geschäfte allerdings kann ich nichts sagen."

„Sprach er eigentlich Arabisch?"

„Außer ein paar Brocken nicht. Es reichte, um Begrüßungen etwa auf Arabisch zu machen, Höflichkeitsfloskeln. Das Gleiche mit Farsi, obwohl er tatsächlich mal einen unserer Kurse besucht hatte. Englisch ist aber die gängige Sprachwährung in den arabischen Ländern und das beherrschte er sehr gut. Ich meine, er hat erzählt, er habe mal ein Jahr in den USA gelebt. Als Schüler, meine ich sogar. Jedenfalls hatte er, das meine ich jetzt nicht despektierlich, einen leichten Akzent des Mittleren Westens."

„Hatte er mit irgendjemandem Streit?"

„Nein, nicht hier. Dazu gibt es hier keinen Anlass. Wir haben alle gemeinsame Interessen, das verbindet."

„Und was ist mit dem Embargo gegen den Iran? Spielt das eine Rolle?" Tiburtius hatte etwas aggressiver als sonst interveniert, weil sie die kulturelle Missachtung der Frauen förmlich spüren konnte. Da galt es, gegenzuhalten.

Der Generalsekretär schaute sie herablassend an.

„Aber ja. Wir respektieren die Beschlüsse der Bundesregierung. Selbstverständlich. Aber wir sind auch davon überzeugt: Handel bedeutet Wandel. Und Handel fördert den Frieden."

„Aber doch wohl nicht mit Waffen?"

„Ja und nein. Sie wissen, dass der Bundessicherheitsrat darüber entscheidet. Das ist an den strategischen Interessen der Bundesrepublik festgemacht. So dürfen wir aus Deutschland bestimmte Rüstungsgüter nach Saudi-Arabien liefern, weil wir überzeugt sind: Das stabilisiert die Region. Das sehen die Israelis übrigens genauso und ermuntern uns auch. Nur bei den friedensbewegten Idealisten stößt das auf Widerstand."

Er zuckte mit den Schultern.

„Wir haben häufig versucht, die Grünen und die Gewerkschaften davon zu überzeugen, aber das sind in dieser Frage Gesinnungstäter. Da hilft manchmal noch nicht einmal das Argument der Arbeitsplätze. Fragen Sie doch mal nach, etwa bei Rheinmetall. Aber Hauptsache, selbst ein reines Gewissen haben, egal, welche Konsequenzen das hat."

Der Generalsekretär seufzte.

„Das war übrigens auch eines der Spielfelder von Ronnekämper, gerade im Wirtschaftsausschuss. Da hat er viele Kollegen aus den etwas pazifistisch angehauchten Fraktionen bearbeitet und manchmal auch überzeugen können. Gerade bei den Sozen. Er wird uns fehlen."

„Danke für Ihre Zeit", beschloss Holtkotte das Gespräch. Viel mehr würde man hier vermutlich nicht erfahren. Zumindest nichts, was für die Lösung des Falles relevant wäre. Tiburtius konnte sich schon im Hinausgehen spitze Kommentare über die Männerkultur nicht verkneifen. Holtkotte gab ihr recht, schon, um keinen Streit aufkommen zu lassen.

Der nächste Termin war auf 17 Uhr angesetzt, da blieb noch ein wenig Zeit, etwas zu essen. Mittlerweile hatte Müller-Riehm zurückgemeldet, dass Holtkotte keine Fotos von seiner Familie auf seinem Handy hatte, bis auf eines, das seine beiden Jungs offensichtlich im schottischen Internat zeigte. Überhaupt waren nur wenige Fotos auf dem Handy, untypisch eigentlich; aber vielleicht war Ronnekämper auch nicht der Typ gewesen, der versucht war, überall und immer die Momente fotografisch festzuhalten. Müller-Riehm hatte aber einige Fotos übermittelt, die er nicht zuordnen konnte. Auf einigen der Fotos war Kira Nadapour zu sehen, meist ohne ihren Mann. Einige Fotos waren vermutlich im Tiergarten geschossen worden, eines auf dem Land in Brandenburg. Daraus konnte man schließen, dass sich Ronnekämper ab und zu mit Kira Nadapour getroffen hatte, dass sie Ausflüge unternommen hatten. Was ihr Mann dazu gesagt hatte? Waren nicht – das hatte Tiburtius gefragt – gerade arabische Männer besonders anfällig für voreilige Eifersucht? Holtkotte schüttelte den Kopf. Zu weit hergeholt. Da wäre es einfacher gewesen, Ronnekämper in Berlin aus dem Weg zu räumen. Oder glaubte Tiburtius an so etwas wie ein von Navid Nadapour beauftragtes Killerkommando? Da spreche doch jede Lebenserfahrung dagegen. So hatten sie sich während des Essens gestritten, aber nicht zerstritten. Am Ende lenkte Tiburtius ein; vielleicht war es doch zu weit hergeholt und mit ihr war die Fantasie durchgegangen.

„Aber", so hatte sie halb entschuldigend gesagt, „ohne Fantasie taugt auch der beste Kriminaler nicht." Holtkotte hatte gelacht und sie waren ins Hotel gegangen, um sich für den Termin mit Uta Altenkamp noch einmal frisch zu machen.

XVI

Uta Altenkamp wohnte in der Leibnizstraße in Charlottenburg, und man hatte sich in einem japanischen Restaurant an der Kantstraße verabredet, „auf halbem Weg zwischen dem Hotel und ihrer Wohnung“, wie Altenkamp sagte. Als sie das Restaurant betrat, erkannten Tiburtius und Holtkotte sie sofort wieder. Das war die andere Frau, die bisher unbekannte Frau, deren Fotos sie auf dem Handy von Ronnekämper gefunden hatten. Altenkamp war Mitte fünfzig, eine eher kleine und zierliche Person mit kurzen Haaren und einem etwas burschikosen Auftreten. Holtkotte konnte sich den Gedanken nicht verkneifen, dass sie vom Typ eine gewisse Ähnlichkeit mit Tiburtius hatte, hütete sich aber, dies auszusprechen.

„Ich hatte mich schon gefragt, wann Sie auf mich zukommen würden“, begann Altenkamp umstandslos das Gespräch. „Ich darf übrigens den grünen Tee hier sehr empfehlen, mit geröstetem Reis, schmeckt zauberhaft gut.“

Holtkotte konnte sich ein Grinsen nicht verkneifen. Dieser Typ Frau und der Begriff „zauberhaft“ passten irgendwie so gut zusammen wie eine Opernbesprechung durch einen Fußballspieler. Aber vielleicht irrte er sich ja. Tiburtius jedenfalls war ganz eingenommen, wie er es vermutet hatte.

„Ich will es Ihnen einfach machen und erzähle erst einmal etwas über mich und Florian, einverstanden?“

Holtkotte und Tiburtius nickten. Beide waren sich sicher, dass das nur eine rhetorische Frage war. Die Frau war sicherlich nicht davon ausgegangen, dass sie nicht damit einverstanden sein könnten. Sie hatte etwas Bestimmendes, eine natürliche Autorität. Aber auch etwas Vertrauenerweckendes.

„Eine Frau, von der man sich gerne führen lässt", dachte Holtkotte.

„Nun denn. Meinen Namen kennen Sie ja bereits. Ich bin seit 15 Jahren Professorin für Soziologie an der Humboldt-Universität. Mein Spezialgebiet ist die Wissenssoziologie, von Karl Mannheim bis Nico Stehr, aber das tut hier nichts zur Sache. Wichtig für Sie ist Folgendes."

Wie, um die Bedeutung der nun folgenden Aussage noch zu unterstreichen, rückte sie noch näher an den Tisch heran.

„Florian und ich kannten uns noch aus der Schule. Er war drei Klassen über mir, wir haben ab und an mal mit einer gemeinsamen Clique abgehangen, wie man heute sagen würde. Wir hatten damals nichts miteinander, später übrigens auch nicht. Meine Freundschaft zu Florian schloss den sexuellen Aspekt aus, schon allein deshalb, weil ich lesbisch bin. Und glücklich verheiratet seit Anfang 2018, dem Gesetzgeber sei Dank."

Altenkamp pausierte einen kurzen Moment, um die Wirkung der Aussage zu beobachten. Holtkotte zuckte mit keiner Wimper, aber Tiburtius war sichtbar gefesselt von dem selbstbewussten Auftritt der älteren Frau.

„Wie dem auch sei, es muss 2014 gewesen sein, da sind Florian und ich uns zufällig über den Weg gelaufen. Sie müssen wissen, wir hatten all die Jahre nach der Schulzeit keinen Kontakt miteinander. Ich wusste zwar, dass er im Bundestag saß, aber unsere Lebenswelten waren doch sehr unterschiedlich. Ich bin mit Leib und Seele Wissenschaftlerin und Florian – lassen wir das. Wir hatten schon unterschiedliche Studienorte. Florian ist in Frankfurt geblieben, ich nehme an, er hat schon eine politische Karriere vorbereiten oder sich zumindest die Option dafür schaffen wollen. Dann geht man nicht weg, sondern bleibt in dem provinziellen Mief einfach hängen, der sich dann als Stallgeruch ausgibt. Ich bin hingegen ein Wanderer geworden, war zum Studium in München, in Paris und an der kanadischen McGill-University, habe meinen Doktor dann in Leipzig gemacht. Wussten Sie übrigens, dass Ernst Bloch lange in Leipzig gelehrt hat, bis er dann in den Westen – na ja, egal, gehört nicht hierhin. Dann bin ich einige Jahre im Ausland gewesen, hatte eine Professur an der Emory University in Georgia, bevor ich den Ruf nach Berlin erhalten habe. Warum ich das alles erzähle? Um deutlich zu machen, dass sich unsere Lebenswelten doch sehr unterschieden. Florian hat immer nur über Globalisierung geredet, ich habe sie gelebt. Nun gut."

Sie pausierte kurz, um etwas Tee nachzuschenken. Dann nahm sie mit ungebrochener Verve ihren Erzählfaden wieder auf, nicht ohne Tiburtius einen Blick zuzuwerfen, der – „Nein das konnte nicht sein", dachte Tiburtius, „flirtet die mit mir?"

„Also, wie gesagt, so irgendwann 2014 sind wir uns rein zufällig auf dem Wochenmarkt am Auguste-Viktoria-Platz begegnet. Ich habe ihn gleich erkannt, hatte ja auch hin und wieder sein Bild in den Zeitungen gesehen. Ich habe ihn dann angesprochen und er hat mich wiedererkannt. Hat er zumindest damals gesagt, später hat er zugegeben, dass es etwas länger gedauert hatte, bis bei ihm der Groschen gefallen war.

Aber gut. Wir sind dann einen Kaffee trinken gegangen und haben einen großen Teil des Vormittags verplaudert. Von da an haben wir uns sehr regelmäßig gesehen. Ich habe Florian in die Oper mitgenommen, auf Konzerte, zu Theateraufführungen, zu Ausstellungen. Er hat durch mich Dinge kennengelernt, die nicht in seinem Horizont lagen. Und er hat in mir jemanden gefunden, der nichts von ihm wollte, weder geschäftlich, politisch noch sexuell."

„Auf seinem Handy finden sich einige Bilder von Ihnen, aber keins von seiner Frau", warf Tiburtius ein.

„Wundert mich nicht. Seine Frau ist ein geldgieriges Miststück. Keine Interessen außer das, von Florians Geld zu leben. Ich weiß nicht, ob es am Anfang Liebe war, aber nachdem die beiden Kinder da waren, nahm die Liebe ab und das Desinteresse zu. Sexuell war da nichts mehr, tote Hose. Florian mochte, er liebte seine Jungs, aber er hat auch mal gesagt, das seien die Ankerkinder seiner Frau."

„Ankerkinder?", fragte Holtkotte.

„Sie hat ihn ausgeplündert. Und die Kinder waren die Garantie dafür, dass er sich nicht entziehen konnte. Er musste Anker werfen, gewissermaßen."

„Ist das nicht ein wenig böse formuliert?"

„Seine Formulierung, nicht meine. Und haben Sie die Frau nicht kennengelernt? Für den Gegenwert dessen, was die gewöhnlich am Körper trägt, kaufen sich andere einen Kleinwagen. Ich habe sie selbst nie kennengelernt, hatte auch kein Verlangen. Aber Florian hat natürlich einiges erzählt."

„Und was machte Ihre Beziehung zu Ronnekämper so speziell gemacht?", fragte Tiburtius.

„Wir haben mit der Zeit ein riesiges Vertrauensverhältnis aufgebaut. Seine Frau wollte sein Geld, andere seinen politischen Einfluss, einen Job, Geld, was auch immer. Ich war da völlig ohne jegliches Interesse. Deswegen konnte – nein – hat er mir vertraut. Mit mir konnte er über Dinge reden, für die er sonst keinen hatte. Politik ist natürlich ein widerliches Geschäft, denn fast alles wird mit Berechnung gemacht, und dein Freund heute haut dich übers Ohr, wenn er einen Vorteil sieht. Florian hat keinem getraut, nicht seinen Kollegen im Bundestag, nicht seinen Mitarbeitern, nicht seiner Frau, nicht seinen sogenannten Parteifreunden. Eine kleine Ausnahme gab es, diese Frau aus dem Iran ...“

„Kira Nadapour ...“

„ ... Genau die. War vielleicht wirklich seine große Liebe. Sie hat ihm aber auch ein wenig Sinn in seinem Leben zurückgegeben. Hat ihn für die iranische Opposition eingespannt, für die Menschen dort. Florian hat öfter gesagt, dass sie ihn gerettet hat.“

„Gerettet?“ Holtkotte konnte seine Überraschung nicht verbergen.

„Ja, ein großes Wort, nicht wahr? Ein wenig pathetisch vielleicht auch, jedenfalls für meinen Geschmack. Aber sehen Sie es mal so. Florian war festgefahren. Er verdiente gut, die Geschäfte liefen, die Liebschaften und Affären auch, und das hätte er durchaus noch einige Jahre machen können. Er war selten zu Hause und musste sich kaum mit seiner Frau auseinandersetzen, die hatten sich schneller auseinandergelebt, als sie sich verliebt hatten, wenn das überhaupt der Fall war. Sie hat vermutlich seiner Eitelkeit geschmeichelt, aber Liebe?

Na ja. Eine elegante Frau, attraktiv, noch heute. Eine Frau, die zum Repräsentieren wie geboren war. Aber durchaus ihren eigenen Kopf hat. Das passte dann am Ende nicht mehr zusammen. Nun, in jedem Fall: Florian hatte, als ich ihn wiedertraf, irgendwie seinen Kompass verloren, seinen Lebenssinn. Er fragte sich: ‚Geht das jetzt immer so weiter? War es das?' Das hat ihn bewegt, mehr noch, es hat ihn fast zerstört. Was war der Sinn des Lebens? Immer wieder Sex mit Praktikantinnen oder Sekretärinnen und Kohle verdienen? Wofür? Es war, so würde ich es sehen, eine handfeste Midlife Crisis. Das ist mir aber auch erst später klar geworden.

Ich vermute, Kira hat da einiges verändert. War er nach wie vor in sie verliebt? Ich würde jede Wette darauf eingehen. Ich habe die Frau nie kennengelernt. Aber was Florian an ihr geschätzt hat, war ihr unbedingter Einsatz, ihre Ernsthaftigkeit, nicht nur als Ärztin, sondern eben auch mit ihrem Einsatz für die politischen Gefangenen im Iran und die Opposition. Er hat sein Leben dann stückweise umgestellt. Und ich hatte den Eindruck: Er hatte wieder Lebensmut gefasst. Hatte sich aus der Midlife Crisis herausgearbeitet. Die Fassade hat er weiter aufrechterhalten. Also, er hat nach wie vor das Geld für die Partei besorgt, ist seinen Geschäften nachgegangen. Aber die innere Einstellung dazu hatte sich verändert. Darüber hat er dann auch sehr offen gesprochen. Fleischer, den Frankfurter Parteivorsitzenden, empfand er als einen charakterlosen Lumpen, und für viele seiner Kollegen im Bundestag hatte er auch wenig freundliche Worte. ‚Die verkaufen ihre Großmutter für einen Apfel und ein Ei', hat er bisweilen gesagt. Und er kannte seine Pappenheimer. Er wusste, wer korrupt ist."

„Ist das ein Motiv?“, fragte Holtkotte.

„Es wäre eines, wenn er darüber geredet hätte. Hat er aber nicht, außer mit mir. Er hat keinen damit erpresst, wohl aber seinen Vorteil daraus gezogen.“

„Was machen Sie sich für einen Reim auf seine Ermordung?“, fragte Tiburtius.

„Ach je“, antwortete Altenkamp, „ich bin ja keine Kriminalistin. Ich beobachte nur. Florian hatte sich aber überlegt, aus der Politik auszusteigen. Ich weiß nicht, wie weit er mit sich selbst im Reinen war, aber wir hatten bisweilen darüber gesprochen. Es reizte ihn, dann in Berlin ein neues Leben anzufangen, aus dem Frankfurter Umfeld rauszukommen. Er war bereit, dafür Opfer zu bringen, auch was die Zahlungen an seine Frau anging. Er wollte da raus.“

„Wusste seine Frau das?“

„Nein, ich habe ihm geraten, er soll sich erst selbst sehr sicher sein, was er machen will, bevor er es in die Öffentlichkeit trägt. Und dazu gehört auch seine Frau. Sie wusste davon nichts. Ist ja auch vollauf mit ihrem jungen Liebhaber auf Mallorca beschäftigt.“

„Und was wären seine Pläne gewesen?“

„Sagen wir mal so. Geld hatte er genug und auch gute geschäftliche Beziehungen. Den Bundestag brauchte er dazu nicht notwendigerweise. Ich kann nur spekulieren.“

„Dann tun Sie das doch bitte einmal“, sagte Holtkotte. „Wir halten es nicht gegen Sie.“

Altenkamp stutzte einen Moment, schob ihren Stuhl ein wenig vom Tisch, als ob sie zwischen sich und das, was sie zu sagen beabsichtigte, schon vorab ein wenig Abstand bringen wollte.

„Herr Holtkotte", begann sie langsam mit ihrer Antwort, „also, Herr Holtkotte, Sie bringen mich da ein wenig in Verlegenheit. Ich habe mit Florian das eine oder andere schon angesprochen, aber nichts war bei ihm bis zur Entscheidung gereift. Durch seine Tätigkeit im Iran hatte er ja auch einigen politischen Gefangenen geholfen. Den einen oder anderen hatte er auch gesprochen, das hat Kira organisiert. Was er da gehört hat, hat ihn tief erschüttert. Und wenn ich das sage, dann war das noch mehr, als Sie sich vorstellen können. Wenn man abstrakt über Folter redet, redet man sehr abstrakt darüber. Wenn man die Opfer sieht und ihre Wunden, wenn sie erzählen, dann hat das für uns eine völlig andere Tiefendimension. Florian hat das mitgenommen. Er hat sich sehr intensiv damit beschäftigt, hat Kontakte aufgenommen zum Behandlungszentrum für Folteropfer in Berlin. Das ist dann 2016 überführt worden in das Zentrum Überleben. Es war ein Herzensanliegen von ihm, solchen Folteropfern zu helfen. Und das Zweite: Er hat bei seinem Einsatz für Menschen im Iran vorab immer auch den Kontakt zu Amnesty International gesucht. Da gab es eine sehr gute und enge Zusammenarbeit. Mein Verdacht war: Florian wollte sich aus der Politik absetzen und dort tätig werden. Ein Verdacht, nicht mehr. Es wäre für viele überraschend gekommen, aber für Florian hätte es eine gewisse innere Zwangsläufigkeit gehabt. Vielleicht aber auch nicht, denn es gehört viel Mut dazu, auf die Position im Bundestag zu verzichten. All die schönen Vergünstigungen, die damit zusammenhängen, der Status – das darf man nicht unterschätzen. Aber ich hätte mir vorstellen können, dass Florian Sponsoringveranstaltungen organisiert für Amnesty oder das Zentrum Überleben. Das hätte ich mir sehr gut vorstellen können. Aber vielleicht war da meine Fantasie schon weiter als die von Florian."

„Hat er irgendjemanden außer Sie in diese Überlegungen eingeweiht?"

„Um Gottes willen, nein. Vielleicht Kira, aber er hat keinem getraut. Auch nicht seinen Mitarbeitern."

„Auch nicht Bärlach?"

„Nein. Florian hielt Bärlach durchaus auf Distanz. Er hielt ihn für einen Tick zu ehrgeizig, überambitioniert, auch wenn Bärlach das nicht offen zeigte."

„Und wer wäre dann sein Nachfolger geworden? Hat er sich darüber Gedanken gemacht?"

„Sie haben keine Ahnung, wie Politiker ticken, nicht wahr, Herr Holtkotte? Ein Politiker geht selbstverständlich davon aus, dass ihn keiner ersetzen kann. Keiner der Lebenden, jedenfalls. Auch seine Mitarbeiter nicht. Frau Oberstein-Haller – ist das richtig? – hielt er für zu doof, obwohl sie sich immer Hoffnungen machte, ihn mal beerben zu können. Und Bärlach nicht für hart genug. Aber so sind Politiker. In der Frage der eigenen Nachfolge sind sie pingeliger als in der Auswahl ihrer Ehepartner."

Holtkotte musste heftig lachen. Vermutlich, weil Altenkamp völlig richtiglag.

„Und die Mitarbeiter im Berliner Büro?"

„Die waren seine Mitarbeiter. Tauchten aber in der Politik nicht auf. Gute Leute, aber in Frankfurt hatte das eine andere Dimension."

„Was hat Sie an dem Kontakt zu Ronnekämper gereizt?"

„Sie meinen, weil ich ihn nicht gevögelt habe?“ Altenkamp grinste.

„Herr Holtkotte, Sie sind schon ein chauvinistisches Arschloch, hat Ihnen das mal jemand gesagt?“

Bevor Holtkotte antworten konnte, brach aus Tiburtius ein Lachkrampf heraus, wie sie ihn selten erlebt hatte. Und Holtkotte konnte sich der ansteckenden Kraft des Lachkrampfs seiner Kollegin nicht entziehen.

„Ach wissen Sie“, antwortete er, nachdem er sich gefangen hatte, „meine Kollegin hier hat so ihre eigene Art, mit Chauvi-Arschlöchern umzugehen und denen Grenzen aufzuzeigen. Keine Bange, da bin ich gut aufgehoben und meine Umwelt geschützt.“

Altenkamp war vergnügt, denn dieser Spruch war nicht nach hinten losgegangen.

„Sorry, ich liebe es, meine Studierenden zu provozieren, und manchmal gehen auch in anderen Situationen die Pferde mit mir durch. Was hat mich am Kontakt zu Florian gereizt? Der Einblick in die Politik. Besser, oder vielmehr schlimmer als jede Soap. Und der Mensch. Ich kannte Florian seit Jahrzehnten. Er war ein kluger, intelligenter Mann, leider ein wenig durch die Macht korrumpiert. Aber ich liebe kluge Männer – als Gesprächspartner. Und umgekehrt: Ich habe Florian in Welten entführt, zu denen er sonst keinen Zutritt hatte. Und er hat mir vertraut, weil ich kein Interesse an den Spielchen in seiner Welt habe. Das war eine beinahe symbiotische Beziehung. Jeder konnte etwas bieten, was der andere schätzte.“

Mittlerweile war es dunkel geworden, der Abend begann. Altenkamp hatte sichtlich kein Interesse, den ganzen Abend mit den beiden Ermittlern aus Frankfurt zu verbringen. Auch Holtkotte und Tiburtius waren nicht undankbar, als sie sich verabschiedete und den beiden gute Ermittlungserfolge wünschte. Erst als sie weg war, bemerkten Holtkotte und Tiburtius, dass Altenkamp in der sicheren Erwartung gegangen war, sie würden die Rechnung begleichen. Diese Hoffnung enttäuschten sie nicht.

XVII

Koch war informiert, sie würden am Samstag früh aus Berlin losfahren und dann um 16 Uhr im Präsidium sein zu einer größeren Besprechung. Der Abend war also frei. Zumindest, was davon übrig war, denn es war bereits 20 Uhr, nachdem Holtkotte und Tiburtius das japanische Restaurant verlassen hatten.

„Zu blöd, dass die Clubs vermutlich alle dicht sind", nölte Tiburtius, „das wäre doch klasse gewesen. Wir beschließen den Abend in einem der berühmten Berliner Clubs und lassen kräftig die Sau raus. Mal so ganz ohne Rücksicht auf das kleine Nest in Frankfurt."

„Dieses Verlangen heißt vermutlich Morbus Ronnekämper", grummelte Holtkotte in sich hinein, aber laut genug, dass Tiburtius es hörte. Sie lachte kurz auf.

„Jaja, du hast ja recht. Außerdem habe ich keine passenden Klamotten dafür mitgenommen. Beim nächsten Mal also."

„Passende Klamotten? Was ist falsch an Jeans, Hemd und Sakko?"

„Ähem, Holtkotte, tust du jetzt gerade so naiv oder bis du es wirklich? In dem Aufzug sieht man dir doch schon an, dass du zum Sterben kommen willst. Die Berliner Clubs sind da was sehr Besonderes. Da musst du schon nach den Regeln spielen."

„Und das bedeutet was?"

„Ein wenig fantasievoller. Tanktop, Lederhose. Oder Uniform. Kommt immer gut. Mit Fetischen hast du es nicht so, oder?"

Holtkotte schüttelte amüsiert den Kopf.

„Bestimmt nicht. Ich mache dir einen Vorschlag, wir trinken noch ein Bier oder zwei in dieser südamerikanischen Kneipe, die ich gestern aufgetan habe. Da kann man gut sitzen. Und dann gehen wir zur Pflege unserer Gesundheit früh ins Bett. Ist auch eine Art Fetisch, denke ich."

Tiburtius grinste, denn eigentlich hatte auch sie wenig Lust auf eine rauschende Nacht.

Sie bogen von der Kantstraße in die Krumme Straße ein und erreichten die Kneipe. Der Barmann hinter dem Tresen konnte sich noch an Holtkotte erinnern.

„Wie gestern?"

Holtkotte nickte und Tiburtius fragte nach Wein. Die Auswahl war zwar nicht berauschend, aber der chilenische Wein sollte trinkbar sein. Die Atmosphäre in der Kneipe jedenfalls war angenehm. Sie blieben am Tresen; von dort hatten sie auch den besten Überblick über das geschäftige Treiben in der Kneipe. Tiburtius nahm die Porträts wahr: Salvador Allende und Pablo Neruda. Revolutionsromantik. Und sie konnte sich den Gedanken nicht verkneifen:

„Das Publikum schaut so aus als hätten sie diese Zeit als aktive Revolutionäre mitbekommen. In die Jahre gekommene Alt-68er."

Und sie erinnerte sich, hier ganz in der Nähe war doch auch die Deutsche Oper. Da waren doch diese Demonstration und der tote Demonstrant. Sie würde das mal nachschauen müssen. Revolutionsschwanger, die ganze Gegend. Und der Begriff Revolutionär leitete sie dann wieder zu Ronnekämper.

„Holtkotte, war die Altenkamp jetzt naiv oder war Holtkotte drauf und dran, zum Revolutionär zu werden?"

„Wenn ich das wüsste", grummelte Holtkotte. „Koch wird morgen aus allen Wolken fallen, wenn wir ihm das erzählen. Die spannende Frage ist: Hat Ronnekämper das nur mit sich selbst ausgemacht und vielleicht dieser Altenkamp oder hat er noch andere ins Vertrauen gezogen? Ich meine, wenn beispielsweise Fleischer davon gewusst hätte, wäre ihm klar geworden: Der Dukatenscheißer geht von Bord. Das wäre ein erheblicher Verlust. Die Frage ist: Reicht es auch zu einem Motiv? Man bringt doch jemanden nicht um, weil er keine Spendengelder mehr einwirbt."

„Und Ronnekämpers Frau ist abgesichert. Überdies scheint es ihr egal zu sein, wie Ronnekämper sein Geld verdiente. Hauptsache, sie hat etwas davon."

„Vielleicht ein eifersüchtiger Herr Nadapour? Ich meine, Ronnekämper überlegt sich, alles aufzugeben und sich in Berlin niederzulassen. Er ist in Projekten drin, die ihm seine große Liebe Kira vermittelt hat. Ist er dem Ehegatten zu nahegekommen?"

„Eifersucht? Immer ein starkes Motiv, aber ob das hier trägt? Wir können ja mal fragen, wo Nadapour am Abend des 15. Septembers gewesen ist, aber ich wette, der war hier und hat dafür haufenweise Zeugen."

„Und die Vorstellung, er könnte einen Killer geschickt haben, ist ziemlich weit hergeholt", seufzte Holtkotte. „Wir kommen nicht weiter."

„Dann lieber noch etwas trinken." Tiburtius bestellte ein zweites Glas Wein.

In diesem Moment kam eine Gruppe jüngerer Gäste in das Lokal. Sie gingen an den Tresen und setzten sich in unmittelbare Nähe zu Holtkotte und Tiburtius. Offenbar waren sie gerade aus dem Kino um die Ecke gekommen und debattierten den Film, den sie gerade gesehen hatten. Holtkotte und Tiburtius hörten erst mit halbem Ohr zu, weniger freiwillig als durch die Umstände veranlasst.

„Man kann keine Sprache einfach erfinden ..."

„Alle Sprachen sind irgendwie ..."

„Aber doch nicht so. Der hätte es merken müssen ..."

„Und Farsi einfach neu ..."

„Mich hat der Film ziemlich mitgenommen."

Alle redeten irgendwie durcheinander, sie waren zu viert: zwei Männer, zwei Frauen. Nachdem sie etwas bestellt hatten, sprach Holtkotte sie an.

„Was habt ihr denn gesehen? Das klang ganz spannend."

Überrascht schauten die vier Holtkotte an. Irgendwie schien es in Berlin nicht üblich, das Gespräch am Tresen zu suchen, dachte Holtkotte. Aber dann antwortete einer von ihnen.

„Wir waren in dem Film ‚Die Persischstunde'. Ganz aktuell. Also, der Film, kam gestern erst raus."

Nun wurde auch Tiburtius hellhörig.

„Ja", sagte eine der Frauen, „es spielt während des Dritten Reiches. Ein belgischer Jude kommt ins Konzentrationslager und behauptet, Perser zu sein. So weit, so gut. Er muss dann aber dem Lagerkoch Farsi beibringen, weil der nach dem Krieg in Teheran ein deutsches Lokal eröffnen will. Da er selbst kein Farsi spricht, erfindet er eine Sprache. Und muss sich natürlich immer wieder erinnern, was er da erfunden hat, denn der Deutsche ist ein guter Schüler ..."

„Ein wenig wie Klingonisch", warf einer der Männer ein. „Überlegt mal, das gibt es mittlerweile ja auch, mit allem Drum und Dran. Wörterbuch, Grammatik, alles. Eine komplette Kunstsprache."

„Ja, hier hat es aber ein Einzelner erfunden. Und steht immer in Gefahr, aufzufliegen und erschossen zu werden."

„Und kann sich noch die Namen merken der Menschen, die von den Nazis umgebracht worden sind."

„Müsst ihr euch unbedingt ansehen", sagte eine der Frauen zu Tiburtius. „Lohnt sich wirklich."

Dann verließ die Gruppe den Tresen, ein Tisch war frei geworden und man wollte noch essen. Tiburtius sinnierte vor sich hin. Dann sagte sie:

„Wir müssen noch einmal mit Kira Nadapour sprechen."

„Warum das?"

„Kannst du dich erinnern, dass der Generalsekretär gesagt hat, Ronnekämper hätte Farsi gelernt, also zumindest einen Kurs belegt?"

„Ja."

„Und warum wäre das nötig gewesen, wenn dort alle Englisch sprechen?"

„Du meinst ..."

„Ich meine, dass das Verhältnis von Ronnekämper zu Kira Nadapour vielleicht noch eine tiefere Dimension hatte, als wir es ahnen."

Holtkotte nickte.

„Durchaus möglich. Vielleicht sollten wir sie zum Frühstück bitten, dann kommen wir noch rechtzeitig zur Besprechung mit Koch am Nachmittag."

„Schickst du ihr eine SMS?"

Holtkotte nickte. Die Nummer hatte er notiert, und so erhielt Kira Nadapour abends um 23 Uhr noch eine SMS von Holtkotte, der nachfragte, ob sie am nächsten Morgen um 7:30 Uhr zu ihnen ins Hotel kommen könnte, verbunden mit einer Entschuldigung für die Kurzfristigkeit und die Umstände. Wenige Minuten später hatte er die Antwort.

„Wenn es der Aufklärung des Mordes an Florian dient, gerne."

Am nächsten Morgen kam Nadapour pünktlich ins Hotel. Sie wirkte nicht, als ob sie eben erst aufgestanden war, sondern war perfekt gestylt, bis hin zu einem Parfum, das Tiburtius so früh am Morgen eher irritierend fand. Das Angebot von Holtkotte, doch mitzufrühstücken, schlug sie freundlich, aber bestimmt aus. Lediglich eine Tasse Kaffee bestellte sie, fast schon lauernd darauf, was denn die beiden Ermittler bewogen haben mochte, sie zu nachtschlafender Zeit zu einem Termin zu immer noch nachtschlafender Zeit zu bitten.

„Also?", fragte sie ohne eine Spur von Unsicherheit in ihrer Stimme, „Also, was ist denn so dringend?"

„Vielen Dank, dass es geklappt hat", erwiderte Holtkotte. „Wir wissen, was für eine Zumutung unsere Bitte gewesen ist."

Nadapour nickte.

„Trotzdem, im Laufe unserer Gespräche ist uns gestern noch etwas aufgefallen. Wir wollten das nicht am Telefon klären."

„Um meine Reaktionen besser beobachten zu können, vermute ich."

Holtkotte verneinte, wusste aber, dass sie recht hatte. Darum ging es. Und darum, ein Gespräch mit ihr zu führen ohne die Anwesenheit ihres Mannes.

„Wir haben viele Gespräche hier geführt und haben uns ein sehr viel besseres Bild von Ronnekämper machen können. Ein bisweilen überraschendes Bild. Und da ist eine Frage wirklich offengeblieben."

„Und die wäre?"

„Frau Nadapour, das ist eine Frage, die Sie betrifft. Geradeheraus: Hatten Sie ein Verhältnis mit Ronnekämper?"

„Aber das wissen Sie doch. Das hatte ich Ihnen erzählt. Ja, wir hatten ein Verhältnis. Das war vor vielen Jahren. Bevor ich meinen Mann kennengelernt habe und Florian seine Frau."

Holtkotte hakte nach.

„Das meine ich nicht. Und das wissen Sie. Hatten Sie aktuell ein Verhältnis mit ihm?"

„Wie kommen Sie auf einen solch absurden Gedanken?" Nadapour wirkte kein bisschen verunsichert. Eher belustigt. Und das wiederum verunsicherte Holtkotte. Tiburtius merkte das und sprang ein.

„Ein wenig mehr als weibliche Intuition. Ich hatte den Gedanken. Ronnekämper wollte aussteigen aus der Politik und sich hier in Berlin niederlassen."

„Das ist mir neu."

„Er hat sich für Folteropfer engagiert und Sympathien für Amnesty gehabt."

„Bekannt. Deswegen habe ich aber noch lange kein Verhältnis mit ihm. Das ist absurd."

„Hat er Ihnen zuliebe versucht, Farsi zu lernen?"

„Warum sollte er? Ich spreche deutsch."

„Was wusste Ihr Mann davon? Oder sollen wir ihn fragen?"

Holtkottes letzter Satz verfehlte seine Wirkung nicht. Nadapour wurde blass, das konnte man auch durch die Schminke gut erkennen.

„Ich habe schon einmal gesagt: Sie gefährden sein Leben, wenn sie ihn da hineinziehen."

„Glaube ich nicht. Das ist eine Schutzbehauptung. Sie wollen nicht, dass wir mit Ihrem Mann sprechen."

„Mein Mann hat damit nichts zu tun."

„Dann können wir also mit ihm sprechen?"

„Nein."

„Sollte das nicht Ihr Mann selbst entscheiden?" Holtkotte war nicht gewillt, sich ein zweites Mal beeindrucken zu lassen. Nun würde er am Ball bleiben.

Kira Nadapour schwieg. Es war ein quälend langes Schweigen. Holtkotte beschloss, den offensichtlichen Abwägungsprozess, den Nadapour durchlief, nicht zu stören, und legte Tiburtius eine Hand auf den Arm, um ihr zu signalisieren, sie solle jetzt nichts sagen. Endlich, nach gefühlten Minuten des Schweigens, fragte Nadapour:

„Ich kann mich auf Ihre Diskretion verlassen?"

Holtkotte nickte, ebenso Tiburtius. Sie waren auf der richtigen Spur.

Nadapour seufzte und strich sich über ihre Hose, wie um Falten zu glätten, die aber nicht vorhanden waren. Dann sah sie sowohl Holtkotte als auch Tiburtius abwechselnd in die Augen, als ob sie vorab Absolution suchte.

„Ja, wir hatten wieder ein Verhältnis", sagte sie. „Seit etwas mehr als einem Jahr."

Dann löste sie sich in Tränen auf und konnte lange nicht sprechen. Holtkotte reichte ihr eine Serviette, die sie dankbar entgegennahm. Als sie sich wieder gefasst hatte, setzte sie erneut an.

„Wir hatten wie gesagt ein Verhältnis. Das wusste keiner. Wirklich niemand. Und wir haben Pläne gemacht."

„Pläne?"

„Mit meinem Mann habe ich mich auseinandergelebt. Ich bewundere ihn, er ist ein großartiger Mann, gütig, engagiert, er setzt sich für Menschen ein, ein wirkliches Vorbild. Aber es war keine Liebesheirat, sondern eine Vernunftehe, wie sie bei uns mitunter noch üblich ist. Keiner hatte den bösen Willen, es so weit kommen zu lassen, keiner. Aber wir sind uns als Eheleute gegenseitig zur Last geworden. Navid fühlte das ebenso wie ich. Wir hatten und haben ein gemeinsames Projekt, aber eben leider keine Kinder. Und so haben wir uns zunehmend Freiheiten gelassen und genommen. Wie es im Leben manchmal so ist. Es trifft keinen eine Schuld und doch wird man schuldig."

Sie unterbrach sich und schaute aus dem Fenster. Es versprach, ein sonniger Tag zu werden. Aber es war morgens schon kühler.

„Wann wir uns das erste Mal wieder getroffen hatten, habe ich Ihnen ja erzählt. Vor zwei Jahren dann ergab es sich, dass ich zeitgleich mit Florian in Teheran war. Er geschäftlich, ich wollte da etwas Privates ordnen. Nicht alle Verwandten sind damals aus dem Iran geflohen. Die Schwester meines Vaters blieb dort mit ihrer Familie. Sie hatte einen Sohn, meinen Cousin Ali. Der wiederum hat mit seiner Frau Zwillinge, ein Junge und ein Mädchen, 8 Jahre alt. Seine Frau ist vor einigen Jahren gestorben, die Kinder waren noch klein. Ali ist nach den Protesten im Dezember 2017 verhaftet worden. Er starb unter ungeklärten Umständen im Gefängnis. Die offiziellen Stellen haben es als Selbstmord ausgegeben. Aber kein Vater begeht Selbstmord, wenn die Kinder dann allein zurückbleiben. So kamen die Kinder zu meiner Tante, also ihrer Großmutter.

Ich bin damals dorthin geflogen, weil ich mir in den Kopf gesetzt hatte, die Zwillinge zu adoptieren. Das hatte ich auch Florian gesagt. Wir haben uns dort getroffen und Florian hat die beiden sofort ins Herz geschlossen. Er war richtig verliebt in die beiden Kinder. Und hat mir versprochen, mir zu helfen, wo es nur geht. Und das hat er getan.

Mein Mann war von der Idee nicht angetan. Ich würde damit seine Arbeit gefährden, hat er immer wieder gesagt. Es war klar: Er würde sein Einverständnis nicht geben. Und ich war entschlossen, es ohne ihn zu tun. Das war der Moment, wo unsere Ehe zu Ende war. Das wussten wir beide auch. Florian hingegen war unglaublich lieb, hilfreich, einfühlsam. Er sprach davon, dass er mit mir ein neues Leben anfangen wolle. Mit mir und den beiden Kindern. Deshalb haben wir

Pläne geschmiedet. Die Kinder aus dem Iran holen, die Scheidungen einreichen. Ja, Florian wollte sich scheiden lassen. Wir wollten den Fehler, den wir 2004, den ich 2004 gemacht hatte, wiedergutmachen. Florian wusste, dazu würde er mit seinem alten Leben brechen müssen. Mit dem Bundestag, mit den ganzen Geschäften um die Partei herum und vielem anderen. Seine Frau konnte er großzügig abfinden. Florian hatte über die Jahre viel Geld verdient. Arm wäre er nicht gewesen. In den nächsten Wochen wollten wir diesen Plan Stück um Stück umsetzen. Ich wollte Navid um die Scheidung bitten, Florian seine Frau. Er hätte sich dann aus der Politik zurückgezogen. Und wir hätten die beiden Kinder aus dem Iran geholt. Florian war immer wieder dort, hat die Kinder besucht, und sie hatten ihn ins Herz geschlossen. Er hat sogar mit ihnen telefoniert, wann immer er konnte. Das war so rührend. Und nein, er hat es nicht gemacht, um mich wiederzubekommen. Das hat sich dann irgendwann ergeben."

„Starker Tobak, Frau Nadapour. Damit hat Ihr Mann natürlich ein Motiv."

„Unsinn. Wir sind alt genug, Navid wäre mit einer Trennung einverstanden gewesen. Das hatten wir ohnehin vereinbart, auch ohne Florian. Wir leben seit fünf Jahren nur noch wie Bruder und Schwester, getrennt von Tisch und Bett, wie es heißt. Und ich bin mittlerweile alt genug, mir von einer Tradition nicht mehr reinreden zu lassen."

„Sieht das Ihr Mann auch so?"

„Fragen Sie doch seine Mitarbeiterin, mit der er seit drei Jahren ein Verhältnis hat. Natürlich sieht er das so. Aber das muss nicht alle Welt wissen. Wir sind zwar weiter als vor fünfzehn Jahren, aber wir bleiben gerne diskret. Schmutzige Wäsche wird nicht in der Öffentlichkeit gewaschen."

„Also Ihrem Mann hatten Sie noch nichts gesagt?"

„Nein, Florian sollte erst seinen Teil bereinigen. Dann hätte ich mit Navid gesprochen."

„Und Sie haben uns vor ein paar Tagen nicht deshalb von Ihrem Mann ferngehalten, weil er sonst gefährdet gewesen wäre, sondern weil sich Ihre Pläne zerschlagen haben?"

„Sie sind grausam, Frau Tiburtius. Und ja. Jetzt, wo Florian tot ist, besteht keine Notwendigkeit mehr, das bestehende Arrangement infrage zu stellen."

„Eine letzte Frage noch, Frau Nadapour." Es war mehr einer Eingebung folgend, dass Tiburtius ihr Handy aus der Tasche kramte und ein Foto aufrief. „Können Sie mit dieser Zahl etwas anfangen? Die haben wir bei Ronnekämper in Frankfurt und in Berlin auf einem gelben Post-it-Zettel gefunden."

Nadapour schaute auf den Zettel, dann nahm sie ihr Handy heraus und rief eine Telefonnummer auf.

„Nein, doch nicht", sagte sie. „Auf den ersten Blick sah es aus wie die Telefonnummer der Zwillinge in Teheran. Aber das wäre ja absurd, warum sollte er die nur auf Notizzettel schreiben und nicht in seinem Handy speichern? Ist es also nicht. Ich weiß nicht, was diese Nummer bedeutet."

Dann erhob sie sich. „Ich habe Ihnen genug gesagt und verlasse mich auf ihre Diskretion. Bitte machen Sie das für mich nicht noch schmerzhafter, indem Sie – ich denke, wir verstehen uns." Dann nickte sie Holtkotte und Tiburtius zu, wandte sich zum Ausgang, und ging, ohne sich noch einmal umzusehen.

„Was für ein Abgang“, murmelte Tiburtius.

„Was für eine Frau“, erwiderte Holtkotte anerkennend. „Und was für ein Drama“, fügte er hinzu. Dann erhoben sich beide, checkten aus dem Hotel aus und machten sich auf den Weg zum Bahnhof. Den Zug nach Frankfurt würden sie jedenfalls noch ohne Probleme erreichen.

XVIII

Die Rückfahrt verlief ereignislos, sowohl Holtkotte als auch Tiburtius hingen ihren Gedanken nach. Tiburtius war noch ganz im Bann der beiden Frauen, mit denen sie gesprochen hatten: Nadapour ebenso wie Altenkamp. Wenn ein Mann wie Ronnekämper zwei so außergewöhnliche Frauen an sich binden konnte, vielleicht hatte sie sich in ihm geirrt? Vielleicht war da mehr, als es auf den ersten Blick den Anschein hatte? Ronnekämper blieb für sie ein Rätsel. Wie wollte man einen Mordfall an einer Person vernünftig angehen, wenn sich diese Person immer in neuen Facetten zeigte, wenn wie bei einem Schlag-den-Frosch-Spiel immer neue Motive aufpoppten? Was war Realität, was war Schein? War das in der Politik so üblich, dass man sein wahres Ich hinter vielen Masken versteckte, wie eine russische Puppe? Und dann Uta Altenkamp. Sie hatte gegenüber dieser Frau eine seltsame Anziehungskraft empfunden. Das Selbstbewusstsein dieser Frau, die Selbstverständlichkeit, mit der sie sich in kulturellen Räumen bewegen konnte, ihre Unabhängigkeit. Das hatte ihr imponiert. Wie ihr überhaupt Berlin zugesagt hatte. Sie kannte die Stadt, das ist richtig, aber dieser Kurzbesuch hatte ihren Blick dafür geschärft, dass es in Berlin doch erheblich bunter zuging als in dem schon bunten und lebendigen Frankfurt. Aber jetzt war sie erst einmal in Frankfurt. Das war eine Herausforderung, und wenn sie sich schlecht fühlte, waren ihre Eltern nicht weit weg. Berlin hingegen, das war deutlich weiter entfernt. Vielleicht später mal.

Holtkotte hatte die Gelegenheit wahrgenommen, die meiste Zeit zu dösen. Er verlor sich dann immer wieder in Tagträumen, in dem unbestimmten Zwischenreich von Realität und Traum. Kira Nadapour, das war eine Frau, wie er sie noch nicht kannte. Angsteinflößend, irgendwie. Sie passte mit ihrem erhabenen – ja, das war wohl die richtige Umschreibung –, mit ihrer Erhabenheit so gar nicht in sein Bild von Frauen. Wie aus einer anderen Welt, und das traf ja auch irgendwie zu. Er konnte sich überhaupt nicht vorstellen, dass Ihre Erhabenheit Sex haben könnte. Das passte überhaupt nicht, da war die Fallhöhe viel zu groß. Wie musste er sich so ein Verhältnis von Ronnekämper und Nadapour vorstellen? Liebling, darf ich deiner heute einmal wieder in den sieben Schleiern ansichtig werden? Albern, durchfuhr es ihn. Ebenso albern wie die Vorstellung von Sex, die er dem Film Barbarella einmal entnommen hatte: Da nehmen die Menschen Verzückungspillen und legen die Handflächen aneinander. Mehr konnte er sich bei Kira Nadapour auch nicht vorstellen. Aber er spielte, das wurde ihm bewusst, auch in einer völlig anderen Liga. Unter normalen Umständen hätte diese Frau ihn nicht wahrgenommen, er wäre völlig unterhalb ihrer Aufmerksamkeitsskala zu finden gewesen. Dabei hielt sich Holtkotte eigentlich für einen attraktiven Mann, für witzig, schlagfertig, charmant. Nur eines hatte er nicht: Geld. Und er roch auch nicht nach Geld, sondern nach der Abwesenheit desselben. Dafür haben einige Frauen einen siebten Sinn, gerade Frauen wie Kira Nadapour. War das jetzt sexistisch?

„Ach was“, dachte Holtkotte, „eher Ausdruck des realen Oben und Unten in unserer Gesellschaft.“

Als der Zug im Frankfurter Hauptbahnhof eingelaufen war, begaben sich Holtkotte und Tiburtius gleich ins Präsidium; um vorher noch das Gepäck zu Hause abzuladen und sich frisch zu machen, war nicht mehr genügend Zeit. Um 16 Uhr begann die Lage, zu der Koch eingeladen hatte. Neben Müller-Riehm und einigen Leuten aus seiner Abteilung war nun auch der Staatsschutz dabei und zwei Kollegen von der Abteilung Wirtschaftskriminalität. Knapp zwei Wochen nach dem Mord an Ronnekämper wurde nun nicht nur der Polizeipräsident ungeduldig, auch die Zeitungen hatten in ihren Wochenendausgaben das Thema noch einmal aufgegriffen und die Frage gestellt, warum die Polizei keine Ergebnisse vorweisen konnte. Holtkotte und Tiburtius hatten Koch zuvor über die Beichte von Kira Nadapour unterrichtet und gebeten, dies aus der Besprechung heraushalten zu dürfen. Es schien nicht relevant für die Aufklärung des Falles. Koch hatte genickt und lediglich ergänzt, er würde aber den Präsidenten unterrichten müssen.

Der Präsident war es auch, der die Lage eröffnete und eindringlich darauf hinwies, dass man nun Erfolge brauche. Er stand offensichtlich unter dem Druck des Innenministers, der wiederum dem Ministerpräsidenten Auskunft geben musste, warum sich im Fall Ronnekämper nichts bewegte. Holtkotte und Tiburtius waren sich klar: Sie befanden sich am Ende der Nahrungskette, und gewissermaßen am Anfang. An ihnen würde es dann hängen bleiben.

Müller-Riehm eröffnete für die Spurensicherung. Die Auswertung der beiden Laptops aus Berlin hatte nichts ergeben.

Eines sei auffällig gewesen, so Müller-Riehm. Die Laptops im Büro und in Ronnekämpers Wohnung liefen mit einer vom Bundestag bereitgestellten Software. Die wurden auch regelmäßig, so eine Rückfrage in Ronnekämpers Büro, vom IT-Support des Bundestages gewartet, wie auch der Laptop von Bärlach in Frankfurt. Das war also ein dienstlicher Laptop. Ronnekämpers Laptop in Frankfurt allerdings hatte keinerlei Programme des Bundestages aufgespielt, auch keinen Zugang zum Intranet des Bundestages. Es war also ein rein privater Laptop. Aus welchen Gründen auch immer. Vielleicht hatte Ronnekämper Angst gehabt, dass bei einem Hackerangriff auf den Bundestag und das dortige Netzwerk sensible Daten nicht genügend geschützt seien und fremde Mächte – immerhin war der letzte Angriff von russischen Hackern im Regierungsauftrag durchgeführt worden – seine Daten abgreifen könnten und er deswegen erpressbar werden könnte. Oder Dritte Schaden nehmen könnten. Müller-Riehm spekulierte hier, aber es schien plausibel. Die Dateien, die dort verschlüsselt gewesen seien, seien mittlerweile alle entschlüsselt. Korrespondenz geschäftlicher Art, aber nichts so einschlägig wie die Rechnung aus dem Iran. Überdies habe man immer noch nicht feststellen können, wie Ronnekämper Zugang ins Darknet gehabt habe und was er dort gemacht habe. Es fehlten sowohl Anmeldename als auch Passwort, im ungünstigsten Fall sei das durch Ronnekämpers Tod unwiederbringlich verloren, wenn es nirgendwo niedergelegt worden sei.

Die Kollegen vom Staatsschutz – Koch erwähnte deren Namen, aber sowohl Holtkotte als auch Tiburtius hatten sie umgehend vergessen – konnten wenig vorweisen. Einen linksextremistischen Hintergrund schlossen sie aus. Alle Informanten waren befragt worden, es gab noch nicht einmal Gerüchte in der Szene. Über die Dienste hatte man ebenfalls nichts in Erfahrung bringen können. Der Staatsschutz schloss weitgehend aus, dass der Mord ein Werk von ausländischen Mächten oder irgendwelchen Söldnern hätte sein können. Dafür gebe es keine Anhaltspunkte. Und auch hier. Noch nicht einmal Gerüchte.

Die Kollegen von der Wirtschaftskriminalität – der dicke Otto Bauer und die ältliche Nora Schulze, die Tiburtius beide gut kannte – hatten die Akten aus der Rechtsanwaltskanzlei und der Beratungsgesellschaft durchforstet, aber auf den ersten Blick nichts Ungewöhnliches gefunden.

„Vielleicht liegt in den Tiefen der Akten noch etwas, was nicht legal war, aber unser erster Eindruck ist: Da ist nichts." Lediglich der Hinweis auf das Iran-Geschäft habe dazu geführt, nun bei Oberstein-Haller etwas genauer nachzusehen. Ein Durchsuchungsbeschluss werde nächste Woche exekutiert und die Steuerprüfer werden sich die Bücher der letzten Jahre einmal sehr genau vornehmen. Aber das habe ja eigentlich mit dem Fall Ronnekämper nichts zu tun. Vorbehaltlich einer gründlichen Prüfung durch die Steuerfachleute gelte: Nach erstem Augenschein war Ronnekämper sehr pingelig, was seine Steuern anging. Der Steuerberater von Ronnekämper habe dies bestätigt. Er habe Anweisung gehabt, im Zweifel für die Steuerbehörde auszufüllen und eben nicht jedes mögliche Schlupfloch zu nutzen. Ronnekämper war der Meinung, dass Steuervergehen das Dümmste seien, was einem Politiker passieren kann, und auch das Vermeidbarste. Ein Politiker, der über seine Steuererklärung stürzt, habe es nicht anders verdient, habe Ronnekämper gesagt.

Koch berichtete, dass er sich um die Frage des Nachlasses gekümmert habe. Ronnekämper habe kein Testament hinterlassen, somit gelte die normale gesetzliche Erbfolge. Frau Ronnekämper erbt. Nach ersten Schätzungen und Sichtungen unterschiedlicher Konten sei die Erbmasse erheblich. Das Haus werde mit einem Wert von etwa 1,3 Millionen Euro angegeben. Hinzu kämen zahlreiche Kunstwerke im Haus, Wert etwa 400.000 Euro. Auf verschiedenen Konten – und hier sei man sich nicht sicher, alle gefunden zu haben – seien insgesamt Aktiva von knapp 15 Millionen Euro aufgetaucht. Hinzu komme die Beteiligung an der Kanzlei in Bornheim, die sich nicht recht kapitalisieren lasse. Ronnekämper habe die Wohnung in Berlin nicht gemietet, sondern gekauft – weitere 600.000 Euro, und auf seinen Namen laufe auch das Appartement in Port Andratx. Hinzu kämen Beteiligungen an Unternehmen verschiedenster Art – 2 Millionen Euro – sowie ein Mehrfamilienhaus in Frankfurt, Wert etwa 3 Millionen Euro.

Koch hatte mit Frau Ronnekämper gesprochen und sie gefragt, wie sie das Vermögen ihres Mannes einschätze, und sie lag grotesk daneben. Sie wusste über das Appartement auf Mallorca und die Wohnung in Berlin, aber die Beteiligungen, das Mehrfamilienhaus und das sonstige Vermögen, da fiel sie aus allen Wolken. Sie hatte Haushaltsgeld von 5.000 Euro im Monat, dazu eine Kreditkarte ohne Limit für Einkäufe, etwa

Kleidung, Schuhe und Sonstiges. Die beiden Jungs auf dem Internat kosten pro Jahr insgesamt etwa 70.000 Pfund.

„Ich will es mal so formulieren“, sagte Koch. „Alleine das Schulgeld für die Kinder hat drei Viertel der Diäten von Ronnekämper aufgefressen. Das Bundestagsmandat war Nebenverdienst. Nach meiner Schätzung hat er monatlich etwa über 25.000 Euro gebraucht, um über die Runden zu kommen.“

Holtkotte pfiff anerkennend durch die Zähne.

„Nicht übel“, sagte er, „gar nicht übel. Hätte nie gedacht, dass Politik so lukrativ sein kann.“

„Frau Ronnekämper auch nicht, Herr Holtkotte“, sagte Koch in einem zurechtweisenden Ton. „Jedenfalls ist Frau Ronnekämper nun wieder nach Mallorca geflogen und hat einen Rechtsanwalt damit beauftragt, die Formalitäten zu klären. Als reicher Witwe stehen ihr nun andere Möglichkeiten offen, denke ich.“

„Und es lässt sich hier kein Motiv vermuten?“, fragte Tiburtius nach.

„Nein, nichts. Ihr Erstaunen über die Vermögensmasse war echt. Sie hat ein Alibi, und dass sie einen Killer beauftragt hat, das würde nicht zu ihr passen.“

„Wo stehen wir also?“, fragte Holtkotte.

„Immer noch am Anfang“, erwiderte Koch. „Kein Motiv, keine plausiblen Verdächtigen, wir wissen nichts. Und langsam gehen mir auch die Optionen aus.“

„Vielleicht eines noch, Herr Koch“, schaltete sich Tiburtius ein. „Wir haben zwar alle Nachbarn befragt, ob die an dem fraglichen Abend etwas gesehen haben. Da war nichts. Aber vielleicht sollten wir hier einmal einen Aufruf an die Öffentlichkeit machen. Ob ihnen am fraglichen Abend etwas aufgefallen ist in Bergen. Vielleicht ein ungewöhnlich geparktes Auto oder Menschen, die da irgendwie nicht hingehören. Es steht und fällt doch alles damit, dass jemand zu Ronnekämper ins Haus gegangen und ihn ermordet hat. Da muss doch jemand was gesehen haben, der Täter ist doch nicht unter dem Asphalt ins Haus gekrochen. Vielleicht hilft das dann weiter."

„Und was schlagen Sie vor?"

„Zunächst einmal hier über die Zeitungen einen Aufruf machen. Wem ist in der fraglichen Nacht etwas aufgefallen? Wer kann etwas berichten? Dann vielleicht über das Fernsehen. Wir haben doch Fotos von der Umgebung des Tatorts. Vielleicht fällt irgendjemandem was auf, eine Veränderung, vielleicht triggern Fotos ja auch die Erinnerung."

Koch grummelte, gab aber sein Einverständnis. Nur bei dem Fernsehen, da müsse er sich rückversichern. Immerhin sei das alles auch ein Eingeständnis des Versagens der Polizei, und das dürfe man nicht leichtfertig in die Wege leiten.

„Oder ein Lob für einen fast perfekten Mord", warf Holtkotte ein.

„Ach Holtkotte", sagte Koch nur. „Sie sind ein Romantiker."

Die Lage war damit beendet. Holtkotte freute sich auf sein eigenes Bett. Am Sonntag würde er dann nach Marburg fahren, Karin und Nelly besuchen. Vielleicht würde er heute noch einmal in seinem Fitnessstudio auf ein Bier vorbeischauen. Tiburtius beschloss, am Sonntag nach Trier zu ihren Eltern zu fahren und Montag früh dann wieder nach Frankfurt zu kommen. Sie brauchte jetzt ein wenig Normalität nach den vergangenen Tagen. Ein wenig Vertrautheit, auch ein wenig Gespräche mit normalen Leuten. Am Montag würde sie wieder mit aufgeladenen Batterien hier sein und ihren Dienst tun.

XIX

Es war ein gutes halbes Jahr später, im April 2021. Alle Spuren, alle Ermittlungsansätze im Fall Ronnekämper waren im Sand verlaufen. Nichts, absolut nichts. Der öffentliche Aufruf war ohne greifbare Ergebnisse verlaufen, auch eine Ausstrahlung über *„Aktenzeichen“* im ZDF hatte keine neuen Erkenntnisse gebracht. Keine Glanzleistung der Polizei und ihrer Ermittler, das hatte Koch immer wieder betont, weniger anklagend als frustriert. War hier das perfekte Verbrechen gelungen? Zumindest war es langsam ein kalter Fall geworden, spätestens um die Jahreswende waren auch keine Hinweise mehr eingegangen. Nun konnte man nur noch auf den Zufall hoffen.

Holtkotte und Tiburtius, die beinahe an ihren Fähigkeiten gezweifelt hatten, brachten dennoch in den darauffolgenden Monaten eine beeindruckende Folge an Aufklärungserfolgen zustande. Höhepunkt war der Mord an einer Rentnerin, den sie in 24 Stunden aufgeklärt hatten – vor allem dank einer fantasievollen Verhörtechnik, in dessen Verlauf sich der Verdächtige in so viele Widersprüche verstrickte, dass er schließlich nach weniger als fünf Stunden Verhör alles zugab. Aufsehen erregt hatte auch ein Fall mit einer gefälschten Bauzeichnung aus dem 17. Jahrhundert, die in Frankfurt aufgetaucht war und angeblich einen Hinweis auf ein verstecktes Depot enthielt, das der französische Festungsbauer Vauban bei der Errichtung der Festung Mont Royal an der Mittelmosel eingerichtet haben sollte. Im Zuge dieses Falles galt es, einen Doppelmord zu klären, eine Aufgabe, die Holtkotte und Tiburtius mit Bravour meisterten. Und kaum eine Woche hatten sie gebraucht, um den Fall eines verschwundenen Bankmitarbeiters zu klären, dessen vermeintlicher Tod sich als geschickte Ablenkung herausstellte, um einem Betrüger das Untertauchen zu erleichtern. Holtkotte und Tiburtius hatten ihn mit einer List aus seinem Versteck gelockt und dann die Verhaftung durchgeführt. Aber der Fall Ronnekämper klebte an ihnen wie ein schlechter Geruch. Vor allem Tiburtius wollte sich nicht damit abfinden, dass sie den Tod ihrer ersten Leiche nicht aufklären konnte. Da draußen läuft ein Mörder rum, hatte sie sich immer wieder gesagt, und der darf nicht mit dem Mord davonkommen.

Freilich, an anderer Stelle hatte der Fall Ronnekämper durchaus Wirkung gezeigt. Das betraf zunächst Oberstein-Haller und ihren Mann. Durch den Hinweis auf Ronnekämpers Laptop war eine Ermittlung ins Rollen gekommen, die schließlich in einer Anzeige wegen Steuerhinterziehung und einem Verstoß gegen das Außenwirtschaftsgesetz mündete. Beide Verfahren waren noch nicht abgeschlossen, aber Oberstein-Haller kam natürlich unter diesen Umständen nicht dafür infrage, für den Deutschen Bundestag als Kandidatin nominiert zu werden. Der Fall hatte einiges öffentliches Aufsehen erregt und es war nicht ausgeschlossen, dass Oberstein-Haller und ihrem Mann auch Freiheitsstrafen drohten. Daher hatte Fleischer die Notbremse gezogen und einen anderen Kandidaten vorgeschlagen, nämlich Bärlach. Der war dann auch von der Wahlkreisdelegiertenversammlung nominiert worden, immerhin mit etwas über 90 %. Bärlach trat bescheiden und zurückhaltend auf, sich wohl bewusst um die großen Spuren, denen er nachfolgte. Tiburtius hätte die Versammlung gerne als Gast besucht, aber im Februar 2021 hatte gerade die dritte Coronawelle eingesetzt und dafür gesorgt, dass die Delegiertenversammlung sehr restriktiv gehandhabt wurde. So hatte sie nur die Berichte in der Zeitung gelesen. Bärlach hatte Ronnekämper als seinen Mentor und seinen Freund bezeichnet, als einen unermüdlichen Kämpfer für die Menschenrechte und einen Brückenbauer zu den arabischen Staaten, sich aber gleichzeitig mit seinen eigenen Schwerpunkten von Ronnekämper abgesetzt. Bärlach verstand sich als Vertreter einer liberalen Urbanität, der besonders an der Anschlussfähigkeit zu den neuen sozialen Bewegungen gelegen war. Dass dies auch dringend nötig sein würde, hatte die Kommunalwahl in Frankfurt dann auch gezeigt, in der die Grünen erstmals stärkste Partei geworden waren. Tiburtius hatte so ihre Zweifel, ob das mit einer CDU gehen würde, die sich so zerstritten dargestellt hatte wie in den Wochen davor, hatte aber ihre Bedenken nicht mit Holtkotte geteilt, der sich für Politik nur dann interessierte, wenn es einen Mord aufzuklären galt. Und Holtkotte hatte auch mehrmals unter dem Protest von Tiburtius erklärt, er bleibe Nichtwähler. Die Ermittlungen im Fall Ronnekämper hatten diese eingefleischte Verhaltensweise offensichtlich nicht überwinden können.

Im April 2021 jedenfalls flackerte der Fall Ronnekämper noch einmal auf. Ausgelöst worden war diese Entwicklung durch die sogenannte Maskenaffäre einiger CDU-Abgeordneter im Deutschen Bundestag, in deren Verlauf auch geschäftliche Verbindungen dieser Politiker nach Armenien und Aserbaidschan genauer beleuchtet wurden. In diesem Zusammenhang war immer wieder der Name Ronnekämper aufgetaucht und dies in einer Häufung, die die Staatsanwaltschaft in Berlin veranlasste, sich offiziell mit den Ermittlern in Frankfurt in Verbindung zu setzen. Das war der Grund, warum Holtkotte und Tiburtius wieder die Gelegenheit bekamen, zwei Tage in Berlin zu verbringen. Koch hatte sie ausdrücklich ermuntert, auch Kontakt zu Uta Altenkamp und Kira Nadapour aufzunehmen. Vielleicht, so sagte er, habe ja der zeitliche Abstand dafür gesorgt, dass neue Erkenntnisse ans Licht gekommen seien. Im Schock der ersten Tage könne man durchaus auch mal eine wichtige Information einfach nicht bemerken oder sie falsch gewichten. Diesmal fielen die Reisetage innerhalb der Woche. Freilich war wegen der geschlossenen Restaurants diesmal kaum zu erwarten, dass es eine auch nur in Ansätzen vergnügliche Reise werden könnte. Ärgerlich, aber in Coronazeiten wohl nicht weiter zu ändern. Mittlerweile hatten sich beide an die Einschränkungen gewöhnt, so wie man sich vermutlich an Krätze oder Pickel am Hintern gewöhnen kann.

Die Fahrt mit dem ICE verlief auch völlig anders als noch vor einem halben Jahr. Der Großraumwagen war fast leer, trotzdem galt Maskenpflicht. Holtkotte hasste die Masken, er hatte das Gefühl, nicht richtig atmen zu können. Und dann eine vierstündige Fahrt, das konnte nicht gut gehen. Zum Glück konnte er die Maske einige Male unbemerkt für längere Zeit abgesetzt; Tiburtius hatte ihm einen kleinen Snack hingelegt, sodass er immer behaupten konnte, er habe gerade etwas gegessen.

Das erneute Wiedersehen mit Berlin war deutlich getrübt durch die Tatsache, dass fast alles geschlossen war. Auch im Hotel – sie hatten dasselbe Hotel gebucht wie vor einem halben Jahr – war alles ein wenig anders. Und vor allem deutlich leerer. Nach einer kurzen Pause ging es gleich weiter. Das Landeskriminalamt in Berlin hatte eine koordinierende Funktion übernommen, weil zwei der Beschuldigten aus dem Deutschen Bundestag auch eine Firma in Berlin angemeldet hatten und ein Teil der Geschäfte mit Armenien und Aserbaidschan über diese Firmen abgewickelt wurden. Ansonsten aber waren die Staatsanwaltschaften in Mannheim und in Erfurt zuständig.

Das LKA Berlin lag unweit vom alten Tempelhofer Feld, ein modern wirkendes Gebäude. Sie wurden bereits erwartet. Der zuständige Beamte stellte sich als Dieter von Seiff vor, ein Mann Anfang fünfzig mit einem ausgeprägten Body-Mass-Index. Im kleinen Besprechungsraum im ersten Stock wartete eine weitere Mitarbeiterin, die ihnen als Ulla Maag vorgestellt wurde; eine Frau Anfang vierzig mit halblangen, rotblonden Haaren, die ein wenig so aussah, als sei sie einem Film über Berlin in den 1920er-Jahren entsprungen.

„Also“, begann von Seiff, „wir haben einige Ermittlungsergebnisse aus den bereits bekannten Fällen, die mit Aserbaidschan zu tun hatten. Und da tauchte immer wieder auch Ronnekämper auf. Danke, dass Sie beide heute hier sind, denn wir wollen nicht nur Informationen geben, sondern auch Ihre Einschätzung wissen aufgrund ihrer engen Vertrautheit mit dem Fall Ronnekämper. Deshalb meine erste Frage. Nach Ihrer Einschätzung, war Ronnekämper korrupt?"

„Nein", antworteten Tiburtius und Holtkotte zeitgleich wie aus der Pistole geschossen. Holtkotte ergänzte:

„Er hat zwar nebenher viel Geld verdient, aber nichts in der Kategorie, wie es jetzt mit den Deals in Aserbaidschan deutlich wird."

„Gab es bei Ronnekämper Probleme mit der Steuer?", bohrte von Seiff nach.

„Auch nicht", antwortete Tiburtius. „Die Bücher waren sauber, keine Unregelmäßigkeiten."

„Hatte Ronnekämper Offshore-Kontos? Ein Nummernkonto?"

Tiburtius und Holtkotte schauten einander an. Dann sagte Tiburtius: „Wir haben Hinweise darauf, haben aber keines gefunden."

„Welche Hinweise?"

„Aussagen eines, sagen wir, befreundeten Dienstes."

„Und nichts gefunden?"

„Nein. Keine Hinweise, keine Zugangsdaten. Nichts."

„Ronnekämper war ja Präsident der Parlamentariergruppe arabischsprachige Staaten des Nahen und Mittleren Ostens. Und er hat diese Länder auch bereist mit der Parlamentariergruppe."

„Ja, wir haben die Reisen in unsere Akten. Nichts, was auffällig wäre. Typische Delegationsreisen eben, mit Treffen der Parlamentarier, Termine bei den deutschen Firmen vor Ort, den deutschen Kultureinrichtungen und manchmal auch bei der politischen Spitze."

„Wir haben einen Reisebericht eines Delegationsmitglieds der Reise in den Iran vor drei Jahren. Ich darf zitieren: ‚Beim Empfang durch den Präsidenten Rouhani begrüßte dieser Ronnekämper wie einen alten Freund.; Wissen Sie da etwas?"

Mittlerweile hatten Holtkotte und Tiburtius den Eindruck, dass sie weniger zum Austausch von Informationen gekommen waren, sondern vielmehr als Quellen, die man abschöpfen könnte. Holtkotte reagierte aber souverän und gelassen.

„Ronnekämper hatte sehr gute Beziehungen in den Iran, geschäftlich und privat. Ich lasse Ihnen gerne die Unterlagen zusammenstellen ..."

„Danke", winkte von Seiff ab. „Wir versuchen, uns nur ein Bild zu machen. Es scheint nämlich, dass Ronnekämper, so ergibt es sich aus den Unterlagen, die wir haben, über Armenien Güter in den Iran verschickt hat. Vielleicht sogar eine Umgehung des UN-Embargos. Das könnte ja die besondere Beziehung zu Rouhani erklären. Und der eine oder andere Kollege von ihm, der jetzt in diese unappetitlichen Sachen verwickelt ist, wusste davon und hat davon auch profitiert."

„Es ließ sich nichts nachweisen", entgegnete Tiburtius. „Wir hatten auch die Hinweise, aber konnten nichts erhärten." Warum dem LKA alles erzählen? Die sollten ihren Job machen. Aber vielleicht konnten sie ja einen Hinweis geben.

„Herr von Seiff", unterbrach Tiburtius, „haben Sie etwas gefunden, das für unsere Ermittlungen hilfreich sein könnte?"

„Vielleicht", antwortete von Seiff. „Bei einem unserer Abgeordneten haben wir ein Konto in Litauen gefunden. Und darauf waren vor drei und vier Jahren nennenswerte Beiträge von einem Nummernkonto in der Schweiz eingegangen. Jeweils fünfstellige Beträge. Einen Moment ..."

Tiburtius und Holtkotte schauten sich erstaunt an, während von Seiff etwas in den Unterlagen suchte. Schließlich kramte er einen Zettel mit einer langen Nummer heraus. „Ist Ihnen das einmal untergekommen?"

Tiburtius zückte ihr Handy und rief die Post-it-Zettel auf. Es war die gleiche Nummer, bis auf die Tatsache, dass der Anfang fehlte. CH93. Und dann eine 17-stellige Zahl. Treffer. Wortlos zeigte Tiburtius das Foto. Was bedeutete das?

Auch von Seiff schien überrascht.

„Das müssen wir umgehend klären", sagte er zu Maag. „nehmen Sie doch mal Kontakt zu den Behörden in der Schweiz auf. Jetzt haben wir einen begründeten Verdacht und können darauf dringen, dass uns Kontoinformationen zugänglich gemacht werden." Maag nickte und verschwand aus dem Büro.

„Da hat sich unsere Reise ja schon gelohnt", sagte Holtkotte. „Wir waren immer der Meinung, es sei ein Passwort. Dabei hat sich Ronnekämper den Anfang der IBAN gemerkt und nur den Rest notiert. So leicht gerät man auf eine falsche Fährte. Vermutlich hat er es damit auch dem Zugriff seiner Frau entzogen. Wenn man die ersten vier Stellen nicht kennt, die es als eine IBAN kennzeichnen, kann es alles sein."

„Ich mag naiv sein", schaltete sich Tiburtius nun wieder ein, „aber warum Litauen? Und gab es da vielleicht bei den Überweisungen zusätzliche Informationen?"

„Nun", sagte von Seiff, „Litauen hat zwar ein Geldwäschegesetz, aber das wird nicht so genau gesehen. 2013 etwa haben die eine Bank auffliegen lassen, die es besonders wild getrieben hat. Die Zustände dort sind, sagen wir, etwas laxer als in Deutschland. Unser Mann hat ganz normal ein Konto dort eröffnet und regelmäßig Zahlungen aus Aserbaidschan erhalten. Und die Überweisungen aus der Schweiz waren mit dem Betreff ‚wg Armenien' gezeichnet. Wenn jemand in der Region Geschäfte macht, ist das vielleicht nicht ungewöhnlich. Zumindest die Behörden dort sind nicht tätig geworden, wie wir wissen."

„Wir hatten Hinweise darauf, dass Ronnekämper über Armenien problematische Güter in den Iran exportiert hat", erwiderte Holtkotte. „Offenbar hatte er dafür dann auch Helfer im Bundestag."

„Und unser Mann wusste offensichtlich nicht, was da verschifft wurde. Er hat als Zwischenhändler nur die Hand aufgehalten", sagte von Seiff. „Nun, vielleicht ergibt sich daraus ja noch ein weiterer Anklagepunkt. Mal sehen."

„Darauf würde ich nicht wetten, Herr Kollege", sagte Holtkotte nur in Erinnerung an die dynamische Frau Bielski. „Darauf würde ich nicht wetten."

In dem Moment kam Ulla Maag wieder zur Tür herein.

„Die Schweizer waren hilfreich, zumal das Konto nicht mehr existiert. Es war nicht auf Ronnekämper angemeldet, sondern auf eine Daniela Bielski als Geschäftsführerin eines

Import- und Exportgeschäfts in Haifa. Ronnekämper hatte Verfügungsgewalt über das Konto, es ist aber drei Tage nach seinem Tod geschlossen worden. Sämtliche Aktiva sind auf ein israelisches Konto gegangen."

Maag schaute von Seiff an und dann Tiburtius und Holtkotte.

„Ich denke", sagte sie, „wir haben hier eine neue Dimension."

„Das denke ich auch", sagte Holtkotte, „und zwar eine, die über unserer Gehaltsgruppe liegt." Er stupste Tiburtius an.

„Es wird Zeit. Danke für die Infos, ich beneide euch nicht über das, was vor euch liegt. Viel Erfolg trotzdem!"

Und beide verließen das LKA in einer Hochstimmung, die sie sich selbst nicht erklären konnten.

Kaum hatten Holtkotte und Tiburtius das LKA-Gebäude verlassen, klingelte das Handy von Tiburtius. Eine unterdrückte Nummer, anonymer Anrufer.

„Ja?"

Tiburtius nannte bei anonymen Nummern nie ihren Namen. Man wusste nie, wer am anderen Ende dran war.

„Bielski. Wollen wir drei ein wenig spazieren gehen? Ich erwarte Sie am Haupteingang Tempelhofer Feld. Sie müssen nur rechts den Columbiadamm hinuntergehen."

Dann legte sie auf. Bielski kam ihnen entgegen, kaum das sie um die Ecke gelaufen waren.

„Lassen Sie uns ein paar Schritte gehen. Und schön, Sie beide hier in Berlin wiederzusehen, wenn auch unter wenig erfreulichen Coronabedingungen."

„Ich hatte immer den Eindruck, dass Sie, also nicht Sie persönlich, Sie wissen schon, da tiefer dringesteckt haben als Sie es damals angedeutet haben“, schnarzte Holtkotte. Er schien nicht besonders erfreut über das unverhoffte Wiedersehen.

„Und seit eben wissen wir auch Genaueres.“

„Sie haben recht, das Konto in der Schweiz habe ich Ihnen damals verschwiegen. Das hatte ich speziell für Ronnekämper eingerichtet. Er hatte Zugriff darauf und konnte Zahlungsverkehr abwickeln, wenn nötig. Nach seinem Tod habe ich es geschlossen.“

„Haben die jetzigen Skandale in der CDU etwas mit Ronnekämpers Tod zu tun?“

Tiburtius zog es vor, nicht um den heißen Brei herum zu reden.

„Nein, nach unserer Kenntnis nicht. Das waren gierige Amateure. Ronnekämper spielte in einer anderen Liga. Wir – ich – bin nach wie vor überzeugt: Der Mord kommt aus dem unmittelbaren Umfeld. Das hatte nichts mit uns zu tun oder mit den Geschäften, die Ronnekämper gemacht hatte.“

„Mehr können Sie uns nicht sagen?“ Tiburtius klang ein wenig frustriert.

„Nein, wir haben hier keine eigenen Ermittlungen durchgeführt. Lediglich das Umfeld unserer geschäftlichen Beziehungen mit Ronnekämper genau im Auge behalten. Und da ist nichts. Auch nicht von iranischer Seite, falls Sie das mutmaßen sollten. Die Tätigkeiten von Ronnekämper für uns sind dem Iran bis heute nicht bekannt. Es wäre schön, wenn das auch so bleibt. Allein schon, um Frau Nadapour zu schützen.“

Bielski machte eine Handbewegung und eine Limousine fuhr heran.

„Ich kann mich darauf verlassen?“, fragte sie, bevor sie in den Wagen stieg und sich wegfahren ließ. Holtkotte fiel noch auf, dass es ein Wagen des diplomatischen Corps war, aber was für eine Rolle spielte das schon? Sie waren Zeugen eines bemerkenswerten Auftritts geworden.

XX

Holtkotte war in mieser Stimmung. In sehr mieser Stimmung. Grund dafür war Bielski.

„Die verarscht uns nach Strich und Faden", fluchte er vor sich hin. „Ich komme mir vor wie so eine Puppe, die von anderen bewegt wird. Das ist mir noch nie passiert! Dieses Miststück, dieses israelische!"

Tiburtius konnte die Aufregung nicht ganz nachvollziehen, beschloss aber, Holtkottes Stimmung nicht noch durch Widerworte zu verschlechtern. Insgeheim aber war ihre Gefühlslage eher durch Bewunderung für die Arbeit von Bielski geprägt und der Leute, die dahinterstanden. Beachtlich, wie Bielski informiert war. Hoch professionell. Und sie war sich auch sicher: Alles würde ihnen diese Frau nicht erzählt haben. Aber vermutlich musste sie das auch nicht.

„Holtkotte, mit deiner Laune bleibst du am besten im Hotel. Dann mache ich das Gespräch mit Uta Altenkamp allein. Du kannst dich ja mit ein paar Bier abregen."

Holtkotte fluchte noch still in sich hinein, widersprach aber nicht. Tiburtius schickte eine Kurznachricht an Altenkamp, dass sie allein komme. Nur wenig später kam die Antwort: Dann könne sie ja zu ihr in die Wohnung kommen, das sei mit den Coronaregeln durchaus vereinbar. Überdies habe sie eine recht gute Auswahl an Getränken.

Altenkamp hatte eine große Altbauwohnung, vollgestopft mit Büchern und alten Möbeln.

„Eine typische alternative Wohnung", dachte sich Tiburtius. Nichts Modernes, aber eben auch keine Sparkassenmöblierungskunst. Eine Wohnhöhle, leicht unordentlich und deswegen umso gemütlicher. Hier wohnte jemand, der nicht repräsentieren wollte oder musste. Auf dem Buffet standen einige alte Fotografien, vermutlich die Eltern von Altenkamp, schöne Schwarz-Weiß-Fotos in silbernen Rahmen voller Ornamente. Ihre Ehefrau war nicht da, aber von den Fotos her zu urteilen, die im Bücherschrank standen, war sie jünger als Altenkamp. Vielleicht eine ehemalige Studentin? Tiburtius überflog die Bücher im Wohnzimmer, es waren fast ausschließlich literarische Werke, die deutschen Klassiker, natürlich Thomas Mann, Hermann Hesse, Heinrich Böll, Günter Grass, Siegfried Lenz; dann einige kanadische Autoren, die sie nicht kannte. Keine französischen Autoren, stellte sie bedauernd fest, offenbar war Altenkamp mit dem Sprach- und Kulturraum weniger vertraut. Amerikanische Klassiker: Mark Twain, Ernest Hemingway, Henry James, William Faulkner, Kurt Vonnegut. Dann, auf einem besonderen Platz, Schriften von Zora Neal Hurston, die Tiburtius nicht kannte. Separat davon die englischen Klassiker, von Shakespeare über Herman Melville und Charles Dickens bis hin zu Virginia Woolf. Dazu James Joyce, Edna O'Brien, Flann O'Brien.

„Nicht meine Welt", dachte Tiburtius. Auch CDs standen in rauen Mengen im Wohnzimmer, vor allem Klassik, mit einem Schwerpunkt auf der Romantik und Wagner.

„Meine Kulturschatzkästchen", sagte Altenkamp, als sie mit Tee und zwei Tassen aus der Küche zurückkam. „Ich liebe englische Literatur im weitesten Sinn, aber bin auch leider ziemlich deutsch. Vor allem für Wagner muss ich mich immer rechtfertigen."

Sie lachte. Der Tee dampfte heiß in den Tassen und beide setzten sich auf die Sessel, die in der Mitte des Raumes standen.

„Und was mochte Ronnekämper?", fragte Tiburtius.

„Florian hatte keine Antenne dafür. Was glauben Sie, wie lange ich gebraucht habe, ihn von der Einmaligkeit des Tristan-Akkords zu überzeugen. Oder ihn mit den Konstruktionsprinzipien einer Mozart-Sinfonie vertraut zu machen. Das war nicht seine Welt, er war, ich muss es wirklich sagen, da eher intuitiv unterwegs. Für seine musikalischen Bedürfnisse reichten Pop und Rock auf HR3 völlig aus. Aber er war neugierig und hat sich führen lassen."

Es entstand eine kleine Pause. Tiburtius genoss den Tee. Dann sagte sie:

„Wir sind noch nicht weiter. Wir wissen nichts. Gar nichts."

„Schätzchen", sagte Altenkamp – und Tiburtius glaubte zunächst, sich verhört zu haben – „Schätzchen, Florian war nicht einfach. Und sein Mord war es vielleicht auch nicht. Obwohl ich ja immer glaube, dass, wenn so ein Fall gelöst ist, dann alles selbstverständlich aussieht und man sich fragt, wieso man nicht gleich darauf gekommen ist. Aber im Moment sieht das alles aus wie ein verdammter Kriminalroman, in dem der Autor die Leser an der Nase herumführt. Als alte Krimileserin, lass uns das doch mal nüchtern betrachten."

Tiburtius nahm das ungewöhnliche Duzen hin, sie war gespannt, was nun kommen würde.

„Von dem, was ich mitbekommen habe, muss man einen zufälligen Mord ausschließen. Also kein Unbekannter, der eben mal dort eingebrochen ist. Stimmt's?"

„Stimmt."

„Folglich muss es jemand sein, den Florian kannte. Und der ein Motiv in Bezug auf Florian hatte. Unklar ist, ob diese Person den Mord selbst ausgeführt hat oder jemanden beauftragt hat. Einen anderen mit dem Mord zu beauftragen ist extrem gefährlich, weil man erpressbar wird. Es sei denn, der Mord wurde von irgendeinem Geheimdienst ausgeführt, aber dafür war Florian zu unbedeutend. Ein kleiner Fisch im großen Teich. Da macht man sich als Geheimdienst auch nicht die Finger schmutzig."

„Und das wissen wir – weil?"

„Ach Kindchen, bis man als Geheimdienst zu einer solchen Maßnahme greift und einen aktiven Politiker umbringt, würde man vermutlich erst einmal andere Maßnahmen ausschöpfen. Dafür gibt es welche Hinweise?"

„Keine", antwortete Tiburtius etwas kleinlaut.

„Eben. Es wäre doch viel leichter gewesen, Florian wegen eines Deals mit irgendeinem Potentaten auffliegen zu lassen. Wie jetzt die Typen von der CDU, die mit Aserbaidschan, du weißt schon."

Tiburtius beschloss, das Duzen anzunehmen.

„Und du hast Erfahrung mit Geheimdiensten?"

„Ach wo. Gesunder Menschenverstand. Ein Geheimdienst will bleiben, was in seinem Namen steckt: geheim. Öffentliche Aufmerksamkeit ist da schlecht und so ein öffentlicher Mord passt überhaupt nicht."

Tiburtius musste an Bielski denken. Vielleicht hatte Altenkamp recht.

„Und was sind die vier besten Motive? Liebe, Hass, Geld, Macht. Für Liebe und Hass, möchte ich meinen, fehlt eine gewisse Plausibilität, denn die Perserin hat Florian geliebt und er sie auch. Seine Frau hat ihn nicht gehasst. Und seine Affären hat er nie um die Dimension von Gefühlen bereichert. Also, es bleiben Macht und Geld."

„Vielleicht", sagte Tiburtius eher defensiv. „Aber alle, die infrage kämen, haben ein gutes Alibi. Und wir haben kein starkes Motiv entdecken können." Dann schwieg sie für einen Moment, als ob sie nachdachte. Schließlich fragte sie:

„Was ich gar nicht verstehe: Warum hat Ronnekämper weiterhin den Stinkstiefel gespielt, obwohl er sich doch völlig geändert hatte?"

„Er glaubte, dies seinem Ruf schuldig zu sein."

„Er genoss seinen Ruf als Schürzenjäger und zwielichtiger Geschäftsmann?"

„Er genoss seinen Ruf, etwas bewegen zu können. Und außerdem: Virilität ist bei Politikern ein positives Zeichen, gerade bei den konservativen. Das lässt langsam nach, aber Florian war in dieser Hinsicht noch ganz oldschool. Softies sind in der CDU nicht gefragt. Die gelten dort als Rehstreichler."

„Das ist ja beinahe so ein wenig wie noch bei Strauß. Affären ohne Ende, aber immer ‚unser' Bazi. Ist es das?"

Tiburtius schien sich aufzuregen. Zumindest deutete eine leichte Rötung ihres Halses darauf hin.

„Ja, eine sehr männerdominierte Geschichte. Das ändert sich gerade, aber Florian schien mir noch sehr in den alten Mustern gefangen. Innerlich hatte er sich davon verabschiedet. War zumindest mein Eindruck.“

Altenkamp legte ein wenig Gebäck auf den Tisch und lud Tiburtius ein, sich davon zu nehmen.

„Na, ich muss euch nicht sagen, wie ihr eure Arbeit tun sollt“, sagte sie versöhnlich und um das Thema zu wechseln.

„Erzähl mal was von dir.“

„Was willst du wissen?“ Tiburtius war auf der Lauer, ein wenig noch misstrauisch gegenüber den Absichten von Altenkamp.

„Es ist doch offensichtlich, dass du auf der Suche bist“, meinte Altenkamp. „Was ist es?“

„Flirten wir jetzt?“, fragte Tiburtius leicht irritiert, aber auch neugierig.

„Ach Kindchen“, sagte Altenkamp belustigt, „flirten hört sich so nach Backfisch an. Nein, ich will ein wenig mehr über dich wissen. Ein wenig mehr über die Frau wissen, die den Tod von Florian aufklären soll und will. Ist das nicht verständlich?“

Tiburtius war etwas beschämt, sich aber sicher, dass sie sich nicht geirrt hatte. Sie merkte, dass sie dieser Frau wenig entgegensetzen konnte. Ihrer Selbstsicherheit, der Art und Weise, wie sie das Gespräch führte. Sie strich sich verlegen durch die Haare, eine Geste der Unsicherheit, das wusste sie wohl, und dennoch hatte sie etwas Zeit gewonnen, eine Antwort zu finden. Die war aber trotzdem nicht gelungen.

„Ich weiß nicht, was du erwartest.“

„Bist du glücklich?“

Diese Frage warf Tiburtius aus dem Gleichgewicht, mit voller Wucht. Glücklich? Was sollte das sein? Was gehörte dazu? Für sie jedenfalls Familie. Und das fiel weitgehend aus.

„Ich bin – zufrieden.“

Altenkamp nickte.

„Zufrieden. Klingt bescheiden. Wann hast denn du das letzte Mal so richtig Dampf abgelassen? Gefeiert? Wann warst du das letzte Mal unbeschwert?“

Das, musste sich Tiburtius eingestehen, war schon länger her. Seitdem sie in Frankfurt war, hatte sie wenig Zeit sich um Freundschaften zu kümmern, geschweige denn durch die Clubs zu ziehen. Der Job fraß zu viel von ihrer Lebensenergie. Sie war gut in ihrem Job, das wusste sie, aber sie wusste auch, ihr fehlte etwas.

„Ist nicht leicht in meinem Job“, antwortete sie ausweichend. „Man sieht vieles, was einen an den Menschen zweifeln lässt. Was einen nachdenklich macht. Manchmal auch betrübt. Und dann fehlt die Kraft, abends noch rauszugehen.“

„Kommt hinzu, du willst in deiner Position nicht ertappt werden, wenn mal alle Hemmungen fallen“, ergänzte Altenkamp. „Kein schöner Anblick, eine volltrunkene Kommissarin, oder?“

Tiburtius nickte. Auch das war ein Problem. Sie war mittlerweile bekannt in Frankfurt. Ein kleines Nest, hatte Holtkotte immer gelästert, und sie hatte das für abwegig gehalten. Mittlerweile wusste sie es besser.

„Deswegen hat Florian sich hier in Berlin ausgelebt. Und Männern ist es egal, wenn sie auf dem Weg aus der Kneipe oder aus dem Puff heraus volltrunken erwischt werden. Frauen nicht, mal abgesehen davon, dass sie da auch anders gestrickt sind. Dein Partner – Holtkotte? – hat da erheblich mehr Freiheiten als du. Manches gehört sich halt einfach nicht für Frauen, das ist noch heute so. Auch in der Großstadt."

Tiburtius nickte resigniert. Genau diese Erfahrung hatte sie auch gemacht. Vor allem fiel es schwer, Männer kennenzulernen, die als Partner in Betracht kämen. Dazu war ihr Arbeitsalltag zu unregelmäßig, nicht planbar. Wo zum Teufel sollte sie auch jemanden kennenlernen? In einer Kneipe? Wohl kaum. Über das Internet? Sie hatte sich die einschlägigen Datingportale einmal angeschaut, aber was da an Männern rumlief – da wurde in den Profilen mehr gelogen als nach einem Anglerwettbewerb. Das war die Kehrseite der verdammten Emanzipation. Nun hatte sie einen tollen Job, aber keinen Lebenspartner und auch wenig Aussicht, einen kennenzulernen. So hatte sie sich ihr Leben irgendwie nicht vorgestellt.

„Nicht so einfach in meinem Beruf", erwiderte sie.

Ihr Blick fiel auf eine Brokatdecke, auf der zwei verschlungene Gestalten abgebildet waren. Ein Liebespaar? Oder spielte ihre Einbildung ihr einen Streich? Sie schluckte, als ob sie eine aufkommende Traurigkeit unterdrücken wollte.

„Schätzchen, lass dich nicht unterkriegen", sagte Altenkamp. „Du hast nur ein Leben und das besteht aus mehr als aus Arbeit. Wusste Florian auch. Oder, um präziser zu sein: Hat er erkannt. Deswegen tut es mir leid um ihn. Ein solches Ende hat er nicht verdient. Er war auf dem besten Weg, sich zu finden. Solltest du auch tun."

Altenkamp ging auf Tiburtius zu und streichelte ihr beinahe mütterlich über das kurze Haar.

„Du bist eine interessante Frau", murmelte sie wie selbstvergessen. „Eine wirklich interessante Frau. Verlier dich nicht, gehe deinen Weg. Und wenn du mal wieder in Berlin bist, komme gerne zu Besuch. Du bist immer willkommen."

Tiburtius erhob sich, ohne ein Wort zu sagen. Und so nahm sie dann Altenkamp in den Arm. Das war keine Zeugin mehr, das war – ja, was war es eigentlich? Und noch während sie auf die Straße hinaustrat, ärgerte sie sich, dass sie darüber keine Auskunft geben konnte.

XXI

Während der Zugfahrt zurück nach Frankfurt war Holtkotte ungewöhnlich schweigsam. Immer wieder döste er weg und ließ sich von dem gleichmäßigen Rattern der Räder auf den Schienen hinwegtragen. Er hatte die vergangene Nacht schlecht geschlafen. Als er mitten in der Nacht aus dem Schlaf geschreckt war, hatte er überrascht festgestellt, dass wegen Corona die Minibar völlig leer war. So hatte er sich fluchend angezogen und war in die Lobby gegangen. Dort stand noch ein Automat, der zumindest eine oder zwei Flaschen Bier ausspucken würde. Gott sei Dank hatte er Kleingeld in der Tasche. Er zog sich zwei Flaschen Bier und ließ sich vom Fahrstuhl wieder zurück in den fünften Stock tragen. Am Abend hatte er Tiburtius lange zugehört, die von Altenkamp berichtet hatte. Was heißt berichtet, es war fast schon eine Schwärmerei. Er hingegen war mit Ausführungen zu seinem Treffen mit Kira Nadapour sparsam geblieben. Tatsächlich hatte das Treffen inhaltlich keinen neuen Aspekt eröffnet und doch hatte es Holtkotte in einer ziemlichen emotionalen Verwirrung hinterlassen, über deren Gründe er sich nur schrittweise klar wurde.

Nadapour hatte Holtkotte zu sich nach Hause eingeladen, eine Villa in Dahlem. Schon der Weg dorthin mit dem Taxi hatte Holtkotte, wie es schien, völlig aus Berlin hinausgeführt. Was hatte diese Gegend noch mit der pulsierenden, aufregenden und quirligen Metropole zu tun? Hier schien dies alles weit weg. Kaum ein Mensch war in den schmalen Alleen zu finden, die Villen spiegelten die Ruhe eines ländlichen Lebens. Das Haus von Kira Nadapour und ihrem Mann war nicht übermäßig groß, aber von einem großen Garten umgeben, der das Haus auch großzügig zur Straße hin abgrenzte. Innen war es mit persischer Ornamentik versehen, dazu die passende Möblierung; Holtkotte hatte sich unmittelbar in Geschichten aus Tausendundeiner Nacht versetzt gefühlt. Kaum etwas europäisch Anmutendes fand sich in dem Haus. Inmitten des Wohnzimmers stand ein kleiner Springbrunnen und plätscherte leise vor sich hin. Kira Nadapour selbst hatte ihn in einem bunten floral geschmückten Kaftan begrüßt. Erst jetzt hatte Holtkotte auch den Schmuck bemerkt: teure Ringe, eine Kette mit einer Sonne, offenbar aus Roségold und Brillanten. Holtkotte war kein Spezialist für Schmuck, aber er ahnte instinktiv, dass jedes der Schmuckstücke am Körper dieser Frau seinen Monatsverdienst deutlich überstieg. Jedes einzelne, wohlgemerkt.

Holtkotte hatte es sich nicht eingestehen wollen, aber er war eingeschüchtert. Weniger wegen des Reichtums, das hatte er auch in Frankfurt schon gesehen. Aber diese Frau entsprach so gar nicht seinem Bild von Frauen. Hinzu kam eine warme Stimme mit einem dunklen Timbre, die ihn in seinen Bann zog. Sie bewirtete Holtkotte mit ausgesuchter Gastfreundschaft, stellte ihm kluge Fragen und sah mit ihren dunklen Augen offenbar direkt in seine Seele. Er hatte sich unzulänglich gefühlt, völlig außerhalb seiner Klasse, und gleichzeitig das unbestimmte Gefühl gehabt, als flirte Kira Nadapour mit ihm. Oder war das nur Ausdruck besonderer

Gastfreundschaft? Holtkotte hatte sich noch nie so unsicher gefühlt, und gleichzeitig ertappte er sich bei sexuellen Fantasien. Was, wenn sie jetzt aufstünde und der Kaftan glitt von ihren Schultern? Tatsächlich war der Kaftan wenig figurbetont, aber man konnte erahnen, dass Kira Nadapour eine attraktive, wohlproportionierte Frau war. Was, wenn sie sich zu ihm hinüberlehnte und ihm eine Weintraube in den Mund schob, seinen Mund mit ihrem versiegelte? Holtkotte hatte sich mehrmals schütteln müssen, wie um diese lästigen Fantasien abzuschütteln, aber er hatte sich nicht dem Zauber dieser Frau entziehen können. Er dachte an seine Ex-Frau, die eher Jeans- und T-Shirt-Typ war. Hier aber war die Raffinesse orientalischer Verführung am Werk, völlig anders als die deutsche Hausmannskost, die er kannte. Und doch wusste er, dass diese Frau für ihn unerreichbar sein würde, ebenso, sagen wir, wie der Besitz eines Lamborghini. Und selbst, wenn er mehrere Millionen im Lotto gewinnen würde, das machte aus ihm keinen Mann, der Kira Nadapour ebenbürtig sein würde. Was also hatte sie in Ronnekämper gesehen? Was hatte sie zu ihm hingezogen? Er hatte sich noch nicht einmal getraut, die Frage in der Offenheit, wie sie ihm im Kopf herumging, auszusprechen?

„Was, Frau Nadapour, hat Sie zu diesem grässlichen Proleten hingezogen?“ Stattdessen hatte er sich selbst fragen gehört, ob ihre Welt und die von Ronnekämper nicht auf zwei unterschiedlichen Planeten angesiedelt waren.

„Er war stark, selbstbewusst, aber einfühlsam“, hatte Nadapour geantwortet. „Das, was die meisten Frauen schätzen. Das sind Sie doch für Ihre Frauen sicher auch?“, hatte sie dann hinzugefügt und Holtkotte angesehen. Herausfordernd angesehen, hatte Holtkotte gedacht, und für einen Augenblick befürchtet, er könne die Beherrschung verlieren. Wenn diese Frau mit ihm flirtete, dann tat sie das zu Konditionen, die er nicht verstand, und da war es besser, sehr vorsichtig zu sein. Vor seinem geistigen Auge zog er sie zu sich hinüber und fing an, ihren Körper mit seinen Händen zu erkunden. Sie schmiegte sich an ihn, wurde wie Wachs in seinen Händen. Erst die Frage, ob er noch Tee haben wolle, schreckte ihn aus seinen Träumen auf. Nein, eine orientalische Liebessklavin war das nicht, das war lediglich sein Versuch, mit einer dominanten Persönlichkeit klarzukommen. In der darauffolgenden Nacht hatte sich das noch deutlicher gezeigt, kurz bevor er durstig aufgewacht war: Da hatte Kira Nadapour vor ihm gestanden, ihr Körper war mit mehreren Schleiern umhüllt, sie bewegte sich lasziv vor ihm, ein Schleier nach dem anderen fiel und enthüllt das darunterliegende: einen kompletten Bodyharness aus Leder. Kira hatte sich provokativ vor ihm aufgestellt und gesagt: „Du weißt, was zu tun ist, Holtkotte." Die Nennung seines Namens hatte ihn in eine nervöse Aufgeregtheit versetzt. Sie bewegte sich weiter im Rhythmus einer imaginären Musik und schaute ihn fordernd an. Er wusste, was zu tun war, und begann, sie zu berühren, ihr zu Willen zu sein, sie zu sich auf die orientalische Kissenlandschaft zu ziehen, bis er bemerkte, dass er keine Erektion bekam. Von dem daraus resultierenden Unbehagen war er aufgewacht, missmutig und frustriert. Wurde er nun älter und brauchte medizinische Unterstützung? Oder war die ganze Sache bloß psychologisch in die Hose gegangen? Jedenfalls hatte er sich

Mühe gegeben, nach den zwei Bier wieder einzuschlafen und nicht an Kira zu denken. Er wollte zunächst eine Fantasie mit seiner Ex-Frau ausleben, aber das verfing nicht. Auch der Versuch, beim Gedanken an Tiburtius sexuelle Fantasien zu triggern, misslang. Vielleicht kannte er sie schon zu gut, denn tatsächlich hatte sich ihr Verhältnis in den letzten Monaten sehr gebessert. Er sah in ihr eher eine Art jüngere Schwester, die er in Schutz nehmen musste. Also auch kein Objekt sexueller Begierde, das wurde ihm in dieser Nacht klar. Als er endlich einschlief, hatte sich seine Fantasie an Daniela Bielski verankert, mit den kurzen, roten Haaren, an der er seinen ganzen Frust auslebte und sich einbildete, dass ihre grünen Augen leuchteten. Als er am nächsten Morgen erwachte, erinnerte er sich an jedes Detail des Traumes, was ihn unbehaglich stimmte. Er wusste genug über Alltagspsychologie, um den Traum deuten zu können, und das Ergebnis war für ihn unbefriedigend.

Er musste dringend sein Verhältnis zu starken Frauen überdenken, aber nicht mit einem dieser Psychoheinis, die ihm dann ein problematisches Verhältnis zur eigenen Mutter bescheinigten. Vielleicht musste er mal Sauer besuchen und mit ihm darüber reden, ihn hatte er tatsächlich seit dem Abschied aus dem Präsidium nicht mehr gesehen. Sauer war der Mann, mit dem man darüber reden konnte. Vielleicht aber auch nicht, denn verheiratete Männer sind domestizierte Männer und vermutlich wenig hilfreich bei überbordenden sexuellen Fantasien. Holtkotte war nicht der Mann, dem ein solches Erlebnis eine dauerhafte Lebenskrise bescheren konnte, aber es konnte den Tag versauen.

So schlich er nach dem Frühstück – das es nur in Form einer Expressverpflegung aufs Zimmer gab, Corona sei Dank – mit Tiburtius zum Bahnhof, fläzte sich ohne viel Worte in seinen Sitz, packte die mitgebrachte Dose Bier aus und öffnete den Verschluss mit einem schnalzenden Geräusch. Ein wenig Schaum spritzte heraus.

„Na prima", dachte Holtkotte, „passt zu meiner Stimmung", und nahm einen kräftigen Schluck. Tiburtius erwies sich als gute Begleiterin und zog sich, ohne eine Frage zu stellen, hinter irgendeine Illustrierte zurück. Holtkotte leerte das Bier mit hastigen Schlucken. Es tat seinem Magen gut, es beruhigte ihn. Danach döste er weg, immer mal wieder durchbrochen von den Lautsprecherdurchsagen, die einen neuen Halt ankündigten und dem offensichtlich grenzdebilen Reisenden erklärten, auf welcher Seite des Zuges auszusteigen sei. Erst hinter Kassel wurde Holtkotte wieder wach, und zwar so, als habe der Tag genau jetzt angefangen. Er streckte sich und gähnte, und zu seiner Überraschung kam in diesem Moment auch der Zugbegleiter, bei dem er einen Pott Kaffee bestellen konnte. Dieser zweite Anlauf in den Tag war gut.

„Danke", sagte er nur zu Tiburtius.

„Wofür?", antwortete diese, ohne aus der Illustrierten aufzusehen.

„Lausige Nacht gehabt", erwiderte Holtkotte nur, als ob damit alles erklärt wäre. Tiburtius zog eine Augenbraue nach oben.

„Frag nicht", knurrte Holtkotte, dankbar dafür, dass der Zugbegleiter mit dem Kaffee in diesem Moment auftauchte. Der Kaffee tat gut, sie waren kurz vor Fulda.

„Ich frage mich, was aus Kira Nadapour geworden wäre, wenn sie im Iran geblieben wäre“, sagte er unvermittelt.

Tiburtius legte die Illustrierte beiseite und schaute Holtkotte fragend an.

„Ich meine, die religiösen Eiferer vergreifen sich doch immer zuerst an Frauen.“

„Bist du jetzt Feminist geworden?“ Tiburtius konnte den Spott in der Frage kaum verbergen. Holtkotte bemerkte es und schob beinahe entschuldigend nach:

„Na ja, wir fahren ja in Fulda ein. Da gibt es eine unrühmliche Geschichte der Hexenverfolgungen. Daran musste ich gerade denken.“

Er schwieg für einen Augenblick, als ob er sich darüber klar zu werden versuchte, was er wirklich sagen wollte.

„Es ist diese Religion, die Frauen benachteiligt. Auch im Iran. Hier konnte sie sich entfalten, trotz aller Schwierigkeiten. Ein Leben im Iran, unter dem Schleier ...“

Er ließ den Satz unvollendet, ganz so, als ob ihn Tiburtius auch so verstünde.

„Glaubst du, ein Leben als Ehefrau von Ronnekämper wäre so viel besser gewesen?“

Tiburtius hatte die Schärfe in ihrer Frage bereut, kaum, dass sie sie ausgesprochen hatte. Holtkotte schüttelte den Kopf und schloss seine Augen.

„Wir beide, wir sind ja auch so richtige Spezialisten für Beziehungen“, murmelte er.

Es dauerte einen Moment, bis Tiburtius die Spitze bemerkt hatte und in ein schallendes Gelächter ausbrach.

„Erstens," versetzte sie, „hast du bereits eine Scheidung Vorsprung. Und zweitens: Du hast dich offenbar in Nadapour verguckt. Dafür mache bitte nicht mich verantwortlich."

Holtkotte winkte unwirsch ab, musste aber lächeln. Merkte man ihm das an? War er so leicht zu durchschauen? Er musste mit Sauer reden, nahm er sich vor und gab sich für den Rest der Zugfahrt seinen Gedanken hin.

XXII

Die Reise nach Berlin hatte nichts gebracht, keine neuen Erkenntnisse. Holtkotte und Tiburtius hatten bei Koch Bericht erstattet und damit war der Fall zunächst einmal weiterhin inaktiv. Es gab keine neue Spur, nichts. Zum Jahrestag des Mordes an Ronnekämper hatten die Zeitungen den Fall noch einmal aufgenommen und ausgiebig berichtet. Die Polizei hatte den Todestag zum Anlass genommen, die Bevölkerung um Mithilfe zu bitten, aber es tat sich nichts. Kein ernst zu nehmender Hinweis aus der Bevölkerung, keine neuen Fährten, nichts. Die Zeitungen würdigten Ronnekämper an seinem ersten Todestag, ganz so, als ob die historische Erinnerung gnädiger ist als die tagesaktuelle Berichterstattung. Verbunden hatten sie dies meist mit einem Porträt des ehemaligen Mitarbeiters Bärlach, der nun kurz davorstand, Nachfolger von Ronnekämper im Bundestagswahlkreis zu werden, gegen alle Erwartungen, denn die Grünen waren bei der Kommunalwahl im März als stärkste Partei hervorgegangen und lange hatte es so ausgesehen, als fiele auch in der Bundestagswahl der Direktwahlkreis an die Grünen. Aber eine Reihe dummer und vermeidbarer Fehler der grünen Kanzlerkandidatin trübte die grüne Euphorie deutlich ein und so konnte Bärlach schließlich mit knappem Vorsprung den Wahlkreis bei den Bundestagswahlen gewinnen. Nur einmal hatte es während des Wahlkampfes etwas Aufregung gegeben. Eine junge Frau hatte während einer CDU-Wahlveranstaltung laut gerufen: „Ihr habt Ronnekämper umgebracht!“ Und das mehrmals. Ordner hatten sie damals aus dem Saal geführt. Die nachfolgenden Befragungen hatten nichts ergeben. Entweder war die Frau verwirrt oder sie hatte versucht, der CDU gezielt zu schaden. Das konnten Holtkotte und Tiburtius nicht rausfinden. Aber sie hatten schnell gemerkt, dass die Frau keinerlei Kenntnisse über die Tat oder den Tathergang hatte. So war sie nach wenigen Stunden wieder aus der Befragung entlassen worden; ohne Ergebnis.

Aber auch das lag nun schon einige Monate zurück. Das neue Jahr hatte begonnen. Der Fall Ronnekämper galt mittlerweile als Cold Case. Tiburtius dachte mit gemischten Gefühlen daran zurück. Der erste Fall, den sie in Frankfurt mit bearbeitet hatte, gleich ein Reinfall. Das hatte sie in ihrem professionellen Ehrgefühl getroffen, Wie konnte es sein, dass ein Mörder so raffiniert war, dass man ihm nicht auf die Spur kam? Vor allem in so einem hochkarätigen Fall, wo die Polizei ohnehin alle Hebel in Bewegung setzte, schon wegen der öffentlichen Aufmerksamkeit? Sie hatte sich nach dem letzten Besuch in Berlin den Kopf zerbrochen, was sie übersehen hatten, aber nichts drängte sich auf, alles schien an diesem Fall glatt wie Marmor, keine Risse, keine Ansatzpunkte, man rutschte einfach immer und immer wieder ab. Im Sommer hatte Tiburtius drei Wochen Urlaub gemacht, in Berlin; sie hatte Altenkamps Rat ernst genommen, ab und an mal eine Auszeit zu nutzen, um aus sich herauszukommen. Und natürlich auch aus Frankfurt, denn es stimmte schon: ein kleines Nest, jeder kannte jeden. Oder zumindest schien es so.

In Berlin hatte sie das Angebot einer Freundin angenommen, das Haus für drei Wochen zu hüten. Da Tiburtius recht früh ein Impfangebot angenommen hatte und nun vollständig geimpft war, gab es nur noch wenige Restriktionen. So waren die drei Wochen schnell vergangen: mit Museumsbesuchen, mit kleinen Ausflügen ins Umland, vor allem nach Brandenburg; mit nächtlichen Streifzügen durch Kneipen und Clubs. Vor allem Letztere hatten es Tiburtius angetan, und sie konnte Holtkotte nach ihrer Rückkehr einiges von dem verrückten Nachtleben in Berlin berichten. Es schien, als ob Tiburtius dafür ein Faible entwickelt hatte.

Allerdings verschwieg sie Holtkotte, dass sie nicht nur Musikclubs frequentiert hatte, sondern zunächst aus reiner Neugierde, auch einen Swingerclub. Sie hatte das vorher generalstabsmäßig geplant, sich auch mit den Dresscodes vertraut gemacht. Dabei gab den Ausschlag, dass man in diesem speziellen Club eben nicht gleich die Hüllen fallen ließ, sondern speziell auf aufreizende Kleidung Wert gelegt wurde. Dieses Abenteuer hatte sie sich nicht entgehen lassen wollen und sich am Tag zuvor sogar in einem sehr speziellen Geschäft abseits des Kurfürstendamms ausstaffiert. Einen Moment hatte sie überlegt, eine spezielle Polizeiuniform zu kaufen, die als Fetisch im Geschäft käuflich zu erwerben war, sich aber dann dagegen entschieden. Aber die Ledercorsage und die hochhackigen Stilettos waren auch nicht ohne, und so hatte sie die an dem Abend mehr ausgeführt als sie zu sexuellen Abenteuern benutzt. Nein, es war doch mehr eine Art soziologischer Erkundung, sagte sie sich, eine Neugierde, was in einem solchen Laden denn so passiere, und ihre Neugierde war nicht enttäuscht worden. Ansonsten hatte sie sich eher auf irgendwelchen Tanzflächen verausgabt, meist alleine, dabei auch einige lockere Bekanntschaften geschlossen, nichts aber, was ausgereicht hätte, den Sprung ins Sexuelle zu vollziehen, geschweige denn ein zweites Treffen auszumachen.

Nun hatte sie Weihnachten und Neujahr bei ihren Eltern verbracht und noch einige Tage frei. Einige Tage Berlin würden ihr wieder guttun, dachte sie, und hatte sich im altvertrauten Kanthotel eingebucht. Die Gegend zwischen Savignyplatz und Schloss Charlottenburg gefiel ihr. Zudem hatte sie es geschafft, für den Ring der Nibelungen Karten in der nahe gelegenen Deutschen Oper zu bekommen: vier Abende, für die sie insgesamt über 800 Euro angelegt hatte, eine stolze Summe. Aber das wollte sie sich gönnen. Irgendwie war sie dann nur wenig überrascht, schon in der ersten Aufführung, dem Rheingold, Uta Altenkamp zu sehen. Die beiden begrüßten sich wie alte Freundinnen. Altenkamp beklagte, dass ihre Ehefrau kein Interesse an Wagner hatte, und beide beschlossen, die verbleibenden Aufführungen gemeinsam zu genießen.

„Wollen wir", fragte Altenkamp am dritten Abend, „am vierten Abend nicht noch etwas ganz Besonderes tun?"

„Was hast du dir vorgestellt?"

Altenkamp dachte einen Moment nach.

„Wenn wir schon so maximal aufgebretzelt sind, lass uns doch in diesen Club gehen, der hier in der Nähe ist. Noch ein wenig abhängen, etwas trinken, zuschauen, was die Leute so machen. Ich bringe noch einen schwulen Freund mit, quasi als Aufpasser. Was meinst du? Mutig genug?"

„Du meinst den Club in der Leibnizstraße?"

„Ja, genau den! Nach der Götterdämmerung bin ich unternehmungslustig. Sollen wir?"

Das Angebot war etwas überraschend gekommen, aber warum nicht, dachte sich Tiburtius. So trug sie zur Götterdämmerung die Ledercorsage, darüber ein Sakko, und das fiel im durchschnittlichen Westberliner Publikum, das offenbar der Mode der späten 1980er-Jahre noch verpflichtet war, schon auf. Nach dem Ende der Aufführung trafen sie Mark, einen Enddreißiger, der gut gekleidet war und attraktiv aussah, aber, wie Altenkamp vorab gewarnt hatte, für weibliche Reize völlig unempfänglich war. Gemeinsam tranken sie zunächst noch ein Glas Sekt im angrenzenden Restaurant Deutsche Oper, dann ging es weiter zum Club. Sie kamen ohne Probleme rein und setzten sich in die Lounge, bestellten eine Flasche Sekt.

„Und nun?", fragte Tiburtius.

„Nun schauen wir uns mal an, was hier läuft und was wir vielleicht erlegen können", antwortete Altenkamp.

„Sei nicht so prüde. Ich gehe ab und an mit Mark hierhin, und meist kommen wir auf unsere Kosten. Ich als Lesbe, er als Schwuppe."

Altenkamp ließ ihr Abendkleid nach oben rutschen und enthüllte einen vorne offenen, mit Spitzen versehenen Slip. „Nur keine Bange, Schätzchen", sagte sie zu Tiburtius, „du gehörst nicht zu meiner Zielgruppe."

Sie lachte, setzte sich bei Mark auf den Schoß und kraulte seine dicken, schwarzen Haare.

„Aber, wenn die einen oder anderen Pärchen hier die Lust überkommt, ist das Geschlecht irgendwann völlig egal. Nicht wahr, Mark, mein Schatz?“

Mark nickte bestätigend und Altenkamp ergänzte:

„Du such dir aus, was dir gefällt. Gönn dir mal einen Schwanz oder eine Muschi. Du siehst aus, als könntest du es gebrauchen!“

Tiburtius nahm es ihr noch nicht einmal übel, denn eigentlich hatte sie recht. Aber dafür musste man erst in die entsprechende Laune kommen. Sie beschloss, den Blazer abzulegen, und stieg aus ihrer Seidenhose. Die Corsage war mit Bändern an die Strümpfe befestigt, was sowohl Mark als auch Altenkamp ein leises anerkennendes Pfeifen entlockte.

„Und wie geht es jetzt weiter? Warte ich auf Prince Charming?“, wollte Tiburtius wissen.

„Gemach, gemach“, sagte Altenkamp. „Im hinteren Bereich sind die Spielwiesen. Da gehen wir nachher mal hin und schauen, was sich so tut. Erst einmal trinken wir!“

Die Kellnerin hatte mittlerweile den Sekt und die Gläser gebracht und die Drei stießen fröhlich miteinander an, entschlossen, einen guten Abend zu verleben. Nach der zweiten Flasche Sekt wurde das Gespräch anzüglicher, angeregter. Mark erzählt über die Berliner Schwulenszene und die Möglichkeiten, die es dort gab. Tiburtius hörte staunend zu.

„Berlin, Sündenpfuhl. Babylon“, dachte sie belustigt. Es stimmte also alles, was man von dieser Stadt so erzählt. Schließlich sagte Mark zu ihr:

„Darling, lass uns mal ein wenig umschauen. Schwänze begutachten."

Er lachte, nahm Tiburtius an der Hand und sie gingen ohne Altenkamp, die wenig Interesse an einem Ausflug in den hinteren Bereich zu haben schien, zu den Spielwiesen. Altenkamp hatte für sich ein älteres Pärchen an der Bar ausgemacht. Der weibliche und der männliche Teil schienen nicht zusammen zu passen. Sie vermutete, dass er sie als Tarnung mitgebracht hatte, sie aber lesbisch war; das wollte sie näher beobachten, nahm ihr Glas und gesellte sich zu den beiden an die Bar.

Tiburtius fühlte sich mit Mark an ihrer Seite sicher. So weit war sie beim letzten Mal nicht vorgedrungen. Auf der linken Seite befand sich eine Schwingtür, hinter der sich drei Paare miteinander vergnügten. Es war warm, beinahe stickig in der hinteren Ecke und roch nach Schweiß und Sperma. Am Ende des Gangs auf der rechten Seite war ein Andreaskreuz aufgestellt. Ein mit einer Kapuze verhüllter Mann war daran gefesselt, mit dem Gesicht zum lederbezogenen Kreuz, während sich eine halb nackte Blondine in einer Lackmontur und einer Gesichtsmaske mit einer Gerte an ihm zu schaffen machte. Der Mann am Kreuz stöhnte leise, aber lustvoll. Erst spät bemerkte Tiburtius, dass das Kreuz auf halber Höhe einen Durchlass hatte. Mark gab ihr ein Zeichen und verschwand im engen Gang zwischen dem Kreuz und der dahinterliegenden Wand und begann, den verhüllten Mann von der anderen Seite her zu bearbeiten. Tiburtius zwängte sich selbst in den Gang und sah, dass Mark die Erektion des Mannes oral nutzte. Er winkte Tiburtius ran, die auf seltsame Weise erregt war und deutete ihr an, sie solle doch etwas mithelfen. Unschlüssig umfasste Tiburtius die Hoden des Mannes, streckte sie nach unten und nahm in dem Moment, in dem Mark Luft nahm, den Schaft des Mannes fest in die Hand und bewegte ihn hin und her. Mark schaute auf Tiburtius, halb anerkennend, halb belustigt; er streckte seine Zunge auffordernd heraus und Tiburtius ließ sich mitreißen. Nach kurzer Zeit ließ sie indes von dem Gefesselten ab und kroch mit Mark grinsend aus dem engen Gang. Sie nickte zustimmend und flüsterte:

„So versaut, du meine Güte“, und gesellte sich zu den anderen Zuschauern der Szenerie.

„Schön, mit dir mal ein gemeinsames Projekt gehabt zu haben“, flüsterte Mark anzüglich.

Tiburtius spürte eine Hand an ihrem Hintern, konnte aber nicht sagen, ob das Mark oder der Mann war, der hinter ihr stand. Ihr war es egal, es fühlte sich gut an und sie genoss es, dass die Hand sie zärtlich massierte und erkundete. Man spürte auch die Erregung der Umstehenden ob des Schauspiels, das ihnen geboten wurde. Mittlerweile war der Gefesselte umgedreht worden und die Blonde mit der Gerte übernahm die weitere Regie.

„Du kleine Sau“, sagte sie vernehmlich und fügte weitere Invektiven hinzu, während sie ihn bearbeitete. Dann sagte sie schließlich:

„Jetzt zeige ich dir, wer dir verdorbenem Schwein alles bei deinem Treiben zuschaut“, und zog dem Gefesselten die Kapuze ab.

Als er seine Augen an das wenige Licht gewöhnt und die umgebenden Menschen taxiert hatte, stöhnte er leise und seine Erektion fiel in sich zusammen. Auch Tiburtius stand dort, wie vom Donner gerührt und wäre am liebsten im Boden versunken, aber es war zu spät. Der Gefesselte war der neue Frankfurter Bundestagsabgeordnete Paul Bärlach.

XXIII

„Erste Regel: Man läuft nicht weg“, redete Altenkamp auf die völlig aufgelöste Tiburtius ein, „und zweite Regel: dazu stehen.“

Sie war mehr amüsiert als schockiert als Tiburtius sie panisch von ihrer Gespielin an der Bar losgerissen und in die Lounge gezogen hatte. Sie war völlig außer Atem und brachte nur stoßweise vor, was passiert war. Mark musste die fehlenden Stücke ergänzen.

„So“, sagte Altenkamp dann, „du hast also einen Frankfurter Bundestagsabgeordneten, der in einem deiner Fälle eine Rolle gespielt hat, einen geblasen. Ein Kerl, der offensichtlich nicht mit seiner Frau hier war und sich hat auspeitschen lassen. Dumm gelaufen, aber für ihn auch. Also bleib ruhig und schau erst einmal, was er daraus macht. Er hat mit Sicherheit mehr zu verlieren als du. Und irgendwie, sei mir nicht böse, verdammt komisch. Dein erster Schwanz seit langer Zeit und dann das!“

Altenkamp lachte laut und kehlig und nahm Tiburtius in den Arm. Tiburtius zitterte vor Anspannung und Aufregung, und erst als Mark sie von der anderen Seite umfasste, wurde sie langsam ruhiger. Sie nahm einen kräftigen Schluck Sekt und schloss die Augen. Verdammt, verdammt, verdammt. Was nun? Vielleicht hatte Altenkamp recht und sie musste den Fluchtreflex über Bord werfen. Mark fing an, ihre Schultern zu massieren, und murmelte nur:

„So ein schöner Schwanz, und dann das ...“ – und in diesem Moment konnte sich auch Tiburtius nicht mehr halten und fing laut an zu lachen, bis die Tränen liefen.

Absurd, die Situation, und sie dachte darüber nach, wie sie es Holtkotte erklären sollte, und musste nur noch mehr lachen. Dann kam ihr diese Szene im Film Casablanca ins Gedächtnis, dieser legendäre Satz, als Ilsa das erste Mal in Rick's Café kommt: *„Of all the gin joints in all the towns in all the world, she walks into mine“*, und als sie ihn Altenkamp zurief, antwortete diese wie aus der Pistole geschossen: „Of all the cocks in all the towns in all the word, I had to blow this one“, worauf sich das Lachen in ein beinahe dionysisches Gelächter steigerte, das auch nicht abbrach, als Bärlach plötzlich auftauchte.

„Ich hoffe, Ihnen geht es gut und ich bin nicht Ursache Ihres Vergnügens“, sagte er zu Tiburtius gewandt. „Können wir reden?“

„Aber ja“, sagte Tiburtius und nahm, einer Eingebung folgend, Altenkamp in den Arm, küsste sie hingebungsvoll, mit vollem Zungeneinsatz, und sagte dann: „Du wartest auf mich, Schatz?“

Altenkamp nickte nur, sie ahnte, was in Tiburtius Kopf vorging, als diese dann mit Bärlach im Schlepptau auf die Bar zusteuerte. Sie hörte, dass er in sich hineinmurmelte, er hätte schwören können, dass, aber der Satz blieb unvollendet. Bärlach bestellte sich einen Whisky, sie signalisierte, dass sie auch einen trinke.

„Es ist mir unendlich peinlich, dass Sie all dies mit angesehen haben. Aber ich darf mich auf Ihre Diskretion verlassen?“

Tiburtius hatte sich gefangen und war ganz nüchtern.

„Herr Bärlach, ich bin privat hier. Und über das, was ich privat so tue, rede ich nicht in der Öffentlichkeit."

Bärlach seufzte und erhob kurz sein Glas, um dann den Whisky in einem Zug zu leeren.

„Ich denke, das ist eine gute Einstellung. Als Politiker hat man wenig Privatleben, alles wird ins Licht der Öffentlichkeit gezerrt."

„Ein wenig habe ich den Eindruck, Sie wandeln schon auf den Spuren von Ronnekämper?"

„Ist das eine dienstliche oder eine private Frage?" Bärlach war sichtlich angespannt.

„Rein privat. Sie können meinetwegen wilden Sex haben oder sich mit sonst irgendwas auspeitschen lassen. Das geht mich nichts an, denn es ist alles legal. Und mit Blick auf Ronnekämper sind ja alle Fragen geklärt."

„Das freut mich zu hören. Oder auch nicht, denn der Mörder läuft dann ja immer noch frei herum."

Bärlach trank einen zweiten Whisky.

„Aber andererseits, ohne seinen bedauerlichen Tod wäre ich heute nicht hier. Oder vielleicht doch, er wollte ja aufhören."

„Sie wussten, dass er aufhören wollte?"

„Ja, das hatte er mir gesagt. Aber doch nicht so abrupt." Bärlach versuchte zu lächeln, doch Tiburtius ging darauf nicht ein. Noch zwei Whisky.

„Aber nun habe ich meine eigenen Kofferträger."

„Kofferträger?", fragte Tiburtius neugierig.

„Nein, eigentlich nicht. Aber Florian hatte so eine Art, immer wieder seinen Kram zu vergessen. Mal sein Handy, seinen Laptop. Da musste ich ihm dann das Zeug nach Hause bringen. Wir sind ja zu Terminen häufig mit meinem Wagen gefahren, dann konnte er auch etwas trinken. Ist ja auch ganz gut, wenn man vor Ort noch was trinkt. Nach dem dritten Bier erfährt man immer sehr viel mehr, als wenn man sich nur kurz unterhält. Führte aber dazu, dass er häufig ziemlich betrunken bei mir ins Auto fiel und dann alles Mögliche vergaß. Ich habe mir vorgenommen: Das mache ich nicht."

„Fühlen Sie sich denn wohl in Ihrem neuen Job?"

„Ach wissen Sie, die Bedingungen haben sich ja deutlich geändert. Für Nebenjobs ist es eng geworden, dank dieser Idioten aus unserer Fraktion. Aber ja, es gefällt mir."

Bärlach orderte einen weiteren Whisky.

„Und ehrlich gesagt: Es ist auch ziemlich abwechslungsreich."

„Habe ich eben ja gesehen", erwiderte Tiburtius spitz. „Ich nehme nicht an, dass Sie Ihre Frau hierhin mitnehmen?"

Bärlach schüttelte den Kopf.

„Im Vertrauen", sagte er, „die Blonde, die mich eben bearbeitet hat, ist eine Fraktionskollegin. Also eine Bundestagsabgeordnete, die ein wenig auf Domina steht. Glauben Sie, die würde das mit ihrem Mann zu Hause praktizieren? Nie und nimmer. So etwas spricht sich im Wahlkreis in Windeseile rum. Hier nicht. Sie ist zeitgleich mit mir in den Bundestag gekommen. Und es hat nicht lange gedauert, da haben wir unsere, sagen wir, komplementären Interessen entdeckt. Heute war das erste Mal, dass wir uns hier verabredet hatten.

Morgen beginnt wieder die Plenarwoche." Bärlach seufzte und stürzte einen weiteren Whisky hinunter. „Sie haben ganz schön was ruiniert, Frau Tiburtius. Was wollen Lesben eigentlich in so einem Laden?"

„Das Spiel ist also aufgegangen", dachte Tiburtius. „Prima. Jetzt bekommt er den K.O.-Stoß."

„Na, Mark hat uns mitgenommen. Als schwuler Mann kommt er hier voll auf seine Kosten."

Bärlach wurde unsicher.

„Sie meinen, ein anderer Mann hat ...?" Er ließ die Frage unvollendet, denn Tiburtius nickte nur.

„Das unterscheidet Sie eben von Ronnekämper", sagte sie leicht frivol und Bärlach stützte verlegen seinen Kopf in beide Hände.

„Ach du Scheiße", entfuhr es ihm nur, „ach du Scheiße."

Er kippte einen weiteren Whisky hinunter, und jetzt bemerkte Tiburtius, dass Bärlach auch nicht mehr ganz sauber artikulieren konnte. Die Situation hatte ihn offenbar mehr mitgenommen, als sie gedacht hatte. Vielleicht konnte man das nutzen?

„Also Nebenjobs sind nicht mehr so reichlich wie bei Ronnekämper?", fragte sie unverfänglich.

„Ich habe vorher mehr verdient", gab Bärlach zurück. „Ich meine, als Florian noch lebte. Da haben wir das eine oder andere gute Geschäft gemacht. Seit Florians Tod sind die Kontakte verloren gegangen. Und ob ich das alles noch einmal aufbauen kann, schwierig."

„Und unter Geschäftspartnern gab es nie Ärger?"

Bärlach ließ sich erneut Whisky nachschütten.

„Florian war knallhart, aber er war der Chef. Ich habe ihn nie betrogen."

„Seltsam", dachte Tiburtius, „warum betont er das jetzt so? Ich hatte doch überhaupt nicht danach gefragt?"

„Sie haben ihn nie betrogen?" fragte sie nach, als ob es darum ginge, das noch einmal zu wiederholen.

„Nein, nie!" Bärlach klang entschieden, vielleicht eine Spur zu entschieden.

„Und Ronnekämper hat das auch so gesehen?"

Bärlach schwieg.

„Er ist tot", sagte er dann endlich, als ob das die Frage beantwortete. „Er ist tot."

Tiburtius hatte den Eindruck, dass Bärlach hier gerne ein ‚Gott sei Dank' drangehängt hätte, zumindest aber, dass er das dachte.

„Aber Sie haben ja ein Alibi, nicht wahr?"

Bärlach nickte.

„Ich habe noch mit ihm kurz vorher telefoniert. Das wissen Sie. Das sagen auch die Handydaten."

„Die Handydaten sagen, dass Ihr Handy bei Ihnen in Höchst eingeloggt war und Ronnekämpers bei sich zu Hause. Es sagt nichts darüber aus, wer mit wem telefoniert hat."

„Sophistik", erwiderte Bärlach. „Alberne Sophistik."

„Nun, Sie haben es ja selbst gesagt. Ronnekämper hat ab und an sein Handy bei Ihnen im Auto vergessen. Ich lasse mal meine Fantasie ein wenig spielen. Er hatte sein Handy vergessen, Sie bringen es ihm nach Hause. Sie haben Ihr Handy zu Hause gelassen, vielleicht Ihrer Frau gesagt, dass Sie anrufen. Vielleicht Ihre Tochter. Sie stellen sich vor Ronnekämpers

Haus, telefonieren mit Ronnekämpers Handy. Vielleicht erzählen Sie Ihrer Tochter eine Gutenachtgeschichte, vielleicht war Ihre Frau eingeweiht. Sie haben aber ein Alibi. Dann gehen Sie zu Ronnekämpers Haus. Er hat Sie erwartet. Sie geben ihm sein Handy und haben noch andere Dinge zu besprechen. Dann erschießen Sie ihn, säubern den Tatort und hinterlassen uns einige Spuren. Dann verschwinden Sie, kommen am nächsten Tag zurück und entdecken die Leiche. Sehr clever gemacht, Herr Bärlach."

Tiburtius wusste, dass sie völlig ins Blaue hineingeschossen hatte. Sie hatte keine Beweise, nichts. Vermutlich war es völlig albern. Was für einen Grund sollte Bärlach gehabt haben? Es fehlte ein Motiv und ohne das hing ihre Spekulation in luftiger Höhe.

Bärlach stierte schweigend vor sich hin, kippte dann den nächsten Whisky in sich hinein und sagte dann:

„Meine Kollegin hat mir erzählt, dass Sie mich eben hinter dem Andreaskreuz an den Eiern hatten. Aber nicht jetzt. Und nun entschuldigen Sie mich, ich will mich um meine Kollegin kümmern."

Dann erhob er sich und zog sich schwankend in eine der hinteren Sitzgruppen zurück. Tiburtius war so mit Adrenalin aufgetankt, dass sie sowohl Altenkamp als auch Mark mit einem langen Zungenkuss bedachte, als sie wieder in die Lounge zurückkam. Dann ließ sie sich in die Sitzgelegenheit fallen und sagte nur:

„Jetzt jemand, der mich richtig verwöhnt!", und Altenkamp und Mark lachten laut auf. Es wurde noch eine lange Nacht. Bärlach war schon längst gegangen.

XIV

Tiburtius hatte einen dicken Kopf. Einen sehr dicken Kopf. Sie konnte sich nicht mehr erinnern, wann sie in ihr Hotel zurückgekommen war. Jetzt war es auf jeden Fall Mittag und sie hatte nicht das Gefühl, ausgeschlafen zu haben. Von den Kopfschmerzen einmal völlig abgesehen. Es war, als ob der Alkohol permanent in ihren Schläfen anklopft und sie daran erinnerte, was sie alles getrunken hatte. Bis auf die bedauerliche Tatsache, dass sie sich nicht mehr genau erinnerte. Zumindest nicht an die Stunden, nachdem sie mit Bärlach gesprochen hatte. Aber an eines erinnerte sie sich sehr genau: Bärlach hatte sich verdächtig gemacht. Auch wenn sie nur privat dort gewesen war, wie sie ihm versichert hatte. Und sie erinnerte sich sehr genau an ihren Schuss ins Blaue, der offenbar getroffen hatte. Oder jedenfalls hatte sie den Eindruck, dass es ein Treffer gewesen war. Sie war gestern auch nicht mehr nüchtern gewesen, aber ihre Instinkte schrien es geradezu hinaus:

„Bärlach war es!“ Aber wie sollte sie das weiterverfolgen? Keine Beweise, keine Indizien, nichts.

Es war Montag, und sie hatte noch fünf Tage Urlaub.

„Nichts überstürzen“, dachte sie. „Langsam. Keine Hektik, keine Panik. Gedanken sortieren und dann entscheiden.“ Sie besprach sich mit Altenkamp, dann rief sie Holtkotte an.

„Ich denke, du bist in Urlaub?“, rief er aus.

„Na, ich hatte Sehnsucht“, erwiderte Tiburtius. „Du bist doch ohne mich mittlerweile nur noch eingeschränkt funktionsfähig“, frotzelte sie. „Aber, wenn es nach mir ginge, ich würde hierbleiben. Gefällt mir gut!“

„Untersteh’ dich“, unterbrach Holtkotte, „keine Lust, mich an einen neuen Partner oder eine neue Partnerin zu gewöhnen. Aber du rufst nicht aus Langeweile an, nehme ich an?“

„Nein. Es geht um den Fall Ronnekämper. Da ist etwas Eigenartiges vorgefallen.“

„Ronnekämper? In Berlin?“

„Hör zu, es klingt abgefahren. Ich habe Bärlach zufällig in einer Kneipe getroffen.“ Tiburtius sah keinen Anlass, Holtkotte die genauen Umstände und den Typ der Kneipe zu schildern. Warum auch? Das lenkte nur ab. Vor allem Holtkotte.

„Er war ziemlich betrunken und wir kamen ins Gespräch. Es waren zwei Dinge, die mir aufgefallen sind. Das erste: Er hat, ohne dass ich irgendetwas angedeutet habe, nachdrücklich versichert, dass er Ronnekämper nie betrogen hat. Das schien mir doch stark von einem schlechten Gewissen diktiert. Bitte schaut doch noch einmal die Unterlagen durch, ob sich da irgendwelche Anhaltspunkte finden. Ich weiß, das hätten wir finden müssen, aber, wenn man nicht spezifisch nach etwas sucht, gerät es bisweilen unter den Radar. Und das zweite: Ich habe einfach mal ins Blaue geschossen. Bärlach hat erzählt, Ronnekämper habe häufig sein Zeug bei ihm im Auto liegen lassen, auch sein Handy.

Was ist, wenn Bärlach das Handy von Ronnekämper benutzt hat, um sein Handy anzurufen und, sagen wir, seine Frau ist drangegangen, weil sie eingeweiht war? Oder seine

Tochter, weil er ihr erzählt hat: ‚Ich rufe Dich auf meinem Handy nachher noch an, um dir eine Gutenachtgeschichte zu erzählen.' Dann wäre sein Alibi futsch."

Holtkotte stieß einen anerkennenden Pfiff aus. „Zwar auf allerhand Spekulationen gebaut, aber in sich plausibel. Wie hat er denn reagiert?"

„Das ist es ja", sagte Tiburtius. „Er hat es natürlich als wilde Spekulation abgetan, aber irgendwas sagt mir, ich habe ins Schwarze getroffen. Nenn' es weibliche Intuition, Bauchgefühl, was auch immer. Da ist was dran."

„Zumindest wäre das mal eine neue Arbeitshypothese für unseren Cold Case", sekundierte Holtkotte. „Lass uns mal gemeinsam nachdenken. Bei deiner Theorie über den Handytausch können wir vermutlich nicht ansetzen. Wenn seine Frau mit im Spiel war, wird sie seine Aussage stützen. Und seine Tochter, nein das ist zu unsicher. Also allenfalls über das Motiv. Da können wir noch einmal nachbohren. Du meinst also, Bärlach sei gierig geworden und habe Ronnekämper betrogen? Dann müsste es Ronnekämper ja herausbekommen haben, damit ein Motiv daraus wird, nicht wahr?"

„So ist es", sagte Tiburtius. „Könnt ihr da mal nachbohren? Ich meine, damit ich meine restlichen Urlaubstage noch genießen kann?"

„Genieß deine restlichen Urlaubstage. Wir kommen schon klar", schloss Holtkotte und legte auf.

Tiburtius war sich über ihren nachfolgenden Schritt lange unschlüssig, entschied aber schließlich, dass es nicht anders ging. Sie rief Daniela Bielski an und bat um ein Treffen. Sie verabredeten sich im Teltower Park, am sowjetischen Ehrenmal. Tiburtius hatte sich ohnehin vorgenommen, dieses monumentale Ehrenmal einmal zu besuchen, und an den wuchtigen, aus rotem Granit gefertigten stilisierten überdimensionalen Fahnen, die den Eingang zum Park markierten, wartete Bielski schon auf sie. Es war kein schöner Tag, der Himmel schien grau bis auf das Ehrenmal herabzuhängen, was diesem eine besondere Tristesse gab.

„Lassen Sie uns ein wenig laufen", sagte Bielski, „für eine Israelin ist das ein ungemütliches Wetter. Was verschafft mir das Vergnügen?"

„Eine neue Arbeitshypothese im Fall Ronnekämper", erwiderte Tiburtius und berichtete haarklein, sparte auch nicht die Details des Zusammentreffens im Club aus. Sie machte deutlich: Es ist eine bloße These, es gibt bislang noch keinerlei Indizien, außer eben ihrem Instinkt, ihrem Gefühl, dass da etwas dran sein könnte. Bielski hörte sich alles ruhig an, stellte keine Fragen, nickte nur und sagte schließlich:

„Drei Reaktionen meinerseits. Erstens: Vielleicht sollten Sie öfter mal in einen solchen Club gehen, das scheint ja die Fantasie zu beflügeln."

Bielski lächelte und strich sich eine Haarsträhne aus dem Gesicht und Tiburtius konnte sich des Eindrucks nicht erwehren, dass es sich um eine verdeckte Einladung handelte. Aber nicht jetzt, dachte sie, nicht jetzt.

„Zweitens", fuhr Bielski fort, „scheint mir das in der Tat ein vielversprechender Ansatz in einem verfahrenen Fall. Eine gute Arbeitshypothese, denn bislang, wenn ich es richtig sehe, haben Sie ja im Dunkeln getappt ob möglicher Verdächtiger oder Motive. Ja, und drittens: Warum erzählen Sie mir das? Doch wohl nicht wegen ein paar anerkennender Worte, oder?"

Mittlerweile waren sie bis zum Pavillon des Ehrenmals gekommen, stiegen hinaus und bewunderten das riesige Mosaik im Inneren des Pavillons.

„Ich mag mir gar nicht vorstellen, wie es hier 1945 war", sagte Tiburtius plötzlich. „Wenn man hier entlang spaziert, wie viel Leid, wie viel Trauer ist hier aufgehoben und konserviert. Sagen Sie", wandte sie sich an Bielski, „ich will nicht indiskret sein. Aber was ist Ihr Verhältnis zu Deutschland?"

Bielski zögerte lange mit einer Antwort, als ob sie überlegte, wie viel Nähe sie zulassen wollte. Aber dieser besondere Platz hatte sie irgendwie schon nähergebracht.

„Ich bin, was man in Israel eine Sabra nennt, also eine Eingeborene. Ich bin Jahrgang 1985, im gleichen Jahr wie Bar Refaeli geboren, und ich hoffe, das sagt was."

Sie lächelte Tiburtius an, und wieder meldete sich bei Tiburtius ein eigenartiges Gefühl in der Magengrube.

„Wie dem auch sei, auch meine Eltern sind in Israel geboren, kurz nach der Staatsgründung mein Vater, meine Mutter im Jahr 1960. Die Familie meiner Mutter stammte aus Belgien, die meines Vaters aus Deutschland. Beide Familien waren schon vor Ausbruch des Krieges nach Palästina gekommen. Mein Großvater väterlicherseits hat in der Hagana gekämpft, er war aber zeitlebens ein Kulturdeutscher. Wissen Sie, er war Jahrgang 1900, hat in der Weimarer Republik studiert und hat fast während der ganzen Zeit der Weimarer Republik bei der Vossischen Zeitung gearbeitet, als Literaturredakteur. Mein Vater hat mir viel von ihm erzählt. Er kannte die ganze Kulturszene der Weimarer Republik, vor allem natürlich in Berlin. In seinem Nachlass haben wir später Tagebücher aus dieser Zeit gefunden, wo er genau vermerkte, welche Neuerscheinung er gelesen hatte, welche Premiere er besucht hatte. Dann schloss 1934 auf Druck der Nazis die Vossische und mein Großvater ging ins Exil. Zunächst hat er sich zwei Jahre in Sanary-sur-Mer aufgehalten, da gab es zu jener Zeit viele deutsche Migranten aus dem Kulturleben. Dann ging er nach Palästina und musste sich zunächst neu orientieren – an Literaturkritikern war kein großer Bedarf. Irgendwann kam er zur Hagana und nach der Gründung des Staates Israel erhielt er 1955 schließlich eine Professur an der neu gegründeten Bar-Ilan Universität. Warum erzähle ich das so ausführlich? Mein Großvater hat nie etwas auf die deutsche Kultur kommen lassen und hat meinen Vater auch so erzogen. Und der mich. Es war selbstverständlich, dass wir zu Hause Deutsch sprachen. Und obwohl ich meinen Großvater nie kennengelernt habe, hatte ich sehr früh das Bedürfnis, nach Deutschland zu gehen. Also bin ich zum Studium hierhin gekommen und arbeite seit meinem Abschluss für die israelische Regierung. In Berlin, dem Sehnsuchtsort meines Großvaters, der auch meiner geworden ist.“

Bielski hielt einen Moment inne und fasste Tiburtius an der Schulter.

„Aber das ist es nicht, was Sie wissen wollten, nicht wahr? Sie wollten wissen, ob wir Familienmitglieder im Holocaust verloren haben. Wie ich zur deutschen Schuld stehe. Die Antwort ist: Ja, es gab Opfer. Mütterlicherseits. Aber ich gehöre zu einer anderen Generation. Für mich ist das weit entfernt.

Und es zählt eher das Morgen als das Gestern. Die Erinnerung mag wichtig sein, aber die Hoffnung ist es umso mehr."

Tiburtius gab einem spontanen Impuls nach und nahm Bielski in den Arm.

„Knuddeln nennt man das", sagte sie beinahe verlegen, als sie Bielski losließ.

„Und es tat gut", erwiderte Bielski, „von nun an können wir uns wohl auch nicht mehr siezen."

Beide Frauen lachten und gingen Arm in Arm aus dem Park. Auf das Thema Ronnekämper und Bärlach kamen sie nicht mehr zurück, es schien keine große Rolle mehr zu spielen. Vielleicht war aber auch alles gesagt und jede wusste, was zu tun war.

XXV

Noch während ihrer Urlaubstage in Berlin bekam Tiburtius erste Rückmeldungen. Holtkotte hatte die Abteilung Wirtschaftskriminalität gebeten, sich unter der Annahme, Bärlach könnte Ronnekämper betrogen haben, die entsprechenden Kontobewegungen einmal anzusehen. In Ronnekämpers Kontobewegungen fand sich aber kein Hinweis auf Unregelmäßigkeiten und für eine Einsicht in Bärlachs Konten fehlten rechtfertigende Hinweise. Also wieder eine Sackgasse.

Allerdings konnte Bielski melden, dass es belastbare Hinweise darauf gab, dass Bärlach Geld gewaschen hatte. Leider waren die Quellen zwar zuverlässig, die Informationsbeschaffung aber außerhalb des rechtlich Erlaubten, sodass auch hier der Weg nicht weiterführte. Offenbar hatte Bärlach aber einige Kontakte von Ronnekämper genutzt, um an diesem vorbei Geschäfte zu machen, vor allem mit dem Iran, und zwar mit Gütern, die auf der Boykottliste standen. Bielski erklärte, solche Geschäfte habe Ronnekämper auch gemacht, aber mit der Unterstützung Israels, während Bärlach offenbar auf eigene Faust gehandelt hatte. Entsprechende Unterlagen hatten sich die Israelis besorgt, und Tiburtius wollte nicht fragen, wie. Offenbar hatte Bärlach als Verbindungsmann fungiert und Provision kassiert. Dafür hatte er ein Offshore-Konto eingerichtet. „Folge der Spur des Geldes“, hatte Tiburtius noch gesagt, und Bielski hatte erwidert, dass dies genau zu Bärlach geführt habe. Vorher habe es wenig Notwendigkeit gegeben, genauer hinzuschauen. Bielski hatte dann angekündigt, sie wolle bei Bärlach mal ein wenig auf den Busch klopfen, um zu sehen, wohin das führte.

Tiburtius war schon wieder in Frankfurt, als sie einen Anruf von Bielski erhielt. Sie bat um ein Treffen am Flughafen, sie war auf dem Weg nach Tel Aviv und hatte so gebucht, dass sie einige Stunden Zeit hatte. Als Treffpunkt war der Airport Club ausgemacht worden. Tiburtius war das erste Mal dort; Bielski, die offenbar dort Mitglied war, hatte Tiburtius mit Blick auf den dort erwarteten Dresscode aufgeklärt. Holtkotte hatte noch gelästert, als sie am Morgen mit einem Businessanzug im Präsidium aufgetaucht war, aber das edle Ambiente und die gediegene Ruhe des Clubs ließen keine Zweifel daran zu, dass sie angemessen gekleidet war. Und sie fühlte sich wohl, so ganz als Managerin verkleidet, sie hatte den Eindruck, dass sie anders auftrat als mit Jeans und Lederjacke. Bielski erwartete sie im Club und hatte im Restaurant in einer ruhigen Ecke Platz genommen. Beide begrüßten sich mit einer herzlichen Umarmung, dann wurde es dienstlich.

„Catta, ich habe mir Bärlach einmal vorgenommen. Ich habe ihn um ein vertrauliches Gespräch in Berlin gebeten und habe es dringend gemacht. Er hat sofort angebissen."

Tiburtius konnte ihre Überraschung kaum verbergen. „So schnell?"

„Ja, Bärlach hatte einen guten Anreiz. Ich habe ihm gesagt, ich hätte Informationen über seine Iran-Geschäfte und es sei in seinem Interesse, dass wir schnell miteinander sprechen. Da er nicht wusste, was ich wusste, hatte er vermutlich keine Wahl. Zumal ich ihm gesagt habe, dass nach unseren Informationen die Presse recherchiert und es nicht in unserem Interesse sei, dass das alles öffentlich wird."

„Du hast ihn angelogen?"

„Nicht direkt, die Presse recherchiert immer und vermutlich auch in diesem Umfeld, aber nach unseren Informationen wissen sie rein gar nichts. Aber das konnte Bärlach nicht wissen, und ich brauchte auch nur darauf hinzuweisen, dass nach den ganzen krummen Geschäften in seiner eigenen Fraktion die öffentliche Sensibilität besonders hoch sei. Mir gehe es darum, habe ich gesagt, Schaden von ihm anzuwenden."

„Da hat er natürlich angebissen", bemerkte Tiburtius anerkennend.

„Hat er", sagte Bielski lächelnd, „und wie. Eigentlich ja ein ganz süßer Kerl. Du hast ihm wirklich ...?"

Tiburtius wurde knallrot und machte eine wegwerfende Handbewegung.

„Jugendsünde", murmelte sie nur, „und was in Berlin passiert ist, bleibt auch dort ..."

Bielski grinste.

„Genau die Philosophie meines Großvaters", sagte sie. „Lass mich dich doch ein wenig aufziehen, die Geschichte ist ja nun wirklich niedlich. Also, wie dem auch sei" – Tiburtius schien, dass Bielski das Grinsen nicht abstellen konnte – „wie dem auch sei, er war ziemlich nervös, als wir uns trafen. Natürlich in aller Öffentlichkeit, in der Lounge im Adlon, er hat sein Büro ja nur wenige Meter entfernt im Jakob-Kaiser-Haus. Als er kam, habe ich ihn sofort mit dem Geschäft konfrontiert, das Ronnekämper nicht gemacht hat, du erinnerst dich: die Frequenzumformer. Wir beide wissen, das war ein gefälschter Beleg. Bärlach konnte aber nicht wissen, dass wir das wussten. Er bestätigte das Geschäft und dann hatte ich ihn an der Angel. Ich habe ihm auf den Kopf zugesagt, dass wie ihm weitere Geschäfte dieser Art als Vermittler zuordnen können und die entsprechenden Unterlagen haben."

„Wie hat er reagiert?"

„Er hat darauf hingewiesen, dass er nichts anderes gemacht hatte als Ronnekämper. Und der habe ihm immer versichert, das sei alles völlig in Ordnung. Ich habe das bestätigt und dann die Bombe platzen lassen. ‚Herr Bärlach', habe ich gesagt, ‚das war deshalb in Ordnung, weil Ronnekämper mit uns zusammengearbeitet hat und auch der deutsche Nachrichtendienst eingeweiht war.' Ronnekämper sei Teil einer verdeckten Operation gewesen. Was er, Bärlach, hingegen gemacht habe, sei nicht Teil dieser Operation gewesen, er habe auf eigene Faust gehandelt. Deswegen sei er auch nicht geschützt."

„Wie hat er darauf reagiert?"

„Bärlach ist leichenblass geworden und hat gemurmelt, jetzt sei ihm klar, warum Ronnekämper so aufgebracht gewesen sei. Ich habe ihm dann noch mehr Druck gemacht und ihn aufgefordert, erstens die Geschäfte sofort einzustellen und uns zweitens binnen drei Tagen seine Mittelsmänner zu nennen, sonst sei er in Gefahr, aufzufliegen. ‚Durch wen denn?', hat er ganz unschuldig gefragt, und ich habe ihm gesagt: ‚Durch uns.' Nein, ich war etwas prosaischer in Erinnerung an deine Nacht in diesem Club und habe ihm wörtlich gesagt: ‚Deine Eier gehören jetzt uns, Bärlach.'"

Tiburtius prustete los vor Lachen, unterdrückte es aber, als sie die erstaunten Blicke an den Nachbartischen wahrnahm.

„Also, der Mann hat Dreck am Stecken. Er hat die gleichen Geschäfte gemacht wie Ronnekämper, aber ohne Rückendeckung von euch. Und Ronnekämper hat es herausbekommen. Wie meinst du, hat er reagiert?"

„Ich nehme an, er hat getobt und wollte Bärlach vor die Tür setzen. Ich meine, überleg' dir mal: Wie hätten wir ihm denn noch glauben können? Das wäre früher oder später aufgeflogen und wir hätten dann vermutet: Ronnekämper spielt falsch mit uns. Und dann wäre Ronnekämper auch aus dem Spiel im Iran raus gewesen. Es hätte alles gefährdet, was er aufgebaut hat. Oder noch aufbauen wollte, wenn wir an Kira Nadapour denken. Das wäre alles gefährdet gewesen durch die Gier von Bärlach. Ich vermute: Ronnekämper wollte Bärlach fristlos vor die Tür setzen und der hat ihn erschossen."

„Er muss eine Ahnung gehabt haben, als er zu Ronnekämper gefahren ist. Das war sehr gut vorbereitet, auch was das Alibi betrifft."

„Schon klar", erwiderte Bielski, „ich sehe das so: An dem Tag seines Todes treffen sich Ronnekämper und Bärlach bei einer Veranstaltung. Da macht Ronnekämper vermutlich schon eine Bemerkung: Er müsse ihn heute Abend noch einmal sprechen, es gehe um Geschäfte mit dem Iran. Dann, als er sich von Bärlach nach Hause fahren lässt, vergisst er sein Handy im Auto und ruft Bärlach dann von zu Hause aus an, er solle doch sein Handy am Abend mitbringen. Bärlach macht sich seine Gedanken, er ist misstrauisch. Ob er einen kompletten Mordplan schon im Kopf hat, ich glaube es nicht.

Zur Sicherheit verschafft er sich ein Alibi mit Ronnekämpers Handy. Und er bereitet einige falsche Spuren vor: den Drohbrief, einige Dateien für den Rechner von Ronnekämper, die er mit einem Stick aufspielen kann und so weiter. Noch ist alles eine Eventualität. Selbst die Sache mit dem Handy kann man leicht erklären, wenn es nicht zum Äußersten kommt. Aber Bärlach ist vorbereitet. Er parkt etwas weiter weg, telefoniert mit Ronnekämpers Handy. Er ruft sein Handy an, das er zu Hause gelassen hat. Auch das wäre niemals aufgefallen, wenn er seinen Chef nicht umgebracht hätte. Dann geht er zu Ronnekämper, klingelt. Der lässt ihn rein, und zwar durch die Vordertür. Er kommt ohne Umschweife zur Sache. Er sagt, was er weiß, und dass sich jetzt beider Wege trennen. Bärlach ist klar, dass sich das alles nicht unter der Decke halten lässt, es sei denn – er erschießt Ronnekämper. Er hat dann viel Zeit, etwa, um die Pistole im Backofen von allen Spuren zu befreien, Dateien auf Ronnekämpers Laptop zu ziehen, das kleine Briefchen bei Frau Ronnekämper. Und er hebelt die rückwärtige Tür auf. Es ging immer nur darum falsche Spuren zu legen. Und er hatte Glück: Die Geschichte mit der 17-stelligen Nummer konnte er nicht wissen, aber er hat es gut gespielt und dann auch regelmäßig die Presse gefüttert. Maximale Verwirrung schaffen. Er hat dann alle Daten von Ronnekämper runtergeladen und hatte genug Material, um Oberstein-Haller zu schädigen. Damit war für ihn der Weg frei. Er hat sich, um es spitz zu formulieren, ein Mandat geschossen."

Bielski lehnte sich zurück und seufzte.

„Eine wunderschöne Theorie, aber auch eine plausible Theorie. Und keine Beweise. Ich habe Bärlach auf den Kopf zugesagt, dass er Ronnekämper umgebracht hat. Aber das hat ihn überhaupt nicht bewegt. Er habe ein Alibi, hat er nur gesagt, und er habe auch kein Motiv. Dann ist er aufgestanden und gegangen. Wir hatten am Nachbartisch einen Techniker, dem es während des Gesprächs gelungen ist, Bärlachs Handy zu knacken. Wir konnten dann also mithören, was er danach getan hat. Noch auf dem Pariser Platz hat er seine Frau angerufen, die Sache mit Ronnekämper sei aufgeflogen. Sie müsse die Gelder sichern und sich wappnen, er hoffe, alles unter Kontrolle halten zu können. Dann rief er seine Mittelsmänner an. Um die haben wir uns mittlerweile gekümmert. Aus unserer Sicht war die Operation ein voller Erfolg. Wir haben uns auch deshalb nicht mehr bei Bärlach gemeldet, haben aber sichergestellt, dass er wusste, dass wir seine Mittelsmänner haben. Nun denn, ich bin auf dem Weg in unsere Zentrale, um die ganze Operation abzuschließen und auszuwerten."

„Und wo sind wir mit unserem Mordfall?"

„Das ist ein Problem", sagte Bielski. „Unsere Beweise darf ich der deutschen Polizei nicht zur Verfügung stellen. Und selbst, wenn ich es dürfte: Wir haben sie auf eine Weise beschafft, die diese Beweise vor deutschen Gerichten unzulässig machen. Also: keine Chance. Es tut mir leid, ich kann nicht mehr weiterhelfen. Für uns ist der Fall abgeschlossen. Wir werden aber Bärlach noch eine Zeit lang im Auge behalten. Vielleicht macht er noch einen Fehler, der ihn überführt."

Tiburtius saß wie betäubt in ihrem Sessel. Es sollte also keine Gerechtigkeit geben. Bärlach würde davonkommen. Mit einem eiskalten, vorsätzlichen Mord. Alles in ihr widersetzte sich dieser Erkenntnis, jedes professionelle Gen, das sie aufwies, vor allem aber ihr Gefühl für Gerechtigkeit. Aber Bielski hatte recht. Es gab keinen rechtsstaatlich sauberen Weg, die Sache zu klären. So ganz anders als in den Kriminalromanen, die sie so sehr schätzte. Sie erhob sich, nahm Bielski dankend in den Arm und wünschte ihr einen guten Flug.

„Auf bald in Berlin", sagte sie und merkte, dass ihr beim Abschied die Tränen kamen.

XVI

Der Morgen kroch langsam durch die Jalousien, aber Tiburtius wollte noch nicht aufwachen. Draußen war es kalt und nass, das ahnte sie mehr, als sie es wusste, und es war ein blöder Montag, einer der Tage, an dem es schwerfiel, sich aufzuraffen und ins Präsidium zu laufen. Ohnehin war im Moment wenig los und sie konnte ein wenig später kommen.

Es sei denn, ihr Handy klingelte und Holtkotte war dran.

„Es ist etwas passiert", sagte er nur, „komm so schnell wie möglich ins Präsidium. Koch will uns sofort sehen."

Das duldete kein gemütliches Rekeln mehr im Bett, und binnen weniger Sekunden war Tiburtius aus dem Bett geschossen, sprang ins Bad, duschte schnell – die kurzen Haare würden schnell trocknen –, zog sich ein frisches T-Shirt an, einen Pullover und ihre Jeans, stieg in ihre Winterstiefel, schnappte sich den Mantel und verließ das Haus. Seit dem Anruf waren keine 10 Minuten vergangen, unterwegs würde sie noch irgendwo ein Croissant auftreiben. Kurz nach 8 Uhr war sie im Präsidium, Holtkotte, der ebenfalls Spuren der Übermüdung zeigte, wartete schon auf sie.

„Mich hat Koch heute um 7 Uhr angerufen. Es sei dringend. Ich solle dich auch benachrichtigen. Keine Ahnung, um was es geht", sagte er nur.

Die beiden steuerten auf Kochs Büro zu, wo auch Müller-Riehm schon wartete.

„Chef telefoniert noch", sagte er nur, „wir sollen warten."

„Gibt's da drin auch einen Kaffee?", fragte Tiburtius eher missmutig. „Wenn schon die Pferde alle scheu gemacht werden, dann wäre Koffein ein wirksames Mittel."

„Ich fühle mich eher, als bräuchte ich heute ein Kontrabier", stöhnte Holtkotte. „Gestern war Sauer da, es wurde ein etwas längerer Abend. Vermutlich liegt der noch bei mir auf dem Sofa und schläft seinen Rausch aus. Hat seine erste Ehekrise."

Die Tür schwang kraftvoll auf und Koch, der ungewohnt agil wirkte, bat die Drei in sein Büro. Nein, es war mehr als eine Bitte: Es war eine kraftvolle Aufforderung. Koch, der normalerweise auch kein Morgenmensch war, schien auf einer anderen Zeitschiene zu laufen.

„Ich will es kurz machen. Ich bin um 5 Uhr heute früh vom PP geweckt worden. Seither hänge ich am Telefon und habe meinen Adrenalinvorrat für diese Woche heute früh schon verbraucht. Der PP hat mich informiert, dass er von seinem Kollegen in Berlin einen Anruf bekommen hat des Inhalts, dass die Polizei Berlin heute Nacht den Bundestagsabgeordneten Bärlach in seiner Berliner Wohnung tot aufgefunden hat. Allem Anschein nach wurde er erschossen. Am Tatort wurde eine Caracal sichergestellt, die aber nicht die Tatwaffe war. Ansonsten gibt es keine verwertbaren Spuren. Die Kollegen in Berlin sagen, die Wohnung sei klinisch rein. Eben rief Berlin noch einmal an. Das Bundestagsbüro von Bärlach ist mutmaßlich aufgebrochen werden, jedenfalls fehlt Bärlachs Laptop. Gestern war es noch im Büro, jetzt ist es weg. Und die Kollegen aus Höchst haben vor einer halben Stunde angerufen. Bärlachs Wohnung dort war Ziel eines Einbruchs. Es fehlt auch hier nichts außer dem Laptop."

Koch hielt einen Moment inne, dann brach es aus ihm heraus: „Was ist das für eine verdammte Scheiße! Das fängt alles wieder von vorne an! Ich bin es satt!"

Auf seiner Stirn hatte sich ein kleiner, glänzender Film aus Schweiß gebildet, den Koch mit einem Glas Wasser zu bekämpfen suchte.

„Holtkotte, Tiburtius: Sie setzen sich mit den Kollegen in Berlin in Verbindung. Die haben nachgefragt wegen des Mords an Ronnekämper und wollen Informationen. Müller-Riehm, sie steigen dem Kollegen in der Spurensicherung auf die Zehen. Ich will wissen, was da los war. Und Sie teilen alle Infos mit den Kollegen in Berlin. Das ist ja wohl ein Unding, innerhalb weniger Monate zwei Abgeordnete zu verlieren!" Koch machte es offenbar zu einer persönlichen Angelegenheit.

Holtkotte und Tiburtius waren verblüfft. Zufall war das sicherlich nicht, die beiden Morde hingen zusammen. Und sie hatten eine vage Idee, wie. Tiburtius hatte Holtkotte über das Gespräch mit Bielski informiert. Es war irgendwie abwegig, aus einer bloßen Spekulation eine zur Tatsache geronnene Vermutung zu machen. Bielski und sie hatten spekuliert, mehr nicht. Holtkottes Reaktion darauf war genau die. Spannend, aber es könnten auch Aliens gewesen sein. Hat die gleiche Indiziendichte. Er war es auch gewesen, der Tiburtius davon abgeraten hatte, Koch davon etwas zu erzählen.

„Er hält dich dann für gaga", war seine Begründung.

Und tatsächlich, sie hatten nichts in der Hand. Und Holtkotte hatte völlig recht. Es wäre auch eine Theorie mit Aliens möglich gewesen. Oder mit der Annahme, die Israelis hätten Ronnekämper ermordet. Oder die Iraner. Wunderbare Theorien ohne Bodenhaftung. Deswegen: Besser die Finger davonlassen.

„Es sind schon Kollegen für weniger in die Klapse gekommen", hatte Holtkotte abschließend autoritativ gesagt und damit war klar: Es gab keinen Grund, auf der Basis der Annahmen, die sie mit Bielski geteilt hatte, weiter zu ermitteln – auch wenn Tiburtius das Szenario nach wie vor für plausibel hielt. Aber eben nur intuitiv, aus einem Bauchgefühl heraus.

Holtkotte hatte eingestehen müssen, dass die Theorie einen gewissen Charme hatte, aber er sah keinerlei Möglichkeit, irgendeinen Ermittlungsansatz daraus zu machen. Insgeheim hatte er den Scharfsinn von Tiburtius bewundert, aber sein Ego ließ es nicht zu, dies auch offen zu sagen. Nein, das musste eine Sackgasse sein, und deshalb war, ohne große Debatte, diese Option verworfen worden. Sofern es Holtkotte betraf: Der Fall Ronnekämper war weiterhin ein Cold Case. Allerdings, die Umstände des Todes von Bärlach waren seltsam. Die Caracal war eine Gemeinsamkeit der beiden Morde. Wenn sie nicht die Tatwaffe war, dann bedeutete die offensichtliche Platzierung am Tatort: *„Seht her, hier ist ein Zusammenhang."* Und der konnte eben auch darin bestehen, dass diese Caracal auf Bärlach als den Mörder von Ronnekämper deutete. Warum dann aber die klinische Säuberung der Wohnung? Warum der Diebstahl der Laptops im Bundestagsbüro und der Wohnung in Höchst? Holtkotte dachte hier ganz praktisch. Das Erste war Problem der Kollegen in Berlin, das

Zweite sollten sich die Kollegen des Einbruchsdezernats einmal ansehen. Nicht mehr sein Bier.

Viel mehr Informationen gab es auch in den nächsten Tagen nicht. Die Berliner Kollegen tappten vollkommen im Dunkeln. Es gab keine Spuren, nichts. Der Tatort war so sauber wie ein frisch gewickelter Babyhintern. Keine Spuren, keine DNA, nichts. Nur die Information, dass Bärlach nicht in der Nacht zum Montag, sondern bereits in der Nacht zum Sonntag ermordet worden war, brachte eine zusätzliche verwertbare Information. Auch beim Einbruch in Höchst gab es nichts, was die Ermittlungen weiterführte. Offenbar hatte der Einbruch am Sonntag stattgefunden. Bärlachs Frau und die Kinder waren morgens zur Heiligen Messe gefahren; da musste der Einbruch stattgefunden haben. Da nichts außer dem Laptop im Büro entwendet worden war, hatte es Bärlachs Frau zunächst nicht bemerkt. Die Tür war nicht aufgebrochen, auch sonst hatte nichts auf einen Einbruch hingedeutet. Erst, als die Polizei sie über den Tod ihres Mannes informiert hatte und sie, früh am Morgen, den Beamten das Arbeitszimmer ihres Mannes zugänglich gemacht hatte, bemerkte Bärlachs Frau, dass der Laptop fehlte. Sie konnte sich keinen Reim darauf machen, war sich aber sicher, dass ihr Mann kurz vor seinem Abflug am Samstag nach Berlin noch am Laptop gearbeitet hatte. Auch hier: keine Spuren. Das mussten Profis gewesen sein. Aber warum?

Tiburtius war nicht überrascht, als sie eine Nachricht von Bielski erhielt. Gleicher Ort wie beim letzten Mal, Dienstag,

16 Uhr. Sie bestätigte kurz und schauderte für einen Moment. Hatten Bielskis Leutete …? Sie konnte sich das nicht vorstellen, war aber gespannt, was ihre Freundin zu sagen hatte. Ihre Freundin? Ja, irgendwie war sie das. Sie mochte Bielski.

„Mit ihr und Altenkamp habe ich mehr Freunde in Berlin als hier in Frankfurt“, dachte sie in einem Anfall leichter Melancholie. Vielleicht sollte sie sich nach Berlin bewerben? Aber das war doch ein zu weiter Weg zu ihren Eltern, zu ihrer Familie. Nun gut, sie war gespannt, was Bielski zu sagen hatte.

Wieder kleidete sich Tiburtius wie die Businessfrau, die sie nicht war, und wieder genoss sie das stilvolle Ambiente im Airport Club. Als sie ankam, wartete Bielski schon auf sie, und wieder begrüßten sie sich wie alte Freundinnen. Bielski wurde danach schlagartig sehr ernst.

„Gleich vorab: Wir waren es nicht“, eröffnete sie das Gespräch. „Ich weiß, dass das die Frage ist, die dir auf der Seele gebrannt hat. Aber wir waren es nicht.“

„Und jetzt kommt ein Aber?“ Tiburtius schien einerseits erleichtert, andererseits in gespannter Aufmerksamkeit. Nur, um ihr zu sagen, dass sie es nicht waren, war Bielski nicht gekommen.

„Nein, jedenfalls nicht gleich. Wir haben zumindest eine Idee, wer es war. Aber das ist auch alles sehr hypothetisch, so wie wir vor ein paar Tagen sehr hypothetisch über die Frage gesprochen haben, wer Ronnekämper umgebracht hat. Und auch wie unser Gespräch vor wenige Tagen ist unser Gespräch heute sehr inoffiziell. Du kannst nichts davon verwenden.“

„Was willst du mir sagen?“ Tiburtius wurde unsicher.

„Wir hatten Bärlachs Wohnung verwanzt. Ich kann nur so viel sagen: Die beiden Männer, die zu Bärlach kamen, haben ihn nicht nur ermordet. Sie haben auch ein Geständnis aus ihm herausbekommen, vermutlich mithilfe von Thiopental. Das hat eine kurze Halbwertzeit und kann deswegen kaum nachgewiesen werden. Ob die Berliner Kollegen das suchen, ich glaube es nicht. Als sie Bärlachs Geständnis hatten, haben sie ihn erschossen. Wir hatten das alles zwar aufgezeichnet, aber erst zeitverzögert abgehört, weil ein Mitarbeiter kurzfristig erkrankt war. Deswegen haben wir das ganze Schlamassel erst mitbekommen, als es schon zu spät war."

„Ihr habt – was? Bärlach abgehört, aber dann doch irgendwie nicht? Wo sind die Aufzeichnungen?"

„Catta, das kannst Du vergessen. Das, was ich dir erzähle, wird niemals öffentlich. Wenn ich gefragt werde, streite ich alles ab und behaupte, ich hätte mich mir dir getroffen, weil ich in dich verliebt bin."

Für einen Augenblick fühlte sich Tiburtius geschmeichelt und fast schien ihr, als habe sie ein Lächeln bei Bielski wahrgenommen.

„Zurück zu Bärlach. Es war so, wie wir es vermutet hatten. Bärlach hat es gestanden, alles. Nicht nur den Mord, sondern auch den Hergang, das Platzieren von Hinweisen und Spuren. Das Kokain stammte von Bärlach, die Caracal ebenso. Wieso er eine solche Waffe hatte, wurde nicht gefragt, aber ich vermute einmal, es war ein wenig Imponiergehabe. Die Notiz wegen Frau Ronnekämper – auch Bärlach. Die beiden Männer wussten offenbar alles vorher, sie haben jedenfalls gezielt gefragt, so als ob sie damals unsere wilden Theorien mitgehört hätten. Nun gut, wie auch immer."

Bielski bestellte einen Cognac zu dem Kaffee, der vor beiden auf dem Tisch stand. Tiburtius winkte ab.

„Wir mussten dann handeln und haben alles gesäubert. Und die Laptops an uns genommen, wer weiß, was Bärlach da an Daten gespeichert hatte, die uns auch hätten kompromittieren können. Wir mussten unsere Interessen schützen, und vor allem: unsere laufenden Operationen. Was die Täter angeht: Wir vermuten, dass es Iraner waren, aber wir sind nicht sicher. Die beiden Männer sprachen zwar gut Deutsch, aber es waren keine Muttersprachler. Unsere Sprachanalytiker meinen, es könnten eben Iraner sein von den Interferenzen, die sie sprachlich aufgewiesen haben. Bärlachs Wohnung hatten sie ziemlich gesäubert, da blieb für uns kaum etwas übrig, außer dem Laptop. Zeugen scheint es nicht gegeben zu haben."

„Ihr habt also das Geständnis auf Band?", Tiburtius schien verblüfft. „Und das wollt ihr für euch behalten?"

„Natürlich", erwiderte Bielski bestimmt, „oder glaubst du, die deutsche Justiz oder die Öffentlichkeit wären begeistert, wenn sie erfahren, dass wir deutsche Politiker abhören?"

Tiburtius nickte.

„Aber woher wussten die ...?" Sie beendete den Satz nicht.

„Das ist die große Frage. Da keiner von uns beiden unsere wilden Hypothesen mit irgendjemandem geteilt hat ..."

„... außer mit Holtkotte, aber der fand, es sei lediglich eine Spielerei ..."

„... also, dann ist zu vermuten, dass jemand anderes ähnlich schräg denkt wie wir beide. Und das war es dann auch.

Und auch, wenn der Fall jetzt abgeschlossen ist: Ab und an würde ich dich schon mal gerne wieder in Berlin sehen!"

Tiburtius nickte. „Demnächst wieder in Berlin", sagte sie und nahm Bielski in den Arm. Diesmal küsste sie Bielski lang und zärtlich und sie erwiderte den Kuss ebenso. Dann, beinahe ruckartig, löste sich Bielski aus der Umarmung und verließ den Airport Club.

Tiburtius brauchte noch ein wenig Zeit, ihre Gedanken zu ordnen. Sie bestellte ein Glas Wein und ließ sich in den Sessel fallen. Sollte sie Holtkotte davon berichten? Nein, der hätte dafür kein Verständnis. Koch ebenso wenig. Sie fühlte sich nach Berlin gezogen, aber auch in Frankfurt hatte sie Wurzeln geschlagen, ein Kind beider Städte, irgendwie.

Ein wenig wie ihr Freund, mit dem sie seit wenigen Wochen zusammen war, ohne es jemandem zu erzählen. Das war ihr kleines Geheimnis, ihre Flucht, ihr Refugium. Sie erinnerte sich zurück, als sie ihn in ihrem „Wohnzimmer", der kleinen Weinstube, vor drei Monaten getroffen hatte. Sie waren ins Gespräch gekommen, natürlich, denn Farzan Tawakkoli hatte sie ja beruflich kennengelernt. Aus dem Gespräch war schnell mehr geworden, mit ihm zu sprechen tat ihr gut, sie waren auf einer Wellenlänge. Und sie hatte mit Farzan Tawakkoli auch die wilden Theorien geteilt, die Bielski und sie entwickelt hatten. Sie war sich sicher, Farzan würde das Richtige tun.

Und das war ja wohl auch eingetreten. Sie würde nicht fragen. Farzan selbst war nicht der Mann für einen Mord, dessen war sie sicher. Aber er hatte es bestimmt seiner Schwester erzählt und die kannte die richtigen Leute. Was kümmerte es sie. Die Gerechtigkeit hatte gesiegt. Und deswegen war sie ja auch in den Polizeidienst gegangen. Sie empfand ein Gefühl der Genugtuung, der Befreiung, des Abschlusses nach all den Monaten, in denen sie sich unzulänglich und schwach gefühlt hatte. War sie schuld am Tod von Bärlach? Nein, natürlich nicht. Das hatte Bärlach selbst über sich gebracht. Sie würde heute Abend in Farzans Armen liegen und sie würden nie wieder über Ronnekämper und Bärlach sprechen.